UN ANGE NOMMÉ NELLY

CHEZ LE MÊME ÉDITEUR

Un ange nommé Nelly, 2023.
Le Courage d'une sœur, 2022.

KITTY NEALE

UN ANGE NOMMÉ NELLY

traduit de l'anglais
par Martine Desoille

ARCHIPOCHE

Ce livre a été publié sous le titre
A Cuckoo in Candle Lane
par Orion, Londres, en 2004.

Pour consulter notre catalogue :
www.archipoche.com

Éditions Archipoche
92, avenue de France
75013 Paris

ISBN 979-10-392-0378-4

À mon fils Michael Maynard,
décédé en 1998 à l'âge de vingt-sept ans

1

Battersea, sud de Londres, 1953

Nelly dévalait la rue à toutes jambes, ses chaussettes tire-bouchonnées autour de ses chevilles. Juste avant de tourner au coin, elle risqua un coup d'œil par-dessus son épaule, puis s'engouffra dans la grande avenue et s'adossa un instant à la vitrine du prêteur sur gages, sa frêle poitrine aspirant goulûment l'air froid. *Pourquoi s'en prennent-elles toujours à moi ?* songea-t-elle, en promenant un regard distrait sur les énormes usines qui bordaient la Tamise.

Elle reprit son chemin, s'enfonçant d'un pas rapide dans le dédale de ruelles et de contre-allées avec l'espoir de semer ses poursuivantes. Juste au moment où elle allait atteindre sa rue, elles surgirent de sous un porche où elles s'étaient embusquées, et Nelly sentit son estomac chavirer.

Les deux filles bloquaient le trottoir, les mains sur les hanches, et prêtes à en découdre.

— Tiens, tiens, mais voilà-t-il pas la rouquine ? lança l'une en ricanant.

— Je ne suis pas rousse.

— Bien sûr que si, pauvre cloche.

— Je suis auburn.

— Même pas en rêve, grinça la fille tout en laissant errer son regard sur les pieds de Nelly. Nouvelles chaussures ?

— Oui, mais je ne vois pas en quoi ça vous regarde.

Le visage de la fille s'éclaira, triomphant.

— Menteuse ! lui cria-t-elle. On t'a vue samedi à la friperie, chez Rosie, et ces chaussures-là m'ont tout l'air de sortir de la poubelle.

— Berk ! (Le visage en lame de couteau de l'autre fille s'étira en une grimace de dégoût.) Je parie que toutes ses nippes viennent de chez le chiffonnier et qu'elles sont pleines de puces.

Elle se gratta vigoureusement et demanda à son amie :

— Ça ne te démange pas, toi ?

— Si, maintenant que tu le dis, répondit l'autre en se grattant à son tour.

Puis, avec un sourire mauvais, elle lança :

— Au fait, l'épouvantail, t'aurais pas vu des fantômes dernièrement ?

Nelly serra les poings, mortifiée. *Je ne leur donnerai pas la satisfaction de me voir pleurer*, songea-t-elle. Baissant la tête, elle s'élança sur la chaussée pour les contourner et partit à fond de train, leurs rires résonnant à ses oreilles.

Quelques minutes plus tard, elle tourna dans Long Street et s'arrêta un court instant pour reprendre haleine. Puis, après un dernier regard en arrière, elle prit à gauche dans Candle Lane. Au numéro 5, elle glissa sa main dans la boîte aux lettres pour attraper la clé attachée à une ficelle. Elle l'en tira d'un geste méticuleux, ouvrit la porte et pénétra dans le vestibule. Son regard s'assombrit quand elle vit le manteau de son père accroché à la patère. Déçue, elle monta sans bruit dans sa chambre, grimpa dans son lit et se roula en boule sous les minces couvertures.

Un terrible sentiment de solitude l'assaillit tandis qu'au-dehors, sous sa fenêtre, elle entendait les autres enfants jouer, les garçons au ballon ou aux billes, les filles à la corde à sauter en chantonnant :

Crème glacée, limonade sucrée,
Dis-moi le nom de ton cavalier.

Elle aurait tant voulu jouer dans la rue avec eux, mais son père ne la laisserait pas. Après l'école, elle devait rester dans sa chambre, hors de sa vue, et n'était autorisée à descendre que pour le dîner. Quand il allait au pub, elle pouvait rester dans la cuisine jusqu'à l'heure du coucher. S'il sortait ce soir, elle pourrait passer un moment au coin du feu. Si seulement !

Petit à petit les bruits du dehors se firent plus distants tandis qu'elle laissait son esprit vagabonder au gré de son imagination et l'entraîner dans les lieux merveilleux.

Elle se voyait flottant au-dessus de son lit et contemplant son propre corps enveloppé dans des couvertures miteuses. Elle n'avait pas peur ; elle se sentait légère et libre, et aurait pu rester ainsi indéfiniment.

Soudain, la porte de la chambre s'ouvrit à la volée, l'arrachant à son rêve. Désorientée, elle battit des paupières.

— Descends, Nelly. Le dîner est prêt. Tu ne m'as pas entendue t'appeler ? demanda sa mère en passant la tête par l'embrasure.

— Oh, désolée... j'ai dû m'endormir, bredouilla-t-elle.

— Tu ferais mieux de te grouiller. Tu sais que papa n'aime pas attendre, dit Ruth Marchant avant de s'esquiver aussitôt.

À regret, Nelly sortit de son lit et descendit au rez-de-chaussée en grelottant de froid. Sans faire de bruit, elle entra dans la cuisine et tira une chaise. Son père, assis au bout de la table, était plongé dans le journal, une mèche de cheveux noirs et gras retombant sur son front.

Elle inspira profondément, retint son souffle et s'assit, soulagée qu'il n'ait pas relevé la tête. *Mon Dieu*, supplia-t-elle en elle-même, *faites qu'il soit de bonne humeur.*

— Voilà, Ken, dit sa mère en traversant la cuisine avec deux assiettes fumantes.

— Il serait temps, grogna-t-il. La prochaine fois, je veux que mon dîner soit prêt quand j'arrive.

— Oui, oui, ça ne se reproduira plus, répondit-elle tout bas.

La tension était palpable entre eux et Nelly sentit son estomac se nouer. La colère paternelle était à deux doigts d'exploser.

Elle contempla la viande grisâtre de mouton nageant dans la bouillie d'orge, et crut qu'elle allait vomir. Des gouttes de transpiration se mirent à perler sur son front.

— Maman, je suis désolée, mais je ne me sens pas bien.

Il y eut un bruit de chaise crissant sur le lino. Elle sursauta de frayeur, les yeux écarquillés, tandis que son père se levait d'un bond.

— Qu'est-ce que c'est que cette comédie ? rugit-il en se penchant au-dessus de la table l'air menaçant. Pas bien, hein ? Telle mère, telle fille, ma parole !

Ruth se ratatina sur sa chaise.

— Non, Ken, s'il te plaît. Elle n'a que dix ans.

— S'il me plaît ? brailla-t-il, et, plongeant en avant, il l'agrippa par son chandail.

Puis, la tirant violemment vers lui, il la gifla à la volée. La force du coup lui éclata la lèvre.

— Et maintenant, ôte cette sale gosse de ma vue, sinon ! rugit-il.

— File dans ta chambre, Nelly, sanglota Ruth, le sang ruisselant sur son menton.

Nelly se figea sur place, pétrifiée de peur. Mais elle se ressaisit lorsqu'il se tourna vers elle et éructa en levant un poing menaçant :

— Tu veux que je lui en colle une autre ?

Le cœur battant à tout rompre Nelly sortit en courant, gravit les escaliers quatre à quatre et se jeta sur son lit. *C'est ma faute*, songea-t-elle, en plaquant ses mains sur ses oreilles pour ne pas entendre la voix de son père proférer des obscénités.

Il va encore la battre comme plâtre, songea-t-elle, *et tout ça à cause de moi. Oh, mon Dieu, non. Empêchez-le de lui faire du mal.*

Au bout de quelques minutes, une étrange sensation de calme s'empara d'elle et elle sentit un souffle léger sur sa joue, pareil au baiser d'un ange. Des mains caressaient doucement ses cheveux et quand elle ouvrit les yeux, une lumière dorée scintillait dans la chambre. Elle sourit ; tout irait bien à présent. Son ami était là.

*

Debout devant la glace, Ruth essuyait tout doucement le sang sur sa lèvre, quand la porte s'ouvrit à la volée.

— Maman, ça va ? demanda Nelly, le regard affolé. J'ai entendu papa qui sortait. Il t'a encore frappée ?

Ruth s'efforça de sourire pour la rassurer, mais la plaie sur sa lèvre se rouvrit.

— Je vais bien, ma chérie. Viens et assieds-toi près du feu. Tu as toujours la nausée ?

— Non, ça va mieux. Mon ami est venu et m'a réconfortée.

— Toi et ton ami, Nelly. Combien de fois dois-je te répéter que tout ça, c'est dans ta tête ?

— Mais, maman…

— Ça suffit, maintenant, s'agaça Ruth. Je suis pas d'humeur à écouter tes sornettes. J'ai déjà bien assez de soucis comme ça.

— Désolée, maman, murmura Nelly.

La voix de Ruth se radoucit.

— Écoute, proposa-t-elle pour se faire pardonner. Il reste du ragoût. Je peux t'en faire réchauffer si t'as faim.

— Je veux bien, maman, merci.

Quand Nelly eut fini son assiette, elle se leva et alla mettre son assiette dans l'évier.

— Tu veux que je fasse la vaisselle, maman ?

— Non, je ferai ça plus tard, répondit-elle, en se renversant sur sa chaise, ses jambes étirées devant elle. Approche donc, que je te coiffe.

Nelly s'assit par terre devant sa mère, et un silence lénifiant s'installa dans la pièce tandis que Ruth brossait les cheveux de sa fille, qui prenaient des tons cuivrés magnifiques à la lueur des flammes. Elle sourit distraitement tandis que les souvenirs affluaient dans sa mémoire, celui d'un visage en particulier. Soudain, la voix de Nelly s'immisça dans ses pensées, la ramenant au présent.

— Maman, on va voir grand-mère demain ?

— Oui, bien sûr.

Ruth avait hâte d'aller à Tooting pour voir sa mère et sa sœur Mary, dont le mari, représentant de commerce, sillonnait tout le nord de l'Angleterre. Harry était un bel homme, qui s'absentait parfois pendant de longues périodes, mais il gagnait bien sa vie et sa sœur ne manquait de rien.

— Maman, pourquoi tatie Mary n'a pas d'enfants ?

— Je ne sais pas, ma puce. Mais peut-être qu'un de ces jours la cigogne va lui apporter un bébé.

Nelly pivota sur elle-même, posant sur sa mère un regard interrogateur.

— Pourquoi elle n'en achète pas un chez le pharmacien ?

— C'est pas chez le pharmacien qu'on se procure des bébés, mon cœur.

— Mais on a vu une dame qui en achetait un la semaine dernière, tu ne te souviens pas ?

Ruth Marchant secoua la tête.

— Non, ma chérie. Je ne sais pas ce que tu as vu, mais je peux garantir qu'on n'achète pas les bébés à la pharmacie.

— Mais si, insista Nelly en hochant la tête, certaine de ce qu'elle avait vu. Quand on est allées chez M. Brown, il était en train de poser un bébé sur la balance. Il a dit « Dix livres » à la dame, et il a même ajouté : « Un beau petit gaillard. »

Ruth renifla pour ne pas éclater de rire.

— Oh, Nelly, dit-elle, en s'efforçant de garder un visage impassible. Je sais pas d'où te viennent toutes ces idées. Mais sache qu'on n'achète pas les bébés au poids, comme des pommes de terre.

Nelly fronça les sourcils, consternée.

— Mais la dame a payé M. Brown… je l'ai vue.

— Non. Le bébé lui appartenait déjà, elle voulait simplement le faire peser.

Un chapelet de questions s'ensuivit, auxquelles Ruth s'efforça de répondre du mieux qu'elle le pouvait, jusqu'à ce que la curiosité de Nelly soit satisfaite.

— Maman, tu me brosseras encore les cheveux ?

Ruth sourit affectueusement et, peu après, remarqua que la tête de Nelly dodelinait à chaque coup de brosse.

— Allons, il est temps d'aller te coucher, tu tombes de sommeil.

— Oui, maman. (Elle bâilla et se mit lentement sur ses jambes.) Bonne nuit, murmura-t-elle en se penchant pour embrasser sa mère.

Ruth fit la vaisselle, rangea, puis contempla la pièce chichement meublée. *Ken ne trouverait rien à redire*, songea-t-elle en se laissant tomber sur sa chaise devant l'âtre. Elle raviva les braises et remit quelques précieux boulets de charbon dans le feu.

Avec un soupir, elle se rappela qu'il lui restait encore à reprendre l'ourlet du tablier gris qu'elle avait trouvé pour Nelly chez le fripier. Mais elle ne se sentait pas d'humeur à faire de la couture. À la place, elle plongea sa main dans sa poche et en sortit un paquet de cigarettes ; le seul luxe qu'elle s'autorisait.

Elle ne mangeait que des légumes, n'achetant de viande que pour Ken et Nelly, et les quelques pièces ainsi économisées lui servaient à s'acheter deux paquets de Woodbine chaque semaine.

Si j'arrêtais de fumer, je pourrais acheter des affaires à Nelly, songea-t-elle. Mais presque aussitôt elle haussa les épaules. À quoi bon ? Ken deviendrait enragé s'il voyait Nelly dans des vêtements neufs. Il refusait de dépenser le moindre sou pour elle et semblait même prendre un malin plaisir à la voir porter des guenilles.

Ruth tira une longue bouffée de cigarette et jeta un coup d'œil à la pendule. Il ne serait pas de retour avant au moins une heure, et d'ici là elle serait montée se coucher et ferait semblant de dormir. Elle grimaça. Il était de plus en plus violent avec elle, ces derniers temps – mais après ce qu'elle avait fait, elle ne l'avait peut-être pas volé.

2

— Bonjour ! les accueillit Mary. On prend une tasse de thé avant d'aller au marché ?

— C'est pas de refus, dit Ruth, j'ai la pépie.

— Ta grand-mère est dans le séjour, Nelly, si tu veux aller lui dire bonjour. Je te sers un verre de lait avec des biscuits au chocolat ?

S'efforçant d'imiter l'intonation châtiée de sa tante, Nelly répondit, les lèvres pincées :

— Oui, volontiers. Merci beaucoup. Mon oncle Harry est-il à la maison ?

— Non, mais écoutez-moi ce perroquet, s'esclaffa sa mère. Elle essaie de causer comme toi, Mary.

— Quel mal à ça ? Je te signale que c'est en soignant mon élocution que j'ai pris de l'avancement. Non, Nelly, dit-elle en se tournant vers sa nièce. Ton oncle est en déplacement.

Nelly baissa la tête, déçue, mais retrouva presque aussitôt sa bonne humeur en voyant le visage de sa grand-mère se fendre d'un large sourire.

— Bonjour, ma toute belle ! dit Sadie Greenbrook affectueusement. Mon Dieu que tu fais plaisir à voir ! (Elle ouvrit grand les bras.) Allons, viens embrasser ta mamie.

Nelly s'empressa d'aller déposer un baiser sur la joue de la vieille dame, puis, se reculant, la scruta un instant avec intérêt puis demanda :

— Ta hanche te fait souffrir ?

Les yeux de Sadie s'agrandirent.

— Ça alors ! C'est drôle comme tu as toujours l'air de savoir où j'ai mal.

— Ton halo n'est pas à sa place. C'est pour ça.

— Comment ça ? C'est quoi cette histoire de halo ?

— Rien, mamie, s'empressa-t-elle de répondre en jetant un regard par-dessus son épaule.

— Ça suffit, Nelly, glapit Ruth, le visage crispé.

— Pourquoi te fâches-tu, Ruth ? Elle ne fait rien de mal, dit Sadie, en prenant aussitôt la défense de sa petite-fille.

— Je lui ai déjà dit cent fois d'arrêter ces bêtises, s'emporta-t-elle, excédée. Tout ça, c'est dans sa tête. Maman, s'il te plaît, ne l'encourage pas.

— Bon, bon… N'en parlons plus.

La vieille dame fronça les sourcils, puis regardant sa fille en face, lui demanda :

— C'est quoi, cette coupure sur ta lèvre ?

— Je me suis cognée dans une porte.

Nelly écarquilla les yeux. Pourquoi mentait-elle ?

— Dans une porte ? Tiens donc ? dit mamie en lançant un regard suspicieux à Ruth. Et comment va Ken ? Il travaille, je suppose ?

— Oui, il travaille toujours pour les transports Peterson. Bien, je vais aller aider Mary à préparer le thé.

— Eh bien, ma poulette. Raconte-moi, comment ça va à la maison ? demanda Sadie lorsque sa fille eut disparu.

— Bien, tout va bien, répondit Nelly, en se mordillant nerveusement la lèvre.

— Et ton papa ?

— Euh… il va bien.

— Alors, comme ça, ta maman s'est cognée contre une porte ? Mais comment est-ce qu'elle a fait son compte ?

— Je sais pas, répondit Nelly, en sautillant nerveusement d'un pied sur l'autre. Mamie, il faut que j'aille faire pipi, bredouilla-t-elle en se précipitant hors du salon pour s'épargner une avalanche de questions.

Autant essayer de tirer trois mots à un mur, songea Sadie. Peut-être pourrait-elle amener Nelly à parler quand sa mère serait sortie. Depuis quelque temps, elle soupçonnait le couple de Ruth d'aller à vau-l'eau. Elle s'en voulait d'impliquer Nelly dans son subterfuge, mais il fallait qu'elle sache ce qui n'allait pas.

La porte s'ouvrit et ses deux filles entrèrent dans le séjour, Mary portant un plateau avec le thé. Il fallait toujours qu'elle fasse des chichis, rumina Sadie en voyant que sa fille aînée avait sorti son plus beau service en porcelaine. Elle balaya tristement la pièce du regard. Ça n'avait pas été facile pour elle de venir s'installer ici, chez Mary et son époux, quand sa santé avait commencé à décliner. Sa chère vieille maison et sa cuisinière à bois lui manquaient.

Mary lui servit une tasse et la lui tendit. Puis elle lui présenta une assiette de biscuits et demanda :

— Une petite gâterie, maman ?

— Je ne dis pas non, répondit Sadie en prenant un gâteau sec qu'elle s'empressa de tremper dans son thé, sous le regard désapprobateur de Mary.

Nelly éclata de rire en voyant que la moitié du biscuit était tombée dans la tasse de sa grand-mère.

Celle-ci fronça les sourcils, puis rit en essayant de repêcher le biscuit tout ramolli avec sa cuillère.

— Franchement, soupira Ruth, en secouant la tête. Vous faites une drôle de paire, toutes les deux.

Elle avala le reste de sa tasse et dit :

— Allons, viens, Mary. Si on se dépêche pas, il ne va rien rester pour nous au marché.

Tandis qu'elles enfilaient leurs manteaux, Sadie fut frappée par la différence entre les deux sœurs. Toutes les deux étaient jolies, avec leur chevelure châtaine et leurs yeux bleus. Mais alors que Mary était impeccable, avec sa nouvelle permanente, Ruth, avec son chignon de guingois, avait l'air débraillée et au bout du rouleau.

— Il serait temps que tu te paies un nouveau manteau, lui lança Sadie de but en blanc. Celui-là est bon à jeter.

Sa fille rougit jusqu'aux yeux.

— S'il te plaît, maman, commence pas. Ken gagne pas autant d'argent qu'Harry.

Sadie soupira. Son mari à elle non plus ne gagnait pas des mille et des cents, mais ils étaient toujours convenablement habillés. Ruth ne savait peut-être pas gérer l'argent du ménage.

— Pourquoi tu ne cherches pas un emploi à mi-temps pour faire bouillir la marmite ? suggéra-t-elle.

Ruth eut l'air outrée.

— Ken serait jamais d'accord. Il a sa fierté. Et puis il estime que la place d'une femme est à la maison.

Sadie fit claquer sa langue.

— Qu'est-ce que c'est que ces idées d'un autre âge ? Les femmes travaillaient pendant la guerre. Ce sont elles qui ont fait tourner l'économie, et toi-même, tu…

— Oh, maman, s'il te plaît, arrête. On a à faire, dit Mary en raflant son cabas.

Ruth se tourna vers Nelly.

— On sera pas longues, ma chérie. Prends soin de mamie. On peut te rapporter quelque chose du marché, maman ?

— Je veux bien un peu de tabac à priser, répondit sa mère sans prêter attention à la moue dégoûtée de Mary.

Elle en avait assez des manières de sa fille aînée et de ses grands airs.

— C'est vrai que maman, elle travaillait pendant la guerre ? demanda Nelly quand elles furent seules dans la maison.

— Oui, ma poulette. Elle était receveuse d'autobus, répondit Sadie en souriant tendrement à sa petite-fille.

Nelly était la lumière de ses yeux. Elle possédait une sorte de grâce naturelle et une sensibilité hors du commun. Calant tant bien que mal un coussin dans ses reins, elle entreprit de raconter tout ce dont elle se souvenait à propos du travail de Ruth.

— Mais quand tu es arrivée, elle a dû arrêter, naturellement. Au fait, je t'ai déjà parlé de ton grand-père ?

— Tu m'as dit qu'il conduisait une carriole tirée par de grands chevaux.

— C'étaient des bêtes de trait, énormes, mais ton grand-père les adorait. Il travaillait pour un brasseur de bière et livrait des tonneaux dans tout Londres.

Elle sourit intérieurement au souvenir de Charlie, assis bien droit sur sa banquette de postillon, avec son chapeau melon et son long fouet posé sur ses genoux.

Il serait encore en vie aujourd'hui, s'ils n'avaient pas perdu leur fils à la guerre. Mais la mort de David lui avait procuré un tel choc qu'il avait fait une crise cardiaque.

Leur fils, bâti comme un colosse, lui aussi, s'était enrôlé dans la Royal Navy dès le début de la guerre. Tout fier dans son nouvel uniforme, il se croyait indestructible. Malheureusement, son navire avait été coulé par une torpille alors qu'il croisait dans les eaux froides de l'Atlantique. Seuls quelques garçons avaient survécu, mais David n'en faisait pas partie. Elle avait eu le cœur brisé, et maintenant, quand elle y repensait, elle se demandait comment elle avait survécu à la mort de son fils, puis à celle de son mari.

Inspirant profondément, elle chassa ces tristes souvenirs et plongea sa main dans sa poche de tablier.

— Une pastille à la menthe, Nelly ? proposa-t-elle en sortant un paquet de bonbons.

— Oh oui, merci !

— Quel genre de bonbons te donne ton papa ? demanda-t-elle, espérant amener la petite à parler pendant qu'elle était occupée à piocher dans le sac.

— Il n'achète jamais de bonbons.

— Ah bon ? Pourquoi ?

— Parce que, murmura Nelly.

— Parce que tu n'as pas été sage, je parie ?

— Oh, mais si ! protesta-t-elle. Mais je ne le vois presque jamais.

Sa réponse prit Sadie de court. Que voulait-elle dire par là ? Les avait-il quittées – raison pour laquelle elles avaient l'air si négligées et mal fagotées ? Se penchant vers sa petite-fille, elle lui demanda sur le ton de la confidence :

— Est-ce que ton papa a quitté la maison ?

— Non, non. Mais je dois rester hors de sa... (Nelly se figea soudain, plaquant une main sur sa bouche, l'air terrorisé.) Oh, s'il te plaît, mamie, ne me pose plus de questions. Sinon, je vais avoir des ennuis.

Sadie ferma les yeux en voyant l'expression de sa petite-fille. La pauvre petite cherchait manifestement à lui cacher quelque chose. Mais quoi ?

*

Un formidable brouhaha assaillit Mary et Ruth quand elles entrèrent dans la halle couverte. Debout devant leurs étals où s'empilaient des montagnes colorées de fruits et légumes, les marchands criaient à tue-tête pour attirer les chalands. Les deux femmes jetaient des regards ébahis autour d'elles. Il y avait longtemps qu'elles n'avaient pas vu une telle quantité de nourriture. Il y avait encore des restrictions, mais bien moins que pendant la guerre, et la rumeur courait qu'on n'aurait bientôt plus recours aux tickets de rationnement.

Mary tira Ruth par le bras, et haussant la voix pour se faire entendre au-dessus du vacarme :

— Viens, on va commencer par la viande, dit-elle.

— Bonne idée, lui cria Ruth en retour.

Et elles fendirent la foule en direction de la boucherie de Tommy Parker.

— Il me faudrait un morceau de bœuf à braiser, dit Ruth à sa sœur. Si je le fais cuire tout doucement, il m'en restera assez lundi pour faire un hachis.

Mary approuva d'un hochement de tête. Ayant aperçu une belle épaule de mouton, elle fit un geste de la main pour attirer l'attention du boucher.

— Eh, mais c'est la duchesse ! dit-il en souriant, avant d'ajouter en s'adressant aux deux femmes : Que puis-je faire pour vous, mesdames ?

— Sacré, Tommy ! s'esclaffa Ruth. Toujours le mot pour rire. La « duchesse », ça lui va comme un gant à ma sœur !

— Quand vous aurez fini de cancaner, j'aimerais cette épaule d'agneau, dit Mary d'un air impérieux.

— Et moi, ce morceau de bœuf à braiser, dit Ruth en pointant du doigt.

— C'est qu'elle sait causer, ta sœur, plaisanta Tommy en décrochant la pièce de bœuf. Contrairement à nous, les Cockneys.

— On n'est pas des Cockneys, Tommy, remarqua Ruth. On n'entend pas les cloches de Bow Bells de là où on est nés.

— C'est vrai que tu causes pas comme une vraie Londonienne. Mais moi – il se frappa fièrement la poitrine – je suis né et j'ai grandi à Stepney.

— Non, mais quel culot ! s'esclaffa Ruth. Je suis une Londonienne pur jus, du sud de Londres, et fière de l'être.

— Holà, t'énerve pas. Mais ta sœur, elle viendrait pas des quartiers chic, comme Mayfair ?

— Je crois pas, Tommy. En tout cas, ma mère me l'a jamais dit, mais…

— Ça vient, cette épaule d'agneau ? s'impatienta Mary, interrompant brusquement sa sœur. Et là d'où je viens ne te regarde pas, Tommy Parker.

Ruth leva les yeux au ciel.

— Tu t'es levée du pied gauche ce matin ? On fait rien que plaisanter, pas besoin de te mettre dans cet état.

Mary se tourna vers sa sœur, indignée. Ne voyait-elle pas qu'elle se donnait en spectacle ?

— Tais-toi, Ruth, s'il te plaît, siffla-t-elle avant de finir ses emplettes.

Elles se dirigeaient vers l'un de leurs marchands de primeurs préférés – pas de ceux qui vous arnaquaient sur le poids ou vous refourguaient des pommes de terre pourries – quand Mary remarqua un manteau vert sombre sur un portant de vêtements pour enfants. Elle tâta l'étoffe en songeant qu'il irait bien à sa nièce. Mais oserait-elle l'acheter ? Elle releva la tête, et voyant que Ruth continuait d'avancer dans la foule, elle décrocha le manteau d'un geste brusque, et dit à la marchande :

— Vite, mettez-le dans un sac.

Elle paya, puis s'empressa de rejoindre Ruth qui faisait la queue devant les fruits et légumes.

— Qu'est-ce que c'est ? lui demanda celle-ci.

— Oh, une bricole. Une veste qui me faisait envie.

— Voyons, dit Ruth en étirant la main pour s'emparer du sac.

Mary le cacha promptement derrière son dos.

— Non, pas maintenant. S'il te plaît, arrête de te faire remarquer… ça peut attendre que nous soyons de retour à la maison.

— Oh là là ! T'es vraiment pas à prendre avec des pincettes aujourd'hui, bougonna Ruth.

Mary se massa le front. C'est vrai qu'elle n'était pas à prendre avec des pincettes. Mais comment aurait-elle pu expliquer à sa sœur que sa vie était d'un ennui mortel, alors qu'elle avait tout ce qu'une femme peut désirer – une jolie maison, des vêtements à la mode… Si seulement elle avait su !

*

— J'ai l'impression que mes bras vont se décrocher de mon corps, geignit Ruth quand elles déposèrent leurs cabas pleins à craquer dans le vestibule.

Mary s'empressa de gagner la cuisine. Tandis qu'elle préparait le thé, elle songea à la réaction de Ruth, quand elle verrait le manteau. Elle avait déjà essayé d'acheter des habits neufs à sa nièce, mais chaque fois sa sœur les avait refusés sans lui donner d'explication. Bah, de toute façon, les dés étaient jetés. Prenant une profonde inspiration, elle releva bien haut la tête, et saisissant le paquet, entra d'un pas décidé dans le séjour.

— Ah, te voilà, ma chérie, dit-elle en faisant signe à Nelly d'approcher. J'ai une petite surprise pour toi. J'espère qu'elle te plaira.

Le visage de Nelly s'illumina. Elle jeta un coup d'œil dans le sac, puis, regardant sa tante, demanda, stupéfaite :

— C'est vraiment pour moi ?

— Mais bien sûr. Essaie-le ! l'encouragea Mary.

Avec un soin infini, Nelly sortit le manteau du sac, ses doigts caressant l'étoffe veloutée.

— Oh, tante Mary, murmura-t-elle. Il est si beau ! C'est mon premier manteau neuf !

— Hep ! Pas si vite ! intervint Ruth. À quoi tu joues, Mary ? Je t'ai déjà dit qu'on voulait pas de votre charité.

Mary sentit la moutarde lui monter au nez.

— Ce n'est pas de la charité. Je peux tout de même faire un cadeau à ma nièce si j'en ai envie. Après tout, je suis sa seule tante.

Nelly s'élança à l'autre bout de la pièce en serrant le manteau contre elle.

— Oh, maman, s'il te plaît, supplia-t-elle. Permets-moi de le garder.

— Mais enfin, Ruth, où est le problème ? intervint Sadie. Tu devrais avoir honte d'acheter des nippes à trois sous à ta fille. Elle a l'air d'une va-nu-pieds.

Ignorant sa mère, Ruth foudroya Mary du regard.

— Je t'ai déjà dit cent fois de rien nous acheter. T'es sourde, ma parole.

— Mais ce n'est qu'un manteau. Pourquoi tu te mets dans cet état ? dit Mary, abasourdie par la réaction de sa sœur.

Tous les yeux étaient fixés sur Ruth, qui demeurait assise, l'air buté, tandis que les autres retenaient leur souffle en attendant sa réponse. Pour finir, elle releva la tête et déclara, les lèvres pincées :

— C'est bon. Elle peut le garder.

Nelly poussa un cri de joie et s'élança vers sa tante :

— Oh, merci, tantine ! Merci !

— Tout le plaisir est pour moi, ma chérie. Et maintenant, passe-le pour qu'on voie comment il te va.

Avec un grand sourire, elle enfila le manteau, et relevant la capuche bordée de fourrure, fit mine de prendre la pose, tournant sa tête de droite et de gauche, le menton bien haut.

Elle est ravissante, songea Mary. La coupe était impeccable et la couleur faisait ressortir ses magnifiques yeux verts. Comme elle enviait Ruth d'avoir une fille aussi jolie, gracieuse comme une biche, avec ses longs membres déliés et sa luxuriante chevelure.

— Il te va à ravir, Nelly, la complimenta-t-elle.

— C'est vrai qu'elle a l'air d'une princesse, renchérit Sadie.

— Il y a autre chose dans le paquet, si tu regardes bien, lui dit Mary.

S'empressant d'ouvrir à nouveau le sac, Nelly en sortit un manchon de fourrure assorti et muni d'un cordon pour le passer autour du cou.

— Oh, tante Mary ! murmura-t-elle, émue.

— Et maintenant, retire ce manteau et remets le tien ! ordonna Ruth. On rentre à la maison.

— Mais vous n'avez même pas pris le thé, protesta Mary.

— Non, mais il est tard et Ken va bientôt rentrer, répondit sa sœur en saisissant son cabas. Allez, on file ! À la semaine prochaine, maman !

Nelly s'élança à la suite de sa mère, le sac contenant son précieux manteau à la main.

— Au revoir, tantine. Au revoir, mamie, leur lança-t-elle.

Mary regarda sa sœur s'éloigner d'un pas rigide.

— Franchement ! dit-elle, indignée, quand elle entendit claquer la porte d'entrée. Après tout, je n'ai fait qu'acheter un manteau neuf à sa fille, mais je n'ai même pas eu droit à un merci.

— Allons, calme-toi, dit Sadie. Ruth a des soucis. Et pour ne rien te cacher, je ne sais pas quoi penser de cette lèvre fendue.

— Ce n'est pas une raison pour être impolie. Mais tu prends sa défense, comme toujours.

— Elle me fend le cœur, Mary. Tu ne vois donc pas qu'elle a la vie dure, comparée à toi ?

Mary lança un regard glacial à sa mère et, ravalant une réplique cinglante, songea par-devers elle : *Si seulement tu savais combien je suis malheureuse, moi aussi, maman.*

3

Le camion remontait lentement la rue et Elsie Jones, assise sur le siège passager, scrutait le quartier miteux qui s'étendait sous ses yeux. Quelle horreur, toutes ces maisons décrépites collées les unes aux autres ! Ici, point d'avenues bordées d'arbres ou de pelouses verdoyantes, juste quelques touffes d'herbe jaunie vivotant parmi les ruines laissées par les bombardements.

Comment allait-elle pouvoir vivre ici ? *Oh, Bert*, songea-t-elle en observant son mari, qui était en train de se ranger le long du trottoir.

— Voici la nôtre ! annonça-t-il en coupant le moteur et en sautant à bas du fourgon.

Son front se creusa d'une ride lorsqu'il vit l'expression renfrognée de sa femme.

— Allons, Elsie, ce n'est pas si terrible, et si les affaires marchent nous ne resterons pas ici longtemps.

C'était un grand gaillard, dont les muscles saillaient tandis qu'il la prenait dans ses bras pour la déposer délicatement sur le trottoir.

Elsie observa la façade sinistre, et en tout point semblable à celle d'à côté. Un petit visage blanc encadré d'une ravissante chevelure auburn apparut à la fenêtre, et quand leurs regards se croisèrent, Elsie ressentit comme une décharge électrique, comme si une partie d'elle-même était entrée en contact avec la fillette et avait fait jaillir une étincelle.

Sidérée, elle commença à avancer inconsciemment en direction de la fenêtre, mais le rideau s'abaissa soudain et la fille disparut à la vue. Au même instant, les cris joyeux de ses propres enfants lui parvinrent. Bert avait ouvert la porte arrière de la camionnette et Arthur et Ann en sortaient en riant. Tous deux se figèrent en découvrant leur nouveau quartier.

— C'est moche, ronchonna Arthur.

— C'est quoi cette odeur horrible, maman ? demanda Ann en fronçant son nez.

— Je n'en sais rien, répondit-elle en humant l'air. Mais c'est vrai que c'est horrible.

— Bonjour ! Vous êtes les nouveaux voisins ?

Elsie se retourna et vit une grande femme maigre coiffée d'un fichu, qui regardait à l'intérieur du camion.

— Va falloir vous habituer à l'odeur, ajouta-t-elle en s'approchant d'elle. Y'paraît que ça viendrait de la brasserie, ou du phosphate, ou de la manufacture de bougies. Y'a que les nouveaux qui la remarquent. Bienvenue à Battersea, dit-elle avec un grand sourire avant de disparaître dans une maison quelques mètres plus bas.

Désireuse de se soustraire aux regards des curieux, Elsie tendit la main.

— Bert, donne-moi la clé que j'entre.

La porte grinça en signe de protestation quand elle la poussa et entra dans l'étroit vestibule. *Du moins, la maison est propre*, songea-t-elle en inspectant les pièces l'une après l'autre. Certes, c'était sans comparaison avec son ancienne maison, mais en attendant, il faudrait bien s'y faire.

— Bien, dit-elle résolument. On va commencer à tout déballer.

La nuit tomba avant qu'Elsie ait pu tout mettre en ordre. Elle était épuisée et il y avait encore le repas à préparer. Une fois n'est pas coutume, ils devraient se contenter de saucisses et de purée, au lieu du rôti du dimanche.

Ann était à l'étage, en train de déballer sa précieuse collection de livres, et Arthur était dans le jardin, sur l'arrière, en train de taper dans un ballon. Bert, quant à lui, s'employait à monter la penderie dans leur chambre.

Elle promena un instant son regard sur la cuisine exiguë où ses ustensiles ne semblaient pas trouver leur place, puis se laissa tomber sur une chaise. Elle hésitait à sortir ses cartes ; quelque chose la turlupinait. Mais serait-elle plus avancée après ? Non, décida-t-elle, elle était juste fatiguée et ses nerfs lui jouaient des tours. S'ils étaient venus s'installer ici, c'était à cause de la nouvelle affaire de Bert.

S'arrachant à sa rêverie, elle acheva de préparer le dîner. Elle versa la sauce sur les saucisses et appela sa famille à table.

— Il faut que je ramène le fourgon au dépôt, marmonna Bert entre deux bouchées. On a notre premier gros déménagement demain et Frank veut s'assurer que tout est en ordre. On ne peut pas prendre de risques.

Elsie essaya de sourire, mais ses lèvres se mirent à trembler malgré elle. Elle sortit son mouchoir et fit mine de se moucher pour cacher son émotion.

Trois mois plus tôt, la mère de Bert était morte et leur vie avait changé du tout au tout. Le temps filait à tire-d'aile. La vieille dame leur avait laissé un peu d'argent, pas grand-chose, mais assez pour que son mari décide de se mettre à son compte.

Même si Elsie aurait préféré que Bert reste dans l'entreprise de déménagement où il travaillait depuis plus de dix ans, force lui était de reconnaître que la nouvelle affaire de Bert se présentait bien, en particulier depuis que Frank avait accepté de devenir son associé. Il n'avait guère de sous à mettre dans le pot, mais il s'y connaissait en mécanique, et c'était un atout précieux.

Lorsqu'ils avaient trouvé un fourgon d'occasion, son mari était fou de joie, même si elle aurait préféré qu'ils trouvent un terrain pas trop cher à Wimbledon plutôt que de venir s'installer à Battersea. *Arrête de geindre*, s'admonesta-t-elle. Si Bert était prêt à prendre le risque, elle ne devait pas l'en empêcher. Mieux même, elle devait le soutenir et le seconder autant qu'elle le pourrait.

Bert se leva, sa carrure d'armoire à glace emplissant tout l'espace de la petite cuisine. Il plaça sa casquette de biais sur son épaisse chevelure noire, et lui sourit, comme s'il avait deviné ses pensées.

— Je reviens au plus vite, ma chérie, dit-il en se penchant pour déposer un baiser sur son crâne.

Elsie se cala sur sa chaise, rassasiée après le copieux dîner, et s'efforça de chasser les sombres pensées qui tentaient de prendre le dessus sur son naturel optimiste. Elle regarda les enfants et songea qu'eux aussi allaient avoir du mal à se faire à leur nouveau quartier. Ann et Arthur ne se chamaillaient pas, contrairement à leur habitude. Ils étaient silencieux, et voyant leur mine maussade, elle comprit qu'elle allait devoir faire un effort pour eux.

Elle inspira profondément et se mit sur ses jambes.

— Et maintenant, on va débarrasser tous ensemble, lança-t-elle sur un ton enjoué en commençant à empiler les assiettes sales.

— J'aime pas ce quartier, je veux rentrer à la maison. Je connais personne ici, et mes amis vont me manquer ! s'écria son fils en posant sur elle un regard accusateur.

— Arthur, nous en avons déjà parlé. Cette maison est la nôtre dorénavant, et nous allons devoir nous y habituer. De toute façon, tu te feras des amis demain, dans ta nouvelle école.

Il projeta sa lèvre inférieure en avant, l'air furieux.

— N'empêche que je déteste cet endroit, hurla-t-il.

Il sortit de table en trombe.

Elsie grinça des dents quand la porte vitrée claqua derrière lui. Peu après, elle entendit le ballon cogner contre le mur de la cuisine, résonnant en écho dans toute la pièce. Elle se passa une main sur le front et regarda Ann. Allait-elle se plaire dans sa nouvelle école ? Il fallait l'espérer. Les filles dans son ancienne école n'avaient pas été tendres avec elle, et il lui avait fallu beaucoup de temps avant d'apprendre à ignorer leurs insultes.

— Tu as fini de déballer tes livres ? lui demanda-t-elle.

— Presque. Je crois que je vais monter finir de les ranger, si ça ne t'ennuie pas.

Elsie hocha la tête distraitement. Avaient-ils bien fait de venir s'installer ici ? D'ordinaire, elle n'était pas aussi pessimiste, mais elle n'arrivait pas à chasser cet étrange sentiment d'angoisse qui l'étreignait.

4

Nelly s'éveilla de bonne heure. Quelque chose l'avait tirée du sommeil, mais elle n'avait pas envie d'ouvrir les yeux. Elle était en train de rêver qu'elle volait, libre comme un oiseau, en rasant les toitures éclairées par les premiers rayons de l'aube. Un petit sourire joua sur ses lèvres au souvenir de cette délicieuse sensation de légèreté et de bonheur.

Le bruit d'une porte qui claque fit vibrer les murs, puis des voix et des rires étouffés lui parvinrent. Mais bien sûr ! C'étaient les nouveaux voisins. La maison d'à côté était plongée dans le silence depuis la mort de la vieille Mme Richardson, et c'était ce bruit inaccoutumé qui l'avait éveillée.

Je me demande à quoi ils ressemblent, songea-t-elle, en se rappelant la femme qui l'avait dévisagée d'un drôle d'air. Elle avait entraperçu les deux enfants, dont une fille qui devait avoir son âge.

Elle s'étira tandis que des bruits lui parvenaient du rez-de-chaussée. La porte d'entrée claqua et elle se précipita à la fenêtre juste à temps pour voir son père s'éloigner à grands pas.

— Maman, je peux mettre mon nouveau manteau pour aller à l'école ? demanda-t-elle plus tard, en finissant goulûment son assiette de porridge.

— Oh, je sais pas. Si ton père te voit avec, il sera furieux.

— S'il te plaît, maman. Les autres disent que je suis mal fagotée et ils se moquent de moi. Je rentrerai sans faire de bruit, et je filerai dans ma chambre pour pas que papa me voie.

— Hum…, fit Ruth, qui hésitait tandis que Nelly l'implorait silencieusement du regard. Bon, d'accord, mais fais bien attention en rentrant, ajouta-t-elle.

Nelly bondit sur ses pieds, impatiente d'enfiler son nouveau manteau avant que sa maman ne change d'avis. Elle alla l'extirper de sa cachette, tout au fond du placard, et l'enfila par-dessus ses vieilles nippes. Puis elle saisit son cartable et s'élança vers la porte. Dehors, la purée de pois à l'odeur nauséabonde la prit à la gorge.

Le brouillard était si épais qu'on n'y voyait pas à deux pas. Son cœur bondissait dans sa poitrine chaque fois qu'un passant surgissait devant elle, un foulard ou un mouchoir plaqué sur la bouche. Enfin, elle atteignit le boulevard, où les voitures roulaient au pas, leurs phares transperçant le voile de fumée.

La cloche sonnait quand elle franchit le portail de l'école. Soulagée, elle alla rejoindre les enfants qui faisaient la queue pour entrer dans le bâtiment.

La classe était silencieuse et elle était en train de batailler avec un exercice de math quand la porte s'ouvrit et que Mme Brooks parut, suivie d'une fillette qui marchait tête baissée.

La mâchoire de Nelly s'affaissa. Était-ce la fille qu'elle avait entraperçue la veille ?

La directrice la confia à Mlle Penfold, dont le regard s'arrêta sur la place vide à côté de Nelly.

— Je vous présente Ann Jones. Elle commence l'école aujourd'hui. Je vais la faire asseoir à côté de toi, Nelly. Tu veux bien ?

Quand la nouvelle releva enfin la tête, il y eut un « oh » de surprise et des ricanements étouffés. L'un de ses yeux était logé dans le coin de son orbite et l'autre biglait paresseusement dans sa direction.

La pauvre, songea Nelly, tandis que les ricanements faisaient place à des éclats de rire.

— Ça suffit ! s'écria Mlle Penfold. Je ne tolérerai pas cette attitude dans ma classe.

Le silence se fit et les têtes se penchèrent à nouveau au-dessus des cahiers. Nelly sourit à Ann pour l'encourager quand celle-ci vint s'asseoir à côté d'elle, et plaça son livre de mathématiques entre elles. Elle lui montra l'exercice qu'ils étaient en train de résoudre, et un « merci » à peine audible lui parvint.

Elles passèrent le reste de la matinée à étudier ensemble jusqu'à ce que la cloche annonce le déjeuner. Après quoi, ce fut un brouhaha de pupitres qui claquent et de chaises que l'on racle sur le plancher, suivi d'une ruée vers la porte tandis que Mlle Penfold s'efforçait de ramener l'ordre.

— Silence ! Silence !

Nelly attendit, comme elle le faisait toujours, que la classe se fût vidée.

— Je suis inscrite à la cantine, dit-elle à Ann, qui attendait en silence à côté d'elle. Tu veux venir avec moi ?

— J'aimerais bien, mais il vaut mieux que tu y ailles seule.

— Ah bon ? Mais pourquoi ?

— Parce que les autres s'en prennent toujours à moi et que si tu es avec moi, ils vont s'en prendre à toi aussi.

Nelly haussa les épaules.

— T'en fais pas pour ça. Ils me font la même chose à moi aussi.

Ann lui jeta un regard surpris.

— Mais toi, tu n'as rien de bizarre.

— Oh, si, ils me traitent de pouilleuse. Et de sorcière aussi.

— De sorcière ? Mais pourquoi ? demanda Ann en haussant les sourcils.

— Je ne sais pas, mentit Nelly, qui préférait ne pas lui dire la vérité.

— Parce que tu as le don de double vue, comme ma mère.

— Le don de double vue ? (Elle plissa le nez.) Qu'est-ce que ça veut dire ?

— Eh bien, elle sait tirer les cartes et lire les lignes de la main et prédire l'avenir.

— Oh, mais moi, je ne sais pas faire ça, déclara Nelly catégorique.

— Tu veux vraiment que j'aille avec toi à la cantine ? demanda Ann tout bas.

— Oui, bien sûr. De toute façon, je crois bien qu'on est voisines, toi et moi. C'est pas vous qui avez emménagé dans Candle Lane hier ?

Ce fut le début d'une amitié qui allait se renforçant de jour en jour. Nelly admirait le stoïcisme d'Ann. Les autres la harcelaient sans pitié au début, mais elle les ignorait et continuait d'avancer tête baissée.

— Le mieux c'est de ne pas faire attention à eux, disait-elle, et au bout de quelques jours cette attitude porta ses fruits.

La plupart des élèves se lassèrent de cette absence de réaction et les injures cessèrent presque complètement.

Nelly prit conscience qu'il en allait de même pour elle. Les brimades se firent de plus en plus rares, se réduisant à quelques invectives lancées depuis le trottoir d'en face.

— Tu veux venir jouer à la maison ? proposa Ann tandis qu'elles rentraient ensemble de l'école, le vendredi.

Nelly gardait les yeux fixés sur ses souliers. Elle ne demandait qu'à rester amie avec Ann, mais elle savait qu'elle finirait, comme toutes les autres, par se lasser de cette copine qui n'avait jamais le droit de rien faire.

Doucement, elle la tira par le bras pour l'obliger à s'arrêter. Allait-elle oser se confier à elle ? Ann était comme elle, une solitaire, et elle ne la voyait pas souvent jouer dans la rue. Est-ce que cela ferait la différence ?

— Écoute, dit-elle d'une voix hésitante. Il faut que je te dise quelque chose.

— Quoi donc ?

— Tu n'auras peut-être plus envie d'être mon amie quand tu sauras de quoi il s'agit. Mais tant pis. J'ai l'habitude, dit Nelly sur la défensive.

— Comment cela ? Pourquoi est-ce que je ne voudrais plus être ton amie ?

— Parce que je n'ai pas le droit de jouer après l'école, dit-elle en retenant son souffle.

— Mince alors. C'est juste ça ? Moi aussi, je suis privée de sortie quand je fais des bêtises. Mais c'est pas grave. Viens demain et je te montrerai mes livres. Je peux t'en prêter si tu veux.

— Non, non, tu n'as pas compris. Je n'ai pas le droit de venir chez toi non plus. Je n'ai jamais le droit de sortir. (Les larmes montèrent aux yeux de Nelly.) Mon père ne veut pas.

Ann la regarda, surprise.

— Tu veux dire que tu as fait une grosse, grosse bêtise ?

Nelly secoua la tête.

— Je n'ai rien fait du tout. Mais il m'oblige à rester dans ma chambre. C'est comme ça.

— Mais pourquoi ?

— Je sais pas, dit-elle en haussant les épaules.

La tête penchée de côté, une expression songeuse sur le visage, Ann demanda :

— Et quand il n'est pas là ? Tu ne pourrais pas venir jouer chez moi ?

Une soudaine exaltation s'empara de Nelly. Il serait de sortie au pub ce soir – mais arriverait-elle à convaincre sa mère ?

*

Ce soir-là, Ann ouvrit la porte avec un grand sourire et fit entrer son amie. Elle la conduisit à la cuisine et dit :

— Maman, je te présente Nelly.

Elsie regarda la fillette qui se tenait timidement sur le pas de la porte.

— Bonsoir, poulette. Entre, l'invita-t-elle.

Quand les grands yeux verts croisèrent une fois de plus son regard, Elsie éprouva une étrange sensation. Voyant l'anxiété de Nelly, elle s'efforça de la mettre à l'aise.

— Viens, assieds-toi. Je suis contente de pouvoir enfin faire ta connaissance, et je suis ravie qu'Ann et toi soyez amies.

Nelly s'assit face à elle et Elsie sourit, heureuse de constater qu'elle commençait à se détendre.

— Tu aimes les puzzles ? demanda-t-elle. (Nelly hocha la tête.) Ann, va donc chercher ton nouveau puzzle pour qu'on fasse une partie toutes ensemble.

La tactique porta ses fruits, et elles passèrent la demi-heure suivante à assembler les pièces dans la bonne humeur. Quand Nelly étira le bras vers la boîte pour piocher une pièce de ciel bleu, Elsie lui saisit la main. Elle la retourna, paume en l'air, et lui écarta doucement les doigts.

— Qu'est-ce que vous faites ? demanda Nelly en essayant de dégager sa main.

— N'aie pas peur, dit Elsie, je veux juste te lire les lignes de la main.

— Mais il n'y a rien d'écrit dessus, répliqua Nelly, stupéfaite.

— Ce n'est pas ce que je voulais dire, expliqua Elsie en réprimant un rire. Je ne fais que regarder dans ta paume pour apprendre à mieux te connaître.

Elsie fut frappée par ce qu'elle lut dans la main de Nelly. Il était rare de voir des lignes comme celles-là. À l'évidence, la fillette était quelqu'un de spécial.

— Et qu'est-ce que vous voyez alors ? demanda Nelly, intriguée.

Le cœur d'Elsie se serra. Elle avait le sentiment qu'elles étaient destinées à se rencontrer et qu'un jour viendrait où Nelly aurait besoin d'être guidée. Mais pour l'instant, elle devait jouer sur du velours.

— Hum, voyons un peu. Ta ligne de vie me dit que tu es forte et en bonne santé, et cette ligne-ci que tu es intelligente. Qu'en penses-tu ? demanda-t-elle en riant pour détendre l'atmosphère.

Ann toucha le bras de Nelly.

— Ne fais pas attention à ma mère. Mon père n'arrête pas de se moquer d'elle. Il l'appelle la vieille sorcière et quand elle rentre des courses, il lui demande si elle a réussi à garer son manche à balai.

— Fais attention à ce que tu dis, coquine ! s'esclaffa Elsie. De toute façon, il est presque 21 heures. C'est l'heure d'aller se coucher, les filles. Au fait, Nelly, ça me ferait plaisir d'inviter ta maman à prendre une tasse de thé un de ces jours. Dis-lui que j'aimerais beaucoup la rencontrer.

Nelly hocha la tête, puis se retourna brusquement quand la porte de la cuisine s'ouvrit.

— Salut la compagnie ! lança Bert en entrant, Arthur à sa suite. Tu dois être Nelly, notre nouvelle voisine.

Il sourit et fit un pas en direction de Nelly, qui recula, comme apeurée.

— Tout va bien, poulette, je ne mords pas, lui dit-il d'une voix douce qui contrastait avec sa carrure de colosse.

Elsie tiqua en voyant la réaction de Nelly. Pourquoi était-elle aussi nerveuse ? Bert était un gentil géant qui n'aurait pas fait de mal à une mouche.

— Maman, j'ai faim, geignit Arthur, en reniflant bruyamment et en s'essuyant le nez du dos de la main.

— Combien de fois dois-je te répéter de te servir d'un mouchoir, le sermonna Elsie tout en se dirigeant vers la panière. Je vais te préparer un sandwich, et ensuite, au lit.

— C'est pas juste. Ann est pas encore couchée, ronchonna Arthur.

— Vous allez tous les deux au lit, le coupa sèchement Elsie.

— Mais…

— Ne réponds pas à ta mère, ordonna Bert.

— Pardon, papa, mais c'est pas juste.

— Bonsoir, murmura Nelly.

— Au revoir, poulette. À la prochaine, lui lança Elsie tout en tartinant de la margarine sur deux épaisses tranches de pain.

Sa mère est-elle au courant, se demanda-t-elle en repensant aux lignes de la main de Nelly, *et sinon, devrais-je le lui dire ?*

5

Ruth passait ses draps dans l'essoreuse en laissant son esprit vagabonder. Elle savait qu'un jour Nelly finirait par se rebiffer, mais elle ne s'était pas attendue à ce que cela arrive aussi vite.

Vendredi soir, quand elle avait demandé la permission de se rendre chez les voisins et que Ruth avait refusé, elle avait protesté. Pourquoi devait-elle toujours rester enfermée hors de la vue de papa ? Pourquoi ne pouvait-elle pas aller jouer chez son amie ? Pourquoi ? Pourquoi ? Pourquoi ?

Ruth avait tenté d'éluder ses questions, mais Nelly avait tellement insisté que, pour finir, incapable de lui avouer la vérité et n'ayant plus d'excuses à lui donner, elle l'avait autorisée à aller chez son amie. Après quoi elle s'était rongé les sangs. Si Ken rentrait entre-temps, ce serait elle qui prendrait des coups de ceinture, pas Nelly. Et tout ça à cause de ces voisins de malheur !

Elle ramassa son panier à linge en soupirant et sortit dans la cour.

— Bonjour ! J'espérais justement vous voir.

Ruth releva la tête et vit la voisine qui lui faisait signe par-dessus la clôture.

— Quand vous aurez fini d'étendre le linge, venez donc prendre une tasse de thé ! proposa-t-elle.

Ruth ne put réprimer un sourire en voyant la face ronde et amicale qui l'invitait si gentiment. Elle se prit aussitôt de sympathie pour Elsie et fut terriblement tentée d'accepter sa proposition. Quand Ken et Nelly n'étaient pas à la maison, elle se sentait seule et regrettait de ne pas avoir une amie avec qui parler. Mais oserait-elle tenter sa chance ?

Ils vivaient à Candle Lane depuis des années, mais elle ne connaissait quasiment personne. Les voisins devaient penser qu'elle les snobait, mais Ken lui avait formellement interdit de se lier avec quiconque.

Cependant, devant le regard pétillant de la voisine, elle se sentit désarmée, et avant même d'avoir ôté la pince à linge qu'elle tenait entre ses dents, elle se surprit à acquiescer.

À présent, assise à la table de la cuisine d'Elsie, elle ne pouvait s'empêcher de ressentir un pincement de jalousie à la vue du magnifique vaisselier en bois massif rempli de porcelaine bleue et blanche, et des rideaux à carreaux assortis à la nappe. À côté de la cheminée, un serviteur et un seau en laiton luisaient à la lueur des flammes qui dansaient dans l'âtre. Cet endroit était tout le contraire de sa cuisine miteuse et inhospitalière.

Tandis qu'elle mettait la bouilloire sur le feu et sortait le service à thé, Elsie observait subrepticement sa voisine. Des vêtements élimés à l'aspect grisâtre, des poignets osseux dépassant des manches d'un cardigan informe, des cheveux bruns tirés en arrière qui lui conféraient une mine austère. Pourtant, avec quelques kilos en plus et des habits corrects cette femme aurait pu être une beauté.

Elsie avait été profondément troublée quand Ann lui avait expliqué que Nelly n'était pas autorisée à sortir de sa chambre. Comment pouvait-on traiter une enfant de la sorte ? Mais à présent qu'elle papotait avec Ruth, elle se demandait si Ann n'avait pas exagéré, car cette femme lui était sympathique, et elle avait même de la peine pour elle.

— Et qu'est-ce qui vous a amenée à Battersea ? demanda Ruth.

— C'est une longue histoire, mais je vais essayer de faire court, dit Elsie en versant le thé dans les tasses. Mon mari a toujours voulu monter sa propre entreprise de déménagement, et lorsqu'il a hérité d'un peu d'argent, il a décidé de se lancer.

— Sans blague ! Il est chef d'entreprise alors ?

Elsie lâcha un petit rire.

— Entreprise est un grand mot. Il n'a qu'un seul camion. Mais c'est un début et nous espérons que l'affaire va se développer. Et maintenant, parlez-moi de vous. Que fait votre mari ?

— Il est chauffeur livreur pour une entreprise de bâtiment.

— Ils ont quelque chose en commun alors. Mon mari aussi est chauffeur livreur, dit Elsie avec un grand sourire.

— Oui, mais Ken ferait n'importe quoi pour pouvoir s'établir à son compte.

— Oh, ce n'est pas aussi merveilleux qu'on le dit. Vous, vous avez l'assurance d'un salaire qui tombe régulièrement. Mais moi, tant que Bert ne se sera pas constitué une clientèle, je vais me faire un sang d'encre.

Ruth hocha lentement la tête.

— Je vous comprends.

— Il y a longtemps que vous vivez à Candle Lane ?

— Depuis environ sept ans.

— Je trouve que les gens d'ici sont sympathiques. Tous les voisins se sont proposés pour nous donner un coup de main quand nous sommes arrivés ici, et Mme Green, qui vit en face, nous a même offert le thé quand on était en train d'emménager.

— C'est gentil à elle, dit Ruth, avant de changer aussitôt de sujet : Ma fille m'a dit que vous lisiez les lignes de la main.

— C'est vrai, mais je suis aussi voyante. C'est un don que je tiens de ma mère, qui était médium.

La curiosité illumina les traits de Ruth.

— J'ai jamais rencontré de voyante. Si je puis me permettre, en quoi ça consiste au juste ?

— Oh, pas grand-chose, je lis les lignes de la main et je tire les cartes de temps à autre. C'est plus un passe-temps qu'autre chose. Si vous voulez, je peux vous faire une séance.

— Vous entrez pas en transe, j'espère ? demanda Ruth, un peu inquiète.

— Non, non, pas du tout. Je vais simplement lire vos lignes de la main. (Étirant le bras vers Ruth, Elsie lui prit la main et examina sa paume en songeant : *Cette femme a traversé bien des épreuves.*) Vous n'avez pas eu une vie facile, mais vous allez vivre longtemps, lui dit-elle. Il y a quelqu'un dans votre passé qui a beaucoup compté pour vous, mais pour quelque raison, vous avez rompu avec lui.

Elle fronça les sourcils et, relevant la tête, déclara de but en blanc :

— Je vois qu'un enfant est né de cette union.

Ruth ôta précipitamment sa main, livide.

— Comment le savez-vous ?

Avant de pouvoir lui répondre, Elsie se sentit aspirée dans un tourbillon tandis que ses sens s'aiguisaient soudain. Elle sentit une présence et entendit un nom.

— Qui est Charlie ? demanda-t-elle.

Ruth sursauta.

— Ch-Charlie ? bredouilla-t-elle nerveusement. C'est le nom de mon père.

— Il cherche à vous mettre en garde contre quelque chose… quelque chose au sujet de votre fille. (Elsie ferma les yeux, écouta la voix.) Il y a un homme qui lui veut du mal, un homme dont elle doit se méfier.

Elsie sentit la présence lui échapper, bien qu'elle tentât de la retenir. Le tourbillon cessa, et quand elle rouvrit les yeux, elle vit que Ruth tremblait comme une feuille.

— Oh, je suis désolée, je ne voulais pas vous faire peur. Mais ce doit être un message important car il est arrivé brusquement. Vous avez idée de qui cela pourrait être ?

Blanche comme un linge, Ruth secoua la tête.

— Non, je ne vois pas de quoi vous voulez parler.

À travers ses paupières mi-closes, Elsie l'observait et voyait bien qu'elle ne disait pas la vérité. Mais malgré cela, elle aimait bien Ruth et n'avait pas envie de gâcher leur amitié.

— Je pense que vous devriez tenir compte du message, dit-elle. Car la présence était vraiment très forte.

Ruth se contenta de hocher la tête, les lèvres pincées. À l'évidence, elle estimait que le sujet était clos, et tout en leur resservant du thé, Elsie se remémora ce qu'elle avait vu dans la main de Nelly et se demanda si elle devait parler des dons de voyance de la fillette. Décidant de se fier à son instinct, elle se pencha en avant et dit sans détour :

— Vous saviez que votre fille est quelqu'un de spécial, Ruth ?

— Comment ça ?

Elsie chercha les mots justes, puis rassemblant son courage :

— Certaines personnes viennent au monde avec un don de clairvoyance, dit-elle, et votre fille est particulièrement douée. Elle pourrait devenir guérisseuse.

— Non, non, pas ma Nelly. Vous devez faire erreur, protesta Ruth.

Avec un sourire encourageant, Elsie insista :

— Réfléchissez. Vous n'avez pas remarqué qu'elle se distinguait par certains côtés ?

— Pas vraiment. Il lui arrive de raconter des choses bizarres, mais ce sont des trucs de gamine. D'ailleurs, qu'est-ce que j'aurais bien pu remarquer ?

— Lui arrive-t-il de dire qu'elle voit des gens imaginaires ? Ça se manifeste comme cela, parfois.

Elsie observa la réaction de Ruth et comprit qu'elle avait fait mouche. À présent, elle la regardait fixement, comme si elle avait été envoûtée.

— Son amie, murmura-t-elle. Elle n'arrête pas de parler de son amie, et je lui ai dit je ne sais combien de fois que tout ça, c'était dans sa tête.

— Et que vous a-t-elle dit à propos de cette amie ? demanda Elsie.

Ruth se massa les paupières du bout des doigts.

— Tout a commencé l'année dernière après son opération de l'appendicite. Oh, Elsie, c'était terrible. Le chirurgien nous a dit qu'il avait failli la perdre pendant l'opération, et qu'il avait dû la ranimer.

— Ç'a dû être terrible, en effet, compatit Elsie.

— Quand elle est revenue à elle, elle a commencé à dire des choses bizarres, sans queue ni tête, et j'ai pensé qu'elle délirait. Elle parlait d'un endroit où elle était allée et qu'elle voulait y retourner pour revoir la gentille dame.

— Vous lui avez demandé quel genre d'endroit ?

— Oui, mais sa réponse n'avait aucun sens. Elle a dit qu'elle flottait dans un tunnel, et qu'au bout il y avait des formes qui scintillaient. Même après être revenue complètement à elle, elle a continué, et j'ai fini par me fâcher. J'étais là, moi, sa mère, mais elle m'ignorait. Elle voulait voir personne d'autre que cette « dame ».

Tout en écoutant le récit de Ruth, Elsie comprit que Nelly avait dû connaître ce qu'on appelait l'état de mort imminente. Elle avait déjà entendu des histoires semblables, mais c'était un phénomène mal compris et dont on parlait peu.

— Quand elle est rentrée de l'hôpital, poursuivit Ruth, elle a arrêté d'en parler, mais parfois, quand elle est anxieuse ou patraque, elle me parle de cette amie et ça l'aide à se sentir mieux. (Elle s'arrêta, les yeux soudain agrandis par la peur.) Oh, mon Dieu, Elsie, vous êtes en train de me dire que ma Nelly parle avec les fantômes ?

— Non. Tout au moins pas encore. Mais je pense qu'elle a ce qu'on appelle un ange gardien.

Ruth resta quelques instants sans rien dire, puis un regard de déni dans les yeux, elle secoua la tête et dit :

— Je comprends rien à ces trucs. Il faut que j'y réfléchisse.

Repoussant brusquement sa chaise, elle se leva et reprit :

— Il faut que je m'en aille. J'ai encore à faire. Merci pour le thé.

— De rien. Que diriez-vous de revenir demain matin ? Ou bien je pourrais vous rendre visite.

Il y eut un blanc, suivi d'un soupir, puis Ruth déclara :

— Écoutez, je vais être franche avec vous. Mon mari m'interdit de fréquenter mes voisines. J'ai pris un risque en venant chez vous aujourd'hui, et s'il l'apprenait, il serait furieux. J'aimerais pouvoir vous rendre la politesse et vous recevoir chez moi, mais je ne peux pas. Désolée.

La pauvre femme, songea Elsie. Comment faisait-elle pour supporter un mari pareil ?

— Ce n'est pas grave, dit-elle avec entrain. Vous pouvez venir chaque fois que vous en avez envie et votre mari n'en saura rien.

— Merci, c'est gentil à vous, mais il faut que je réfléchisse, dit Ruth avec un sourire tremblant.

Après le départ de sa visiteuse, Elsie retourna à la cuisine et se laissa choir sur une chaise. Elle se sentait vidée de son énergie et tout en tortillant machinalement le bord de la nappe, elle se mit à penser à leurs nouveaux voisins. Elle s'était fait du souci pour Nelly jusqu'ici, mais maintenant qu'elle avait lu les lignes de la main à Ruth, elle se faisait du souci pour elle également. Quelque chose ne tournait pas rond dans la maison d'à côté, et il était évident que Ruth lui cachait quelque chose. Mais quoi ?

Ruth avait l'esprit en ébullition quand elle rentra chez elle. C'était la première fois qu'elle rencontrait quelqu'un comme Elsie et elle ne savait qu'en penser. Sa nouvelle voisine était une extralucide, et pourtant elle avait l'air tout à fait normale, petite et bien en chair, avec un visage rebondi et bienveillant.

Soudain, elle se demanda ce qui lui avait pris de se confier ainsi à une parfaite inconnue. Cela dit, quelque chose en elle lui inspirait confiance, une sorte de profonde sagesse dans ses yeux.

Ruth jeta un regard circulaire à la cuisine et, saisissant un chiffon à poussière, commença à essuyer sans grand enthousiasme le rebord de la cheminée. Elle ne parvenait pas à s'ôter de l'esprit la pimpante maison d'Elsie. Si seulement Ken voulait bien lui donner un peu plus d'argent, elle pourrait avoir une jolie cuisine elle aussi.

Arrête, songea-t-elle, *tu devrais être contente d'avoir un toit.* Il n'y avait pas beaucoup d'hommes qui, comme Ken, lui auraient pardonné pour ce qu'elle avait fait. Il était resté avec elle, ce qui était déjà beaucoup. Elle aurait dû s'estimer heureuse.

*

À 17 heures, la porte de derrière s'ouvrit à la volée et Ken surgit dans la cuisine. Attirant une chaise près du feu, il s'y laissa choir de tout son poids, bâilla, étira les jambes et posa les pieds sur le garde-feu. *Regardez-moi cette souillon*, songea-t-il en lorgnant Ruth qui s'affairait en tous sens. Maigre comme un coucou, elle n'avait que la peau sur les os.

— Qu'est-ce qu'il y a à dîner ? glapit-il.

— Des roulés à la saucisse, ils sont presque prêts, répondit-elle, avec un regard craintif.

— Eh ben, reste pas là les bras ballants, secoue-toi les puces, grogna-t-il.

Elle le craignait, et c'était bien fait pour elle.

Il leva les bras et s'étira, ses muscles endoloris lui arrachant une grimace. Bon sang, qu'il avait trimé aujourd'hui. Son patron, Jimmy Peterson, devait se frotter les mains, ce rapiat. La demande de matériaux de construction était en augmentation et il avait livré une grande quantité de briques sur un chantier de l'autre côté de la Tamise.

Toujours est-il qu'il avait croisé Billy Bushell par hasard, et comme le hasard faisait bien les choses, Billy lui avait proposé du whisky à bon prix « tombé du camion » et ils avaient convenu de se retrouver plus tard au King's Head à Balham pour faire affaire.

Ken se cala confortablement sur sa chaise et déplia le journal du soir. Pendant quelques instants, on n'entendit que le tintement d'une cuillère remuant le contenu d'une casserole et le bruissement des pages qu'on tourne.

Enfin, Ruth l'appela à table.

Il s'assit à sa place habituelle et dévora son dîner, impatient de se rendre au pub. Il torcha son assiette avec un morceau de pain qu'il se fourra dans la bouche et se leva de table en rotant bruyamment.

— Quand vas-tu te décider à faire la cuisine ? T'es qu'une bonne à rien, lâcha-t-il en sortant d'un pas pesant.

Après un brin de toilette, il enfila son manteau pour se rendre à son rendez-vous. Il était né à Balham et c'est là que Ruth et lui s'étaient installés au début de leur mariage, mais maintenant, hormis pour le whisky, c'est un quartier qu'il préférait éviter.

Comme il descendait Candle Lane, il aperçut le bus qui approchait de l'arrêt de Long Street et se mit à courir pour l'attraper. Hors d'haleine, il se laissa tomber sur le premier siège libre et se mit à songer à Ruth. Après la guerre, quand il était revenu du front, le cœur léger et plein d'optimisme, il s'était juré de leur donner une deuxième chance à Ruth et lui. Et Dieu sait s'il avait essayé. Mais c'était plus fort que lui, chaque fois qu'il voyait la morveuse avec sa tignasse rousse, ça le hérissait.

Il en serait peut-être allé autrement si Ruth lui avait donné le fils qu'il désirait si fort, mais… là encore, elle avait déçu ses attentes. Et maintenant, il voulait qu'elle paie, et son unique plaisir désormais c'était de la mener à la baguette. Elle ne lui tenait jamais tête. Elle n'aurait pas osé, et les seules fois où elle se rebiffait, c'est quand il menaçait la gamine.

Le bus le laissa à quelques mètres du King's Head et quand il poussa la porte du pub, un épais nuage de fumée s'échappa dans l'air froid de la nuit. Jetant un rapide regard circulaire pour s'assurer qu'aucun visage connu ne se trouvait là, il s'approcha du zinc d'un pas nonchalant.

— Ça alors ! Ken Marchant !

Ses yeux s'illuminèrent quand il reconnut la plantureuse serveuse blonde.

— Barbara ! Quelle surprise ! Comment ça va ? Et Bob ?

— Bon sang, mais t'es pas au courant ? Bob est jamais revenu. Il a laissé sa peau en Normandie.

— Oh, non. Désolé, ma belle.

— Il me manque, tu sais. C'était un gars tellement super, dit-elle en secouant la tête. Dire qu'il y a des centaines de bateaux qui sont allés chercher nos gars sur les plages de Normandie et que mon Bob a raté le coche. Il était toujours le dernier de la file, pas vrai ? (Elle sourit tristement.) « Lent mais persévérant », je lui disais.

— C'est vraiment pas de chance, dit Ken compatissant.

Barbara haussa les épaules, puis ajouta d'un ton blasé :

— Bah, c'était il y a longtemps et la vie continue, pas vrai ? Qu'est-ce que je te sers ?

— Une pinte, s'il te plaît, et je te paie un verre.

— C'est gentil. Pour moi, ce sera un doigt de gin, si tu veux bien.

— Naturellement. (Il se pencha en avant, les bras posés sur le bar.) Je cherche Billy Bushell. Tu l'aurais pas vu des fois ?

Elle sourit :

— Bien sûr que je l'ai vu quand il s'est fait alpaguer.

— Quoi ! Quand ça ?

— Il y a une demi-heure. Il était en train d'essayer de refourguer sa camelote à un quidam. Manque de bol, le type était flic. Le gérant était pas content. Si jamais ça remonte jusqu'à la direction, il risque de perdre sa place.

Les yeux de Ken s'agrandirent. Il l'avait échappé belle ! Un peu plus et il se faisait coffrer lui aussi.

Barbara lui lança un regard perçant.

— Me dis pas que tu voulais lui acheter son tord-boyaux ?

— Eh bien, si, figure-toi, dit-il avec un sourire penaud.

— Oh, le vilain garçon, dit-elle en lui décochant une œillade aguicheuse.

Quand arriva l'heure de la fermeture, il avait bu plus que de raison et continuait de bavarder avec Barbara, qui exhibait son généreux décolleté au-dessus du comptoir.

— Reste encore un peu, Ken, j'aurai bientôt fini mon service. Ensuite, on ira chez moi prendre un petit whisky.

— Mais, mon chou, tu sais bien que je suis marié, dit-il en levant les mains, l'air faussement scandalisé.

— C'est juste pour prendre un whisky, répondit-elle avec un sourire qui démentait ses paroles.

6

Ruth venait de récurer à fond le sol de la cuisine. Prenant appui sur ses paumes, elle se redressa et s'assit sur ses talons pour masser ses reins douloureux. Au même instant, elle entendit frapper trois petits coups contre le mur mitoyen. C'était Elsie qui l'avertissait que la bouilloire était en route et que c'était l'heure de la pause.

Ces derniers mois, beaucoup de choses avaient changé pour Ruth. Elle était devenue proche de sa nouvelle voisine, chez qui elle allait prendre le thé quand elle avait fini ses corvées du matin. Depuis que Ken faisait des tournées en province, la vie était plus facile. À croire que passer une ou deux nuits par semaine loin de la maison lui avait adouci le caractère. En tout cas, ça faisait un bail qu'il ne l'avait pas frappée.

Elle passa un dernier coup de serpillière sur le lino, se frotta les genoux en grimaçant de douleur et frappa un coup contre le mur pour prévenir Elsie qu'elle arrivait.

— J'espère que le thé est prêt ! J'ai la gorge comme du papier de verre, lança-t-elle en entrant par l'arrière-cuisine.

Elsie était en train de remplir les tasses.

— Il est prêt, répondit-elle avec un grand sourire. Toi et ton thé, c'est un samovar que j'aurais dû acheter quand je suis venue m'installer ici.

Ruth prit place autour de la table en riant.

— Quoi de neuf ?

— Rien, mais tu as peut-être entendu le raffut de ce matin ? Mon Arthur était tellement pressé de prendre son petit-déjeuner qu'il a dévalé tout l'escalier sur les fesses. Il a dû rameuter toute la rue, ma parole. Et ensuite il a fait tout un foin pour ne pas aller à l'école. Mais on n'a pas cédé, surtout quand on a vu comment il engouffrait la nourriture. Franchement, je ne sais pas comment il fait pour avaler tout ça. Bert dit qu'il doit avoir les jambes creuses.

— J'ai rien entendu, mais j'ai remarqué que ton mari était parti de bonne heure. Il a décroché un nouveau déménagement ?

Elsie sucra le thé, puis poussa une tasse en travers de la table pour Ruth.

— Oui, pour une famille qui part s'installer dans le Devon, les veinards. Les affaires ont l'air de marcher en tout cas, et Bert dit que si ça continue comme ça on va pouvoir acheter un deuxième camion l'an prochain. Pour l'instant, il réinvestit presque tout ce qu'il gagne dans l'entreprise, mais du moment qu'il me verse l'argent du ménage chaque semaine, je ne vais pas me plaindre.

Ruth prit une gorgée de thé qu'elle savoura avec délectation.

— Tu as de la chance, Elsie, tu reçois bien plus que moi.

— Je sais, mais maintenant que ton mari fait des tournées en province, il doit gagner plus. Pourquoi tu ne lui demandes pas un supplément ?

— Tu plaisantes ! Jamais je ferais une chose pareille. De toute façon, maintenant qu'il s'absente deux fois par semaine, j'ai plus besoin d'acheter autant de nourriture. C'est toujours ça.

Elsie se mordilla la lèvre, une drôle d'expression sur le visage. Mais avant que Ruth lui demande ce qui n'allait pas, elle lança :

— Au fait, Peggy Green et moi, on va au loto ce soir. Ça te dirait de venir ?

— Impossible, Ken doit rentrer ce soir, répondit Ruth, qui finit le fond de sa tasse et dit : Il faut que j'y aille. Je dois mettre la popote en route, et j'ai du repassage à finir. On se voit demain !

Quand Ruth fut partie, Elsie retourna à la cuisine et se laissa tomber sur une chaise. Depuis quelque temps déjà elle sentait que quelque chose ne tournait pas rond. Et voilà que, la semaine dernière, alors que son mari était censé être à Portsmouth, Bert l'avait aperçu à Balham. Il traficotait certainement quelque chose – peut-être y avait-il une autre femme ? Mais elle se voyait mal en parler à Ruth alors qu'elle n'était sûre de rien.

Elsie était profondément plongée dans ses pensées quand on frappa un grand coup à la porte de devant. Elle sursauta et fronça les sourcils en se demandant qui ça pouvait bien être. Quand elle ouvrit, elle trouva Arthur sur le seuil, un agent de police derrière lui.

— Madame Jones ? demanda-t-il en posant une main sur l'épaule du garçon.

— Oh, mon Dieu, qu'est-ce qui se passe ? s'écria-t-elle, affolée et les genoux tremblants.

— J'ai deux mots à vous dire concernant votre fils, lui dit-il, l'air sévère.

— Entrez, entrez, je vous prie.

Il la suivit à la cuisine, ôta son casque et le plaça sous son bras tandis qu'il se campait solennellement devant elle.

— Madame Jones, saviez-vous que votre fils n'était pas à l'école aujourd'hui ?

— Non, bien sûr que non. Qu'est-ce qui se passe, Arthur ? Qu'est-ce que tu as fait ?

Les traits du garçon se crispèrent.

— Je déteste ce quartier, m'man. Je déteste ma nouvelle école, alors je suis retourné à Wimbledon.

Le policeman s'éclaircit la voix.

— Je crains que ce ne soit pas tout, madame Jones. Il a été pris en train de voler des bonbons.

Sans laisser à Elsie le temps de protester, il ajouta :

— Toutefois, votre garçon a eu de la chance. Le marchand n'a pas souhaité porter plainte, si bien qu'il a été relâché avec un simple rappel à l'ordre.

Elsie eut le souffle coupé. Non seulement son fils faisait l'école buissonnière, mais il volait dans les magasins.

— Que va dire son père ?

— Bien, dit le policier sèchement. Je vous laisse à présent. Je suis sûr que ça lui a servi de leçon et qu'il ne recommencera plus. (Il se tourna vers Arthur.) J'espère que tu ne vas pas me faire mentir, jeune homme.

Arthur, rouge de honte, hocha la tête sans rien dire.

Lorsqu'ils furent seuls, Elsie regarda son fils, muette d'indignation. Elle n'arrivait pas à y croire.

— Arthur… mais enfin, pourquoi ? finit-elle par dire.

— Ici, tout me manque, m'man. Mes copains, le parc de Wimbledon, les arbres, les étangs pour pêcher. Je peux pas jouer au foot tout seul tout de même.

— Mais comment se fait-il que tu n'aies pas d'amis dans ta nouvelle école ?

— Parce que les garçons là-bas, ils ont toujours vécu ici. Ils se connaissent tous et ils veulent pas de moi dans leur bande.

Sa lèvre inférieure projetée en avant, il ajouta, dépité :

— Je suis le nouveau, celui dont personne ne veut. Ils n'arrêtent pas de m'asticoter.

La gorge d'Elsie se noua quand elle contempla son fils, debout devant elle, avec ses chaussettes tire-bouchonnées, ses genoux sales et écorchés, et sa tignasse brune ébouriffée. Elle eut envie de le serrer contre son cœur et de le protéger.

— Viens ici, mon fils, lui dit-elle, mais quand elle lui tendit les bras, il se recula.

— Arrête, m'man, je suis plus un bébé, protesta-t-il. J'ai presque onze ans et demi.

— Je ne sais pas quoi te dire, soupira-t-elle tandis que ses bras retombaient de chaque côté de son corps. On ne peut pas retourner à Wimbledon. Il faut faire contre mauvaise fortune bon cœur.

— Je sais, m'man, mais n'empêche que j'aime pas ce quartier.

— Et les bonbons, Arthur, pourquoi tu as fait ça ? Tu sais qu'on ne doit pas voler.

— Je suis désolé. J'ai payé mon ticket de bus avec les sous de la cantine, et après j'étais mort de faim, gémit-il.

Elsie ne pouvait pas se résoudre à le punir. Il avait l'air tellement malheureux. Et puis d'une certaine façon, elle le comprenait. Elle aussi se languissait de leur ancien quartier. Ce n'était pas comme ici, dans cette zone industrielle où les immenses cheminées oblitéraient la vue et recrachaient de la fumée dans l'air. Si elle n'avait pas fait la connaissance de Ruth et de quelques autres femmes de Candle Lane, elle serait devenue folle. Arthur finirait sûrement lui aussi par s'acclimater et se faire des copains.

— J'ai une idée, fiston, dit-elle tout excitée. (Elle rit en voyant l'expression stupéfaite d'Arthur.) Tu pourrais entrer chez les scouts.

Il fronça les sourcils et lança un regard perplexe à sa mère.

— Songe à toutes les choses que font les scouts, mon chéri. Tu as toujours rêvé de faire du camping.

Son visage s'éclaira soudain.

— Oui, c'est vrai, m'man. Comment est-ce qu'on fait pour s'inscrire ?

— Nous verrons ça plus tard, mais d'abord promets-moi de ne plus manquer l'école et de ne *plus jamais* voler de bonbons.

Lorsqu'il lui eut donné sa parole, Elsie l'envoya dans sa chambre. *Quelle drôle de journée*, songea-t-elle. Elle se faisait du souci pour Ruth et voilà que les soucis venaient frapper à sa porte à elle aussi.

Plus tard, tandis qu'elle épluchait les pommes de terre, les mains plongées dans l'eau froide, elle sentit un frisson la parcourir. Une vision de Nelly emplit son esprit. Il n'y avait pas que Ken pour qui Ruth avait du souci à se faire, il y avait aussi sa fille.

7

Nelly, tout excitée, marchait d'un pas sautillant en tirant sa mère par la main.

— Doucement, ma puce. J'arrive pas à te suivre, protesta Ruth.

— J'ai hâte de voir l'oncle Harry. On s'amuse bien avec lui. Tu te souviens la dernière fois, quand il a fait le cheval avec moi grimpée sur son dos ?

Elle fronça soudain les sourcils et regardant sa mère, demanda :

— Pourquoi est-ce que papa il ne joue jamais avec moi ?

Ruth répliqua, visiblement contrariée :

— J'en ai plein le dos de toutes tes questions ! Et maintenant, grouille-toi, il y a un bus qui arrive. Si on court, on va pouvoir l'attraper.

Dans le bus, Nelly regardait défiler le paysage d'un œil morne. Pourquoi sa mère ne voulait-elle jamais répondre à ses questions ?

Quand elles arrivèrent chez sa tante Mary, elle se précipita dans le salon.

— Oncle Harry ! s'écria-t-elle en enveloppant sa taille de ses bras.

— Salut, princesse ! dit-il avec un grand sourire. (Puis il s'assit dans le gros fauteuil et la prit sur ses genoux.) Comment va ma petite fée préférée ?

— J'ai une nouvelle amie. Elle s'appelle Ann.

— C'est super, la complimenta-t-il.

— Où est mamie ? demanda Nelly en constatant que son fauteuil était vide.

— Elle a attrapé froid. Elle est en train de se reposer dans sa chambre. Mais tu pourras aller lui dire bonjour quand elle se réveillera.

— Harry, ça t'ennuierait de rester à la maison et de veiller sur maman pendant que Ruth et moi on va au marché ? demanda Mary, préoccupée.

— Non, non, bien sûr. Je vais tenir compagnie à Nelly.

Quand la porte se referma derrière sa tante et sa mère, Nelly poussa un soupir satisfait et se pelotonna contre son oncle. Quelle chance de l'avoir pour elle toute seule !

— C'est dommage que tu sois pas mon papa, dit-elle, mélancolique.

— Allons, Nelly, ton père ne serait pas content s'il t'entendait dire ça, la reprit-il gentiment.

— Ça lui serait égal. Il ne m'aime pas.

— Mais bien sûr que si. Tu es une petite fille adorable et je suis sûr qu'il est très fier de toi.

Elle mordilla son pouce. *Si seulement je pouvais lui dire comment il est vraiment*, songea-t-elle. *Jamais il ne me prend sur ses genoux*.

— Oncle Harry, tu veux bien me raconter une histoire ?

— Bien sûr, ma poulette, dit-il en l'étreignant tendrement. Il était une fois…

La douce chaleur du poêle, le tic-tac régulier de la pendule et la voix douce de son oncle étaient tellement apaisants qu'elle sentit ses paupières se fermer.

— Eh, tu n'es pas en train de t'endormir, au moins ? plaisanta-t-il en la chatouillant sous les aisselles.

Elle rit en se tortillant, les bras collés contre son corps pour échapper à ses chatouilles.

— Non, non, je t'écoutais. Non, s'il te plaît, oncle Harry, arrête.

Il arrêta de la chatouiller et elle fronça les sourcils, sentant un brusque changement d'humeur. Il ne riait plus à présent tandis qu'il lui enserrait la taille et se frottait contre elle en poussant des petits grognements. Elle se raidit, terrorisée, quand sa main s'immisça sous sa jupe et remonta le long de sa cuisse.

— Mais qu'est-ce que tu fais ? Arrête ! s'écria-t-elle en serrant fermement ses jambes l'une contre l'autre.

— Allons, petite princesse, susurra-t-il. Je croyais que tu m'aimais ?

Paniquée, elle se débattit pour tenter d'échapper à ses doigts insistants.

— Aïe ! Lâche-moi ! S'il te plaît, laisse-moi tranquille, l'implora-t-elle.

Son oncle faisait des choses pas convenables et il lui faisait mal.

Soudain, il ôta sa main et pivota sur lui-même. Sans lui laisser le temps de réagir, il l'empoigna fermement et la maintint coincée entre lui et le bras du fauteuil.

— Tout va bien, ma poulette, j'essaie juste de te montrer combien je t'aime, haleta-t-il, tandis que ses mains se débattaient avec sa braguette.

Elle se raidit, écarquillant des yeux terrifiés quand il sortit sa chose et la pointa vers elle.

— Tiens, Nelly, ordonna-t-il, le regard sombre et vitreux. Prends-la dans ta main.

— Non ! cria-t-elle, affolée.

Elle voulut se reculer, mais elle était prise au piège.

— Allons, Nelly, murmura-t-il d'une voix caressante tandis que son autre main s'immisçait à nouveau sous sa jupe.

Elle allait se mettre à hurler, quand la porte s'ouvrit.

Ruth se figea sur le seuil, sidérée. Non, c'était impossible, ses yeux la trahissaient ! Une colère noire s'empara soudain d'elle, libérant ses mouvements et la propulsant à l'autre bout du salon. Saisissant Nelly par le bras, elle l'arracha au fauteuil avec une telle force que la petite atterrit en boule sur le parquet.

— Espèce de porc ! rugit-elle. Elle n'a que dix ans !

Puis ses mains déchaînées se mirent à frapper Harry au visage et à la tête tandis qu'il se recroquevillait sur lui-même en levant les bras pour se protéger.

— Ruth, Ruth, arrête ! Qu'est-ce qui te prend ?

La voix de Mary lui parvint et elle sentit ses mains la tirer en arrière.

— Lâche-moi ! cria-t-elle. Je vais le tuer !

— Ruth, ça suffit, pour l'amour du ciel. Qu'est-ce qui te prend ? demanda Mary.

Tremblante et hors d'haleine, Ruth leva vers sa sœur un regard incrédule.

— Ce qui me prend ? Espèce de gourde, c'est à *lui* qu'il faut demander ça ! s'écria-t-elle, furieuse, en pointant Harry du doigt. Ce porc était en train de tripoter Nelly. On devrait l'enfermer !

Harry enfouit sa tête dans ses mains.

— Désolé, Ruth. Ce n'est pas ce que tu crois.

— Parce que tu me prends pour une idiote en plus ? Je t'ai vu avec ta chose dans une main et l'autre passée sous la jupe de Nelly.

— Qu'est-ce que tu as dit ? demanda Sadie en s'encadrant dans le chambranle.

En entendant la voix de sa grand-mère, Nelly poussa un couinement. Elle se traîna jusqu'à elle et enserra ses jambes avec ses bras.

— S'il te plaît, mamie, emmène-moi loin d'ici.

Jetant un regard plein de dégoût à Harry, Sadie se baissa pour aider sa petite-fille à se relever.

— Viens, ma chérie. Allons à l'étage.

— Non, maman, je la ramène à la maison, et je vais faire un crochet jusqu'au commissariat pour porter plainte.

— Non, s'il te plaît, pas la police, l'implora Mary. Il faut que je te parle. S'il te plaît, Ruth, viens à la cuisine. Je vais tout t'expliquer.

— M'expliquer quoi ! Y'a rien qui me fera changer d'avis. Comment peux-tu même songer à prendre sa défense ? Les hommes qui font ça aux enfants sont les pires salopards.

Mary la saisit par le bras.

— S'il te plaît, juste cinq minutes.

— J'emmène la petite là-haut, dit Sadie. Ce ne sont pas des choses qu'une fillette devrait entendre.

Ruth hocha distraitement la tête tandis que sa mère sortait du salon en tenant Nelly par la main. Puis avec un regard plein de mépris à Harry, elle fit signe à Mary de la suivre et se dirigea vers la cuisine.

— Eh bien, vas-y, glapit-elle. Crache le morceau.

Mary referma la porte et s'y adossa, une main posée sur la poignée.

— S'il te plaît, Ruth, ne porte pas plainte. C'est inutile. Harry n'aurait pas pu aller plus loin.

— Comment peux-tu en être si sûre ? rétorqua Ruth en ravalant le flot de bile qui lui montait dans la gorge. Bon sang, Mary, si on n'était pas rentrées parce que tu avais oublié ton porte-monnaie à la maison, imagine ce qui se serait passé !

— Non… attends, tu ne comprends pas.

— Je ne comprends pas quoi ? Je n'ai pas la berlue ! Et je n'ai pas remarqué qu'il s'était répandu en excuses.

— Écoute, Ruth, je t'en conjure. Harry… n'aurait pas pu aller plus loin parce que… parce qu'il est impuissant, lâcha-t-elle soudain, rouge de honte.

— À d'autres, Mary. Il n'y a rien qui cloche chez lui, pas d'après ce que j'ai pu voir. Comment est-ce que tu peux défendre un porc pareil ?

Poussant Mary de côté, elle ouvrit la porte en grand.

— Je te pardonnerai jamais, et je vais porter plainte, menaça-t-elle en montant chercher sa fille à l'étage.

Nelly n'avait jamais vu sa mère aussi fâchée. Elle se blottit contre sa grand-mère dans le lit où elles étaient allongées côte à côte.

— Ruth, dit Sadie, avant d'aller porter plainte, n'oublie pas qu'une certaine personne va devoir présenter des preuves.

La personne dont parlait sa grand-mère, c'était elle ? se demanda Nelly, inquiète. Sa mère allait-elle l'emmener avec elle au commissariat ? Elle enfouit sa tête dans le flanc de sa grand-mère et écouta la conversation.

— Qu'est-ce que tu proposes, maman ? Que je laisse courir l'affaire ?

— Je ne sais pas, mais je pense que tu devrais te donner un peu de temps avant de prendre une décision.

— C'est inutile. Je ne peux pas en parler, j'ai une migraine épouvantable et j'arrive plus à penser. On se voit la sem… Oh, non ! Qu'est-ce qu'on va faire ? Je peux plus venir ici.

— Non, Ruth, ne dis pas ça. Je ne supporterais pas de ne plus vous voir, la petite et toi. Tu ne peux pas venir quand Harry est en déplacement ?

Nelly releva légèrement la tête et jeta un regard furtif autour d'elle. Sa grand-mère avait l'air si triste, et sa mère si en colère.

— C'est pas seulement à cause de Harry. Mary aussi, répondit-elle d'une voix stridente. Mais enfin, comment peut-elle supporter de vivre avec lui ? Jamais je lui pardonnerai. Et je veux plus jamais la revoir.

Les yeux de Nelly se remplirent de larmes tandis qu'elle se pelotonnait à nouveau contre sa grand-mère, un bras passé autour de sa taille.

— Regarde cette pauvre petite, Ruth. Va savoir quelles conséquences toute cette histoire va avoir pour elle. Tu ferais bien de la ramener chez vous.

— Oui, tu as raison. Allez, viens, Nelly, dit-elle sèchement. Lève-toi.

— Ruth, ne lui parle pas sur ce ton. Ce n'est pas sa faute, la sermonna Sadie.

— Je sais, mais je suis tellement en colère.

Nelly se releva, essuya ses joues humides avec la manche de son cardigan, puis balança ses jambes par-dessus le rebord du lit sans oser regarder sa mère.

— Écoute, ma poulette, lui dit sa grand-mère en la prenant par le menton. Je veux que tu te souviennes que tu n'as rien fait de mal. (Puis elle la serra brièvement dans ses bras.) À plus tard, ma chérie, et ne t'inquiète pas. On se reverra bientôt, je te le promets.

Lorsqu'elles redescendirent, sa mère lança un regard glacial à tante Mary quand elles passèrent dans le couloir. Elle entraperçut son oncle toujours assis dans son fauteuil, puis elles sortirent dans la rue, et sa mère fit claquer violemment la porte derrière elles.

Elle remonta ensuite la rue en courant derrière sa mère qui arpentait le trottoir à grandes enjambées, hors d'elle.

— Nom d'un chien, Nelly, grouille-toi. Ton père va piquer sa crise si je reviens à la maison sans rien à manger. J'ai même pas encore fait les courses.

Nelly était dans le brouillard quand elles montèrent dans le bus. Elle s'assit aussi loin que possible de sa mère et regarda sans rien dire par la fenêtre. Elle remuait inconfortablement sur son siège, son entrejambe encore sensible là où son oncle l'avait touchée. Mais pourquoi avait-il fait ça ? Il lui avait dit qu'il l'aimait et pourtant il lui avait fait mal, et peur.

Quand elles traversèrent le pont de chemin de fer de Clapham Junction, un train s'engagea dans le tunnel en recrachant un gros nuage de fumée qui enveloppa tout le bus, donnant l'impression que le temps s'était arrêté. Nelly se retourna lorsque la fumée se fut dissipée et surprit sa mère en train de la foudroyer du regard, les lèvres pincées.

— Secoue-toi les puces, on descend à la prochaine, glapit-elle.

Surprise, Nelly longea l'allée centrale et quand elles descendirent du bus, elle vit le commissariat. Elle retint son souffle tandis qu'elles se rapprochaient de l'entrée principale.

— Maman, je veux pas y aller. S'il te plaît, la supplia-t-elle. Je te demande pardon. Je m'assiérai plus jamais sur les genoux d'oncle Harry, promis.

— Bon sang, Nelly, qu'est-ce qui cloche chez toi ? Je t'emmène nulle part, on va juste faire les courses.

Tout son corps se détendit d'un coup.

— Je… je croyais qu'on allait à la police.

— Mais non, voyons. Pourquoi je ferais une chose pareille ?

— Tu as dit à mamie qu'on allait au commissariat.

— Eh bien, j'ai changé d'avis. Et maintenant, tais-toi.

Elles firent la tournée des commerçants en deux temps trois mouvements. L'épicier, le boucher, le boulanger, sa mère se plaignant que tout était trop cher, tandis que son cabas se remplissait progressivement. Puis elles prirent le chemin de la maison.

Nelly se tenait derrière sa mère quand celle-ci ouvrit la porte. Se retournant promptement, Ruth posa un doigt sur ses lèvres en désignant le portemanteau.

— Vite, Nelly, monte, chuchota-t-elle. Ton père est rentré.

Ken releva les yeux, surpris, quand la porte de la cuisine s'ouvrit et que Ruth entra, livide et visiblement agitée. Elle déposa deux cabas pleins à terre, tira une chaise et s'assit, les coudes posés sur la table et la tête dans les mains.

— Ken, il s'est passé quelque chose de terrible chez Mary, dit-elle.

— Sans blague ? Il est arrivé quelque chose à ta pimbêche de sœur ? Mon cœur saigne, railla-t-il, sarcastique.

— S'il te plaît, Ken. Ne sois pas comme ça, dit-elle en fondant en larmes, son corps tout entier secoué de sanglots. C'est... c'est Harry, il a essayé de tripoter Nelly. Je l'ai surpris en train de glisser sa main sous sa jupe.

— Quoi ! s'écria Ken, abasourdi par les révélations de Ruth. Sacré Harry, qui se fait passer pour un saint.

Les pensées se bousculaient dans sa tête. Il était profondément dégoûté et en même temps il se demandait comment retourner la situation à son avantage.

— Je vais le dénoncer à la police, Ken, mais je me fais du souci pour Nelly. Est-ce qu'elle va devoir témoigner devant les juges ?

— Comment veux-tu que je le sache ? répondit-il avec humeur.

Puis il se mit à réfléchir en se massant la nuque. Il avait désespérément besoin d'argent et pourrait peut-être en extorquer à Harry. Mais pour cela, il fallait tenir la police à l'écart. *Il faut que je trouve un moyen de gagner du temps*, songea-t-il. *Je vais amadouer Ruth jusqu'à ce que j'aie élaboré un plan.*

Feignant la compassion, il s'approcha de sa femme et lui massa doucement les épaules.

— Allons, allons, il faut pas prendre de décisions quand on est dans cet état. Je propose qu'on en reparle demain, à tête reposée. T'inquiète pas pour le déjeuner, je vais faire un saut à la friterie et nous ramener du *fish and chips*.

Ruth leva vers lui un regard plein de gratitude.

— Oh, merci, Ken. (Elle sortit son porte-monnaie.) Tiens, voilà de l'argent.

— Non, non, c'est moi qui invite, dit-il, amusé par la stupeur qui se lisait dans ses yeux.

Le temps d'atteindre la friterie, il regrettait déjà sa générosité. Il était à court d'argent ces temps-ci, car Barbara lui coûtait une fortune. Il sentit son membre se réveiller quand il repensa à la nuit de la veille. Cette fille était insatiable et il avait hâte de la revoir. Heureusement, Ruth était tellement naïve qu'elle l'avait cru quand il lui avait dit qu'il faisait des tournées en province. Elle avait tout gobé sans poser la moindre question. Il ricana – c'était une idée de génie et l'excuse parfaite pour passer la nuit avec Barbara.

— Deux portions de cabillaud et de frites, lança-t-il quand arriva son tour dans la queue.

La gamine n'aurait qu'à partager la portion de sa mère.

8

Debout devant la glace, Barbara mettait la touche finale à son maquillage. *Hum*, *pas mal*, songea-t-elle en lissant sa jolie coupe au carré blond platine, *mais je vais devoir retoucher les racines*. Elle inspecta ses dents, s'assurant qu'elles ne portaient pas de traces de rouge à lèvres, puis tourna légèrement la tête en prenant une moue sexy. *Il est vrai que j'ai un faux air de Diana Dors*, réalisa-t-elle en se rappelant la remarque flatteuse d'un client du pub.

Elle jeta un coup d'œil à la pendule et se renfrogna. Il était presque l'heure de prendre son service du dimanche midi. Elle scruta ensuite ses jambes, les coutures de ses bas étaient parfaitement droites.

Je ne serai bientôt plus dans ce gourbi, se dit-elle, *maintenant que Ken me mange dans la main*. Un grand sourire se peignit sur ses lèvres rouge vif. Elle était dingue de ce beau brun ténébreux aux allures de gitan. Un vrai cadeau après tous les losers qu'elle avait fréquentés ces dernières années.

Le temps pressait ; son dernier petit ami allait sortir de prison dans trois mois. Une belle ordure, celui-là. Il fallait qu'elle soit partie de Balham avant sa libération. *Je vais devoir travailler un peu plus Ken au corps.*

Il était presque 13 heures quand Ken entra dans le pub et s'approcha du bar, une expression de joie contenue sur le visage, ses yeux noirs scintillant d'excitation.

— Tu nous sers une pinte, ma jolie, lui lança-t-il avec un clin d'œil complice.

— Tu m'as l'air bien content de toi. T'aurais pas gagné aux courses, des fois ?

— Non, mais j'ai un plan, et si ça marche, on sera bientôt partis.

Le cœur de Barbara fit un bond dans sa poitrine.

— Oh, Ken, tu es sérieux ?

— Hé, Barbara ! Tu nous sers quand t'en auras fini avec le beau gosse ? lança un client impatient.

— Désolée, chéri, murmura-t-elle. Je reviens tout de suite. Qu'est-ce que je te sers ? demanda-t-elle au client, sans même lui accorder un regard.

— Une pinte, comme d'hab, et fais gaffe à toi si tu veux pas qu'on t'arrange le portrait.

— Qu'est-ce que tu dis ?

— Quoi ? T'es pas au courant ? ricana l'homme, l'air mauvais. Ton mec a été libéré sur parole. Il sort la semaine prochaine.

— Si, bien sûr que je suis au courant, mentit-elle. Tiens, une pinte de bitter. Ça fera un souverain et deux pence.

Raflant les pièces, elle les jeta dans le tiroir-caisse, puis, prenant l'air dégagé, alla rejoindre Ken au bout du comptoir.

— On dirait que tu n'es pas dans ton assiette. Ce type t'embête ? demanda-t-il.

— Non, t'inquiète, ceux-là, je sais comment les remettre à leur place. Mais je suis un peu fatiguée. Tu viens à la maison, hein ?

— Bien sûr, et il y a quelque chose dont j'aimerais te parler en privé.

*

Barbara a raison, songea Ken, tandis qu'il se hâtait vers la maison de Mary, *il faut battre le fer pendant qu'il est chaud.* Il avait réussi à convaincre Ruth de ne pas aller porter plainte, mais elle aurait pu changer d'avis.

— Je suis venu voir Harry, dit-il quand Mary vint ouvrir la porte, un regard de panique dans les yeux.

— Tu ferais mieux d'entrer, dit-elle d'une voix tremblante.

— Non, j'entre pas. C'est lui qui va sortir me parler dehors. Et vite ! cria-t-il en voyant qu'elle hésitait.

— C'est bon, j'arrive, lança Harry en s'encadrant dans le chambranle. Mary, laisse-nous seuls.

Ken railla :

— C'est ça, fais ce qu'il te dit, ma jolie. On voudrait pas choquer tes oreilles délicates. Et maintenant, viens Harry, enfile ton manteau. Toi et moi, on va faire un petit tour.

— S'il te plaît, Ken, supplia Mary, ne lui fais pas de mal.

— T'inquiète, dit Harry en la poussant doucement vers le vestibule et en décrochant son manteau de la patère. Je serai pas long.

Les deux hommes se mirent en route, Ken gardant le silence jusqu'à ce qu'ils aient atteint le parc de Tooting Common, histoire de laisser Harry mijoter un moment dans son jus. Puis il traversa la pelouse et s'assit sur le banc le plus proche en s'assurant que personne n'était à portée de voix.

— Eh bien, qu'as-tu à dire pour ta défense ? demanda-t-il.

Harry prit place à côté de lui.

— Ken, écoute, toute cette affaire a été montée en épingle. J'aime beaucoup Nelly et je lui ai fait un câlin, c'est tout.

— Arrête tes boniments ! D'après ce que Ruth m'a raconté, c'était bien plus qu'un câlin... De toute façon, ajouta-t-il pour enfoncer le clou, elle a décidé de porter plainte.

Harry tourna vers Ken un regard paniqué.

— Mary et moi on n'a quasiment pas dormi hier soir. Je suis même étonné que la police ait pas encore débarqué.

— C'est à moi que tu le dois. Ruth était dans un tel état, que je l'ai persuadée d'attendre jusqu'à aujourd'hui.

— S'il te plaît, Ken, songe aux conséquences que ça aurait pour Mary et Sadie. Tu ne peux rien faire pour la dissuader ?

— Si tu as rien fait de plus qu'un câlin à Nelly, pourquoi tu te mets dans cet état ? Allons, Harry, inutile de nier, ajouta-t-il avec un sourire sarcastique. Cela étant, il y a peut-être un moyen de s'arranger.

— Lequel ? Je ferai tout ce que vous voudrez, répondit Harry aussitôt.

Ken croisa les bras et se cala confortablement sur le banc, ses jambes étirées devant lui.

— Voyons voir... combien tu serais prêt à cracher pour acheter le silence de Ruth ?

— De l'argent ! (Harry le dévisagea d'un air dégoûté.) C'est donc ça ?

— Ça va, arrête de me prendre de haut. Après tout, c'est pas moi qui tripote les petites filles. Ils adorent les mecs comme toi à la centrale, menaça-t-il.

— Oh, non ! Harry enfouit sa tête dans ses mains, puis finit par dire d'une voix étouffée : Entendu, combien tu veux ?

Ken sourit, puis annonça la couleur.

Pendant ce temps, étendue sur son lit, Barbara attendait impatiemment le retour de Ken. Si tout se passait comme prévu et qu'il arrivait à soutirer des sous à son beau-frère, ses problèmes seraient résolus. Moins d'une semaine, c'est tout ce qu'il lui restait pour larguer les amarres. Elle étira le bras et saisit son vernis à ongles sur la table de chevet. *Bon sang, Ken, grouille-toi*, songea-t-elle, en remettant une couche de vernis rouge vermillon.

Enfin, on frappa à la porte. Elle sauta à bas du lit et courut ouvrir. Ken se tenait sur le seuil, la face fendue d'un large sourire.

— Ça a marché, ma jolie. Il va me refiler cinq cents livres !

— Oh, Ken, t'es un chef ! s'écria-t-elle en se jetant à son cou.

Il faut que j'arrive à le persuader de partir tout de suite, songea-t-elle, avant d'ajouter :

— J'ai hâte qu'on se mette ensemble, toi et moi. On pourra partir dès qu'il t'aura versé les sous ?

Il referma la porte d'un coup de talon et, l'enlaçant plus étroitement, murmura en lui mordillant l'oreille :

— Pourquoi tant de précipitation ? Je pourrais peut-être le faire cracher encore au bassinet plus tard.

— Oui, c'est pas idiot, concéda-t-elle, son cerveau tournant à toute allure, mais c'est peut-être un peu risqué, mon chou. Imagine que Ruth décide d'aller le dénoncer ? Harry va leur dire que tu l'as fait chanter.

Il se raidit et se recula d'un pas.

— Bon sang, c'est vrai. Écoute, je ne peux pas rester ce soir. Je dois rentrer à la maison et persuader Ruth de rester bouche cousue.

Il marqua une pause, fronça pensivement les sourcils, puis déclara :

— Voilà ce qu'on va faire. Je vais faire ma valise et l'emporter avec moi quand j'irai rejoindre Harry à la banque demain matin. Et ensuite, toi et moi on se retrouve à la gare de Clapham Junction et on met les bouts.

— C'est parfait. À quelle heure ?

— 11 heures ?

— Ken, on n'a pas encore décidé où on irait, fit remarquer Barbara.

— J'y ai pas vraiment pensé. Tu préfères quoi, le nord ou le sud ?

Elle ferma les yeux et réfléchit. Le sud ? Non, ce serait trop évident. Plutôt le nord, car personne n'irait imaginer qu'ils auraient pris cette direction.

— Qu'est-ce que tu dirais de Blackpool ? J'ai toujours rêvé d'aller là-bas.

— Comme tu veux, ma jolie. On peut toujours bouger si on s'y plaît pas.

Elle sourit, satisfaite. Il était tellement facile à manipuler. L'enlaçant à nouveau, elle lui murmura :

— 11 heures à la gare. J'y serai, mon cœur.

Elle pressa ses hanches contre les siennes en leur imprimant un mouvement de va-et-vient et sentit bientôt son membre se durcir à son contact.

— Oh, Barbara, grogna-t-il en la soulevant de terre et en l'emportant vers le lit, les yeux ardents de désir.

*

Ils avaient fait l'amour avec passion, et maintenant, les sens repus, Barbara réfléchissait, adossée langoureusement à la tête de lit. Ken allait empocher cinq cents livres, mais était-ce suffisant ? Elle avait toujours rêvé d'ouvrir sa propre maison d'hôtes au bord de la mer, mais jusqu'ici cela n'avait été qu'un rêve.

Elle songea à toutes les années qu'elle avait passées à trimer au pub pendant que le patron se la coulait douce, ne daignant lever le petit doigt que lorsqu'il y avait un fût à changer. Il l'obligeait même à faire la caisse à la fin de son service, ne vérifiant que le compte était bon qu'une fois par semaine, quand il allait déposer l'argent à la banque.

Elle plissa les paupières. Une idée venait de germer dans son esprit. Après tout, ce n'était qu'un juste retour des choses.

9

Nelly fut tirée du sommeil par des vociférations. À demi endormie, elle se frotta les yeux et sortit du lit, puis se dirigea sans bruit vers le couloir. En bas, une violente dispute avait éclaté.

— Non, Ken ! Me quitte pas !

— Hors de ma vue, pauvre gourde !

— Non, je veux pas que tu partes !

— Bouge-toi de là, Ruth. Je vais pas le répéter deux fois.

Il y eut un cri suivi d'une empoignade, puis son père s'encadra dans la porte de la cuisine, une valise dans chaque main. Nelly s'accroupit, de crainte qu'il ne l'aperçoive.

Elle se pencha à nouveau par-dessus la rampe juste au moment où sa mère se cramponnait désespérément au bras de son père.

— Non, je t'en supplie ! Me laisse pas ! cria-t-elle. Qu'est-ce que je vais faire sans toi ? S'il te plaît, Ken, où vas-tu ? Qu'est-ce que j'ai fait ?

— Ce que tu as fait ? Tu me demandes ce que tu as fait ? éructa-t-il. Non, mais tu t'es regardée ? On dirait une clocharde ! Toi et ton œuf de coucou, disparaissez de ma vie ! J'en ai par-dessus la tête de vous deux.

D'un geste brusque, il la repoussa pour se défaire de son étreinte.

— Quant à savoir ce que tu vas faire sans moi ? T'as qu'à chercher du travail ou vendre ton corps – à des clients pas trop regardants, lâcha-t-il méchamment. Et maintenant, laisse-moi, sinon tu vas le regretter.

Nelly les regarda anxieusement se débattre, sa mère s'accrochant désespérément à son père.

— Lâche-moi, ou je te fracasse la tête ! rugit-il.

Son père avait soudain pris l'allure d'un démon. Son visage, déformé par la colère, était sombre et plein de haine. Il allait recommencer à frapper maman. Il fallait qu'elle l'en empêche !

Elle dévala l'escalier et s'élança dans le vestibule.

— Laisse-la, espèce de brute ! cria-t-elle en lui décochant des coups de pied.

Quand le bras de Ken s'abattit sur elle, elle se sentit propulsée dans les airs. Puis tout devint noir.

Ruth resta interdite en voyant sa fille recroquevillée sur le plancher. *Oh, mon Dieu*, songea-t-elle, *elle est morte, il l'a tuée ! Pourquoi n'ai-je rien fait pour la protéger ? Oh, ma petite fille, ma petite fille adorée.* Elle tomba à genoux à côté de Nelly et lui tâta le front. Il était glacé.

Elle étouffa un cri d'horreur et se releva, puis, d'un pas chancelant, alla à la cuisine et se laissa choir sur une chaise.

Pliée en deux, les bras passés autour de sa taille, Ruth se mit à se balancer d'avant en arrière tandis qu'une longue plainte s'échappait de sa gorge. Les larmes ruisselaient sur ses joues. *C'est moi qui aurais dû mourir*, songea-t-elle, en proie à un terrible sentiment de culpabilité. *Je ne mérite pas de vivre.*

Peu à peu, ses pensées se figèrent tandis que son cerveau s'engourdissait. Elle avait l'impression de se laisser tomber au fond d'un puits noir et profond. Là-bas, au moins, elle serait en sécurité ; rien ni personne ne pouvait l'atteindre.

Elsie tambourinait impatiemment des doigts sur la table.

— Que tu sois d'accord ou pas, j'y vais. Il y a quelque chose qui cloche.

— Ne te mêle pas de ça, Elsie, ce ne sont pas tes affaires.

— Je ne peux tout de même pas rester ici les bras croisés. D'abord, il y a eu une dispute effroyable, et maintenant plus rien. Un silence de mort.

— Bon, bon, concéda-t-il, en levant les mains en signe d'apaisement.

Elle se précipita chez la voisine.

— Ruth, Ruth, tu es là ? appela-t-elle en frappant de grands coups à la porte. Ruth, s'il te plaît, ouvre-moi !

Peggy Green et Joan Mason apparurent à ses côtés, l'air soucieux.

— On a entendu le raffut. Qu'est-ce qui se passe, Elsie ? demanda Joan.

— Je ne sais pas, mais ça m'inquiète, dit-elle en se baissant pour jeter un coup d'œil par la fente de la boîte aux lettres.

Elle ne pouvait pas voir grand-chose à part le pied de l'escalier, mais une fois ses yeux accoutumés à la pénombre, elle distingua ce qui ressemblait à une jambe.

— Bert ! Bert ! hurla-t-elle en se précipitant vers sa propre porte d'entrée. Viens vite !

— Oui, tu avais raison, dit-il en jetant un coup d'œil par la fente dans la porte. Il y a quelque chose qui cloche.

Il se redressa, un regard inquiet dans les yeux, et déclara :

— Il faut ouvrir cette porte.

Levant une jambe, il ordonna :

— Reculez-vous, je vais forcer la porte.

Elsie se retourna et vit Arthur et Ann derrière elle.

— Rentrez à la maison, vous deux, leur dit-elle sèchement.

Entre-temps, d'autres voisines étaient sorties sur le pas de leur porte et observaient la scène avec une extrême curiosité.

On entendit un grand « crac » quand Bert donna un solide coup de pied dans la porte, qui s'ouvrit toute grande. Elsie s'élança à l'intérieur et pâlit en découvrant Nelly étendue à terre comme une poupée cassée.

— Nelly ! Nelly ! s'écria-t-elle en s'agenouillant à côté de la fillette.

Elle laissa échapper un soupir de soulagement quand elle entendit un faible grognement.

— Oh, mon Dieu, où était Ruth ? Elle n'aurait pas laissé sa fille ainsi.

— Bert, occupe-toi de Nelly. Je vais m'assurer que Ruth va bien.

Quand elle entra dans la cuisine et trouva Ruth assise sur une chaise, son regard vitreux fixé sur le feu mourant dans l'âtre, Elsie eut un choc.

— Ruth, tout va bien ? demanda-t-elle en s'approchant de son amie, qui ne répondait pas.

— Elsie, j'ai l'impression que Nelly ne va pas bien du tout. Nous devrions appeler un médecin.

— Oui… oui, bien sûr… Bert. J'ai l'impression que Ruth ne va pas fort non plus. Tu pourrais la porter jusque chez nous ? Moi, je me charge de la petite. On ne peut pas les laisser là. Cette maison est une vraie glacière, et puis Ken risque de revenir.

— Mieux vaut pour lui qu'il ne croise pas mon chemin. Je ne supporte pas les lâches qui frappent les femmes et les enfants, déclara Bert, l'air sombre en se baissant pour soulever Ruth. Bon sang, c'est un poids plume, elle n'a que la peau sur les os.

Elsie avait été choquée d'entendre Bert proférer des menaces contre Ken, mais comment le blâmer. Elle aussi lui aurait volontiers donné une bonne correction. Tout doucement, elle prit Nelly dans ses bras et suivit son mari.

*

Un peu plus tôt, Barbara s'était subrepticement introduite dans le pub par la porte latérale. Retenant son souffle, elle s'était approchée à pas de loup de l'escalier et avait tendu l'oreille pour s'assurer qu'il n'y avait pas de mouvement à l'étage. Elle poussa un soupir de soulagement quand elle perçut des ronflements. Il était 7 heures du matin, mais sa grosse feignasse de patron était toujours au lit – il faisait rarement surface avant 10 heures.

Elle pénétra dans le bureau, referma la porte sans bruit derrière elle, et s'immobilisa quelques instants pour laisser le temps à ses yeux de s'accoutumer à la pénombre.

Chaque son lui parut amplifié quand elle s'agenouilla devant le coffre-fort et fit tourner la molette qui émit un ronronnement pareil à la roue d'un jeu de roulette. Le claquement de la poignée quand elle l'actionna, se répercuta en écho dans la petite pièce.

Le cœur battant à tout rompre, elle se figea et leva les yeux vers le plafond, puis inspirant profondément, elle se ressaisit et tira la lourde porte. Ses yeux se mirent à briller quand elle s'empara d'une petite liasse de billets. Ignorant la petite monnaie, elle prit les sacs pleins de souverains et les fourra dans son cabas. *Les deux parties de fléchettes hebdomadaires avaient rapporté gros*, songea-t-elle. Baissant la tête, elle jeta un rapide coup d'œil à l'étagère du bas et remarqua une boîte métallique glissée tout au fond et partiellement dissimulée sous un chiffon noir. Ses yeux se plissèrent. *Je ne l'avais jamais vue*, songea-t-elle en s'en emparant et en la glissant dans sa sacoche.

Elle ressortit en vitesse et fila récupérer sa valise à l'appartement. Il était trop tôt pour aller retrouver Ken, mais rester dans les parages eût été risqué.

Sa valise dans une main et le cabas plein à craquer suspendu à l'épaule, elle se hâta vers la gare de Clapham Junction et le café Joe. Elle commanda un thé et alluma une cigarette qu'elle fuma en regardant nerveusement l'horloge murale. Flûte, elle allait devoir attendre pendant des heures !

Debout derrière le comptoir, Joe était en train de faire griller des saucisses, une cigarette au bec. Chaque fois qu'il prenait une bouffée, la cendre s'allongeait un peu plus. Pour passer le temps, elle se mit à compter les secondes en essayant de deviner quand la cendre finirait par tomber dans la poêle. La cendre tomba au beau milieu des saucisses sans que Joe s'en soucie le moins du monde. *Quel porc*, songea-t-elle. On aurait dû lui fermer sa boîte.

Approchant la grosse tasse blanche de ses lèvres, elle grimaça quand le goût âcre du thé rencontra son palais. Plus qu'une heure à attendre, et ils seraient partis. Pour finir, ne tenant plus en place, elle sortit du café.

— Ken, Ken, ici ! cria-t-elle du coin de la rue, heureuse de le voir enfin arriver.

Empoignant sa valise et son gros cabas, elle s'empressa de le rejoindre.

— Tout va bien ? demanda-t-elle. Tu as eu l'argent ?

— Ouais, c'était du gâteau. Il était doux comme un agneau.

— Je me suis renseignée, il faut qu'on aille à la gare de Euston pour prendre le train pour Blackpool.

— Bien joué, ma jolie. Allons-y. J'ai pas envie de m'éterniser ici.

Ils arrivèrent à Euston juste au moment où le train allait partir. Ils coururent comme des dératés et sautèrent à bord. À leur grande joie, le compartiment était vide.

À présent, assise à côté de Ken, Barbara regardait défiler le paysage urbain qui faisait place à la campagne. Elle inspira profondément et remuant nerveusement sur la banquette, dit à brûle-pourpoint :

— Ken, il faut que je te dise quelque chose. Je... j'ai fait quelque chose avant de partir.

— Ah ouais ? (Il plissa les yeux.) Quoi donc ?

— Je suis allée au King's Head et j'ai vidé le coffre-fort.

— Quoi ! s'étrangla-t-il.

— J'ai l'argent dans mon cabas.

— Idiote ! (Il se leva d'un bond et s'accrocha au porte-bagages pour ne pas tomber quand le train tressauta.) Bon sang, Barbara, tu te rends compte de ce que tu as fait ?

— Mais j'ai pensé que ça nous aiderait. Si on met tous nos sous ensemble on pourra s'acheter une maison et faire chambre d'hôtes à Blackpool.

Il se laissa retomber sur la banquette et se passa une main dans les cheveux.

— Pauvre cloche, tu comprends donc rien ? On était parfaitement réglo, personne à nos trousses.

Une pensée lui traversa soudain l'esprit :

— T'as simulé un cambriolage, au moins ?

Elle secoua la tête.

— Ben non, puisque j'avais les clés.

— Ouais, et maintenant, le patron va porter plainte et on va avoir les flics au cul.

Barbara ferma les yeux en se rapetassant sur son siège. Pourquoi n'y avait-elle pas pensé ? *Oh, mon Dieu, qu'est-ce que j'ai fait ?*

10

Le docteur referma sa sacoche noire et dit :

— Tout ira bien, madame Jones, la fillette souffre d'une simple contusion. Pas de perte de mémoire ni de nausées. Dans quelques jours elle devrait être sur pied. En revanche, sa mère est en état de choc, et si elle ne sort pas rapidement de sa prostration, il faudra la faire interner. Je dois en parler avec son époux. Vous savez où je peux le joindre ?

L'interner ? songea Elsie, qui avait entendu dire les pires choses à propos de l'hôpital psychiatrique.

— Docteur, je vous l'ai dit. Il les a abandonnées et je ne sais pas où il est.

— Savez-vous si elle a d'autres proches ?

— Elle a une sœur qui vit à Tooting, mais je ne connais pas son adresse.

— Hum. Il va falloir s'occuper d'elle jusqu'à ce que je revienne l'examiner à nouveau dans un jour ou deux.

Il empoigna sa sacoche et ajouta :

— Dès lors que nous ne savons pas comment contacter ses proches, je ferais mieux de la faire admettre immédiatement.

Elsie secoua frénétiquement la tête.

— C'est inutile. Elle peut rester ici, je vais m'occuper d'elle.

Le médecin la scruta par-dessus ses lunettes en demi-lunes.

— Vous êtes sûre, madame Jones ?

— Tout à fait, répondit-elle, catégorique.

Après une courte pause, il hocha la tête.

— Entendu… Mais si elle ne donne aucun signe d'amélioration d'ici à mercredi, il faudra qu'elle aille à l'hôpital.

Elsie poussa un soupir de soulagement. Elle raccompagna le docteur à la porte puis monta à l'étage et trouva Nelly assoupie. Elle la borda étroitement dans le lit, puis alla voir Ruth, dans la chambre d'Arthur, de l'autre côté du palier.

— Nelly va bien, lui dit-elle. Veux-tu que je te monte une tasse de thé, ma belle ?

Elle n'obtint aucune réponse. Ruth avait toujours les yeux vitreux et regardait dans le vague.

— Allons, réponds-moi, supplia-t-elle, sans succès.

Secouant tristement la tête, la petite femme dodue vint s'asseoir à côté du lit et, d'un geste délicat, écarta une mèche de cheveux du front de son amie.

Cet après-midi-là, les jambes d'Elsie avaient du mal à la porter, quand elle remonta pour la énième fois à l'étage. Peggy était venue lui proposer son aide, et peu après, Nelly Cox. Elle pinça les lèvres : celles qui s'étaient présentées ensuite étaient à l'évidence en quête de ragots.

Il n'avait pas fallu bien longtemps pour que la rumeur se répande que le mari de Ruth l'avait plaquée. Heureusement, il y avait de braves gens à Candle Lane. La plupart avaient le cœur sur la main, mais sachant combien Ruth tenait sa vie privée secrète, elle avait dit à Peggy et Nelly qu'elle pourrait se débrouiller seule.

Elle entra sans bruit dans la chambre d'Ann et passa un linge humide sur le front de Nelly.

— Maman, j'ai mal à la tête, geignit la fillette en battant des paupières.

— Chut, murmura Elsie. Tu as fait une mauvaise chute, mais si tu te reposes bien tu te remettras très vite.

Nelly tourna la tête en gémissant.

— Où est maman ? Je veux ma maman.

— Ne t'inquiète pas, ma chérie, elle est juste à côté, dans la chambre d'Arthur.

— Pourquoi elle ne vient pas me voir ? Il lui est arrivé quelque chose ? demanda-t-elle, anxieuse.

Elle tenta de s'asseoir dans le lit, mais retomba en arrière en grimaçant de douleur.

— Allons, allons, calme-toi, susurra Elsie. Ta maman a juste besoin de se reposer un peu.

Nelly essaya un instant de lutter contre la fatigue qui assombrissait ses yeux, puis retomba parmi les oreillers en soupirant et sombra immédiatement dans le sommeil.

La pauvre petite, songea Elsie en refermant doucement la porte derrière elle. Lorsqu'elle entra dans la chambre d'Arthur, une odeur âcre lui assaillit les narines. Elle s'approcha du lit.

— Bien, nous allons te changer, ma jolie, dit-elle en levant les bras de Ruth pour lui ôter sa chemise de nuit trempée.

Ruth n'opposa pas de résistance quand elle la fit rouler d'un côté, puis de l'autre, pour ôter le drap souillé de sous elle et le changer. Après quoi, elle enfila une de ses amples chemises de nuit à Ruth tout en essayant de la faire réagir.

— Nelly vient de se réveiller, elle va déjà beaucoup mieux et je crois qu'elle va bientôt pouvoir se lever pour venir te voir.

— Elle a le regard vide ! lança Elsie à Bert, en regagnant la cuisine avec les draps sales dans les bras. Je vais mettre tout ça à tremper. La pauvre Ruth a fait pipi au lit.

— Elsie, tu es sûre que ce n'est pas un peu trop ? Comment vas-tu faire, si Ruth ne se remet pas ?

— Je me débrouillerai, et de toute façon, je suis certaine qu'elle va se remettre bientôt. Qu'est-ce que je peux faire d'autre ? C'est mon amie et il est hors de question qu'on l'envoie à l'hôpital psychiatrique. Je ne me le pardonnerais pas.

— Je suis désolé de ne pas pouvoir t'aider davantage, mais je dois aller à Richmond ce soir. Un client veut un devis pour un gros déménagement. (Il la regarda et secoua la tête.) Tu as l'air épuisée, ma chérie.

— Arrête donc de te faire du souci pour moi, dit-elle en se mettant sur la pointe des pieds pour l'embrasser.

Bert sourit, passa ses mains sous ses aisselles et la souleva sans effort. Les jambes pendant dans le vide, Elsie se mit à lui marteler la poitrine en riant.

— Repose-moi à terre, espèce de brute !

Il l'attira à lui et la gratifia d'un baiser sonore.

— Voilà pour toi, petit feu follet, s'esclaffa-t-il en lui assenant une tape sur les fesses. Et maintenant, je file. À plus tard.

Assise au chevet de Nelly, Elsie ruminait. Deux jours s'étaient écoulés et Ruth ne donnait toujours aucun signe d'amélioration. Elle venait de lui changer ses draps et avait réussi à lui faire avaler un peu de soupe, mais sans obtenir de réaction de sa part. On aurait dit une poupée de chiffon. Si elle ne sortait pas de sa torpeur d'ici à demain, le docteur allait insister pour la faire interner. Comment pouvait-elle aider son amie ?

Elle jeta un coup d'œil à la pendulette sur la table de chevet. Les enfants allaient bientôt rentrer de l'école et elle n'avait toujours pas mis le dîner en route.

— Coucou ! fit-elle quand Nelly ouvrit brusquement les yeux. Tu te sens mieux ?

— Oui, ma tête me fait moins mal, répondit-elle en se redressant tant bien que mal dans le lit. Je peux voir maman ?

Elsie regarda Nelly. Elle avait eu un mal de chien à la persuader de rester au lit ces dernières quarante-huit heures et elle était à court d'excuses.

— Écoute, ma poulette, ta maman est encore un peu faible, mais je vais tout de même t'emmener la voir. Ne t'inquiète pas si elle a l'air un peu bizarre. Elle ne te parlera peut-être pas, mais c'est juste la fatigue. Viens, lève-toi, je vais t'aider. Tu risques d'avoir la tête qui tourne.

— Tu vois ? dit-elle quand elles entrèrent dans la chambre de Ruth. Elle dort et il ne faut pas la réveiller.

— Mais elle a les yeux ouverts. Je peux rester un peu ? S'il te plaît ! Je ne ferai pas de bruit, promis, supplia Nelly.

Ruth remua dans le lit et le cœur d'Elsie fit un bond dans sa poitrine. Était-elle en train de réagir à la voix de Nelly ?

— On dirait que ta maman se réveille. Tu vas t'asseoir sur cette chaise et comme ça tu pourras lui parler. Elle aura peut-être les idées un peu embrouillées, mais ne t'inquiète pas.

— Maman, c'est moi. Tu vas bien ? demanda Nelly en se penchant pour prendre la main de sa mère.

Ruth tourna la tête. Son visage avait perdu son expression figée, mais elle semblait perdue.

— Nelly, dit-elle d'une voix enrouée. Nelly, c'est toi ?

— Oui, maman, c'est moi.

Ruth émit un son étranglé, puis un long gémissement jaillit de sa gorge tandis que des larmes s'échappaient de ses yeux. Sa voix se fit stridente lorsqu'elle s'écria :

— C'est toi ! Oh, ma chérie, tu es vivante !

— Maman, maman, ne pleure pas ! supplia Nelly en se jetant dans les bras de sa mère.

Elsie sentit sa gorge se serrer lorsqu'elle les vit fondre dans les bras l'une de l'autre, et ses yeux se remplirent de larmes. *Dieux soit loué !* songea-t-elle. *Dieu soit loué !*

Une semaine plus tard, Nelly s'asseyait à la table de la cuisine, et mis à part la grosse bosse sur son crâne, elle était tout à fait rétablie.

— Ta maman est remise, ça y est ?

— Je ne sais pas, Ann. Elle refuse de se lever et ne fait que dormir.

— Oui, et c'est dans mon lit qu'elle dort. J'en ai assez de dormir sur le canapé.

— Ce que tu peux être égoïste, Arthur ! Pas étonnant que tu n'arrives pas à te faire d'amis, rétorqua Ann en foudroyant son frère du regard.

— J'ai plein d'amis au contraire, et même que je vais aller camper avec eux en août ! riposta-t-il en tirant la langue à sa sœur.

— Ce que tu peux être pénible, soupira Ann en se levant de sa chaise. Viens, Nelly, on monte jouer dans ma chambre.

— Toi, tu as ta propre chambre, même si tu la partages avec elle. Alors tu t'en fiches !

— Arthur, intervint Nelly pour tenter de calmer le jeu. Je suis désolée que tu sois obligé de dormir sur le canapé. Mais ça devrait bientôt s'arranger.

Il baissa la tête pour éviter son regard et grommela.

— Ouais, c'est ça.

Elle aurait tant voulu que sa mère se lève pour qu'elles puissent rentrer à la maison. Elle aimait bien être avec Ann, et Elsie était adorable, mais quand Bert rentrait le soir et qu'il prenait Ann sur ses genoux, c'était plus fort qu'elle, son cœur se mettait à battre violemment dans sa poitrine à la pensée qu'il aurait pu lui faire la même chose que l'oncle Harry.

— Arthur me tape sur les nerfs, dit Ann quand elles retournèrent dans sa chambre. Enfin, maman a dit que le docteur allait revenir demain matin et qu'il allait peut-être t'autoriser à retourner à l'école.

Assise à côté de son amie sur le lit, Nelly baissa la tête. Elle se fichait pas mal de l'école. Tout ce qu'elle voulait c'est que sa maman guérisse. Elle avait entendu Elsie dire à Bert que c'était le choc et les soucis qui l'avaient mise dans cet état. *Et tout ça à cause de moi*, songea-t-elle. *D'abord je me suis assise sur les genoux de l'oncle Harry, qui a fait des choses pas convenables, qui ont mis maman hors d'elle, et ensuite mon papa nous a quittées parce qu'il ne supportait plus de me voir.*

Elle n'arrêtait pas de penser à une chose que son père avait criée et qui l'avait choquée.

— C'est quoi au juste un coucou, Ann ?

— C'est un oiseau. Pourquoi tu me demandes ça ?

— Mon père a dit qu'il en avait assez de ma mère et de son œuf de coucou, et je crois bien qu'il parlait de moi.

Ann se gratta la tête.

— C'est bizarre de dire ça. Pourquoi t'appellerait-il son œuf de coucou ? Attends, j'ai un livre sur les oiseaux. Je vais le chercher.

Elle s'approcha des étagères et scruta chaque rangée de livres soigneusement alignés.

— Le voilà ! dit-elle en revenant s'asseoir sur le lit et en feuilletant les pages. « Élancé et pourvu d'une longue queue semblable à celle d'un petit faucon, il vit dans les bois, les prairies, les champs de bruyère et les fourrés. »

Elle se tourna vers son amie :

— Ça ne nous avance guère.

La porte s'ouvrit et Elsie passa sa tête à l'intérieur.

— Ta maman s'est rendormie, Nelly, alors ne la réveille pas. Je vais descendre préparer le dîner.

— Attends, maman ! l'appela Ann. Tu connais les coucous ?

— Ce sont des oiseaux.

— Oui, mais qu'est-ce que ça veut dire quand on traite quelqu'un d'œuf de coucou ?

— Quoi ? Qui a dit ça ? demanda Elsie, indignée.

— C'est mon père, répondit Nelly. Il a dit à maman qu'il la quittait parce qu'il en avait par-dessus la tête d'elle et de son œuf de coucou.

Elsie se passa une main sur le visage et déglutit bruyamment.

— Je ne sais pas ce que ça veut dire, mais ce n'est sûrement pas quelque chose d'important.

Sa tête disparut brusquement de l'embrasure et les filles l'entendirent s'éloigner d'un pas pesant.

Nelly gardait les yeux fixés sur le plancher, ses mains emprisonnées entre ses genoux. Elsie avait eu une drôle de réaction, comme si leur question l'avait choquée.

— Il y a quelque chose qu'il faut que je te dise, murmura Elsie à Ruth plus tard ce soir-là en venant s'asseoir à côté du lit d'Arthur. Nelly m'a posé une question à laquelle je n'ai pas su quoi répondre.

Ruth poussa un soupir las. Elle voulait qu'on la laisse tranquille, mais Elsie n'arrêtait pas de venir lui faire la causette pour essayer de la tirer de sa torpeur. Mais elle ne voulait ni parler ni penser. Elle voulait seulement dormir. Le sommeil était son seul refuge.

— Tu m'as entendue, Ruth ?

— Oui, Elsie. Qu'est-ce qu'elle voulait ?

— Elle m'a demandé ce que ça voulait dire quand on traitait quelqu'un d'œuf de coucou.

Ruth se raidit.

— Oh, non, s'il te plaît… je n'ai pas envie d'en parler. Je veux juste dormir.

— Allons, fais un effort, s'il te plaît. Tu as entendu le docteur ? Si tu ne te secoues pas, il va te faire interner. C'est ça que tu veux ? Il faut que tu craches le morceau une bonne fois et que tu t'ôtes ce poids de la poitrine. Tu préfères me parler à moi ou à un psychiatre ?

Les paroles d'Elsie l'avaient arrachée à sa léthargie, déchirant le voile qui lui embrumait l'esprit, et Ruth eut l'impression d'avoir des membres en plomb. *Cela servait-il à quelque chose ?* se demanda-t-elle. Cela la soulagerait-elle de confier son secret à quelqu'un ?

— Nelly n'est pas la fille de Ken, lâcha-t-elle soudain, et d'avoir prononcé ces mots, elle se sentit un peu plus légère.

— C'est bien ce qu'il m'avait semblé. Tu veux bien m'en dire un peu plus ?

— Oui, mais tu ne voudras plus me voir ensuite. Je ne suis pas quelqu'un de bien, Elsie.

— Ce n'est pas vrai. On fait tous des erreurs dans la vie, Ruth. Personne n'est parfait.

— Mais moi, c'est bien pire. C'est arrivé pendant la guerre, quand Ken était en train de se battre. Je n'avais pas reçu de lettres de lui depuis un an et demi et c'était insupportable de ne pas savoir s'il était mort ou vivant. Je me sentais très seule. Et voilà qu'une fille de la compagnie d'autobus m'a proposé d'aller danser et j'ai… j'ai… rencontré quelqu'un. (Elle se mit à triturer la couverture, trop honteuse pour regarder Elsie en face.) Il s'appelait Andy et il était adorable. Grand, avec des cheveux roux bouclés et le nez parsemé de taches de son. Et puis il avait un beau sourire espiègle et contagieux. (Elle soupira, les yeux embués.) On est sortis ensemble plusieurs fois, quand il était en permission et…

— Et tu es tombée enceinte, murmura Elsie.

— Oui, mais quand je m'en suis rendu compte, il avait rejoint son bataillon.

Elle secoua tristement la tête et ajouta :

— Je l'ai plus jamais revu.

— Il savait que tu étais enceinte ?

— Je lui ai écrit pour le lui dire, mais juste après ça, Ken est rentré. Impossible de lui cacher, Elsie, mon ventre commençait à s'arrondir. Mais tu sais, il était gentil à l'époque, dit-elle, sa voix s'envolant dans les aigus. Évidemment, au début, il l'a mal pris et m'a fait une scène terrible, mais ensuite, il a décidé qu'il pouvait pas vivre sans moi. Il m'a promis qu'il prendrait soin du bébé et qu'il l'élèverait comme le sien.

— Et Andy ?

— Quand Ken est retourné sur le front, après sa permission, j'ai écrit encore une fois à Andy pour lui dire que j'étais pas enceinte en fin de compte. J'ai menti. Il a dû se sentir soulagé parce qu'il m'a avoué qu'il était marié lui aussi et père d'un petit garçon, et que, comme moi, il voulait pas briser son couple. (Elle se laissa retomber sur l'oreiller.) C'est la dernière fois que j'ai entendu parler de lui et je sais même pas s'il a survécu à la guerre.

— Et que s'est-il passé quand Ken est revenu ? demanda Elsie.

— Quand Nelly est née, il était pas encore démobilisé. Quand il est rentré et qu'il l'a vue, avec ses cheveux roux, il est devenu comme fou. Il était persuadé que jamais personne voudrait croire qu'il était le père et que tout le monde se moquait de lui dans son dos. Après quoi, il à commencé à dire que ses amis lui faisaient des réflexions et il a insisté pour qu'on quitte Balham.

— Mais ça n'a rien changé ? remarqua Elsie.

— Non, il a eu beau prendre sur lui, le simple fait de voir Nelly le mettait dans tous ses états. Une fois, même, il l'a frappée. La pauvre petite avait que trois ans et elle s'est élancée vers lui quand il est rentré du travail. Il l'a repoussée violemment, comme si elle avait la peste. J'ai pas pu le supporter, Elsie. Je lui ai dit que s'il levait encore une fois la main sur elle, je le quitterais.

— Et c'est pour ça qu'elle devait rester dans sa chambre quand il était à la maison ?

— Oui. C'était plus prudent, concéda Ruth. Il voulait pas non plus qu'elle sorte jouer dans la rue, il voulait la cacher le plus possible aux yeux des autres. Heureusement que l'école est obligatoire, sans quoi il l'aurait pas laissée y aller.

— Pauvre Nelly, soupira Elsie.

— J'ai souvent pensé que si j'avais pu lui donner un enfant, il se serait calmé, mais je suis jamais tombée enceinte et ça n'a fait qu'aggraver les choses. Il me hurlait dessus en me demandant si le père de Nelly était meilleur que lui au lit.

Elsie se pencha vers Ruth et lui tapota la main. À son contact, Ruth craqua, laissant libre cours à ses émotions.

— Oh, mon Dieu, qu'est-ce que je vais faire maintenant qu'il m'a quittée ?

— Chut, calme-toi, murmura Elsie. Tu vas te débrouiller. On va trouver une solution, tu verras.

— Mais j'ai pas un sou.

— Eh bien, tu travailleras. Je peux garder Nelly après l'école.

Ruth trouva enfin le courage de regarder son amie en face et, à la vue de ses yeux pleins de compassion, elle se jeta dans ses bras.

— Oh, Elsie, je veux ma mère. Elle me manque tellement, sanglota-t-elle.

— Allons, tu vas bien vite te remettre et tu pourras aller la voir.

— Mais c'est pas possible.

— Pourquoi cela ? s'étonna Elsie.

Ruth lui raconta ce qui s'était passé avec l'oncle Harry et vit l'horreur se peindre sur les traits de son amie. C'est alors qu'elle ajouta :

— Tu comprends maintenant pourquoi je ne peux pas aller voir ma mère.

— Oh, mon Dieu ! s'écria Elsie. C'est donc pour ça que Nelly se fait toute petite quand Bert entre dans une pièce.

Elle réfléchit quelques instants, puis s'exclama :

— J'ai une idée. Pourquoi tu ne demanderais pas à ta mère de venir habiter chez toi ? Je parie qu'elle serait contente de ne plus avoir affaire à ce Harry. Ce doit être terrible pour elle de devoir vivre sous le même toit.

Ruth écarquilla les yeux.

— Mais oui, bien sûr ! Et puis Nelly serait ravie. Tu aurais pas un papier et un stylo des fois ? Je vais lui mettre un mot tout de suite et… (Elle s'arrêta, prenant soudain conscience que c'était impossible.) Elle peut pas se déplacer, elle est infirme depuis des années à cause de l'arthrose. Et puis il y a ses affaires. Sa commode et tous ses petits souvenirs. C'est tout ce qu'il lui reste de son ancienne maison.

— Ce n'est vraiment pas un problème, dit Elsie en souriant. Tu as oublié que Bert est déménageur ? Il ira chercher ta mère et ses meubles.

Ruth saisit la main de son amie.

— Oh, Elsie, dit-elle d'une voix fêlée par l'émotion. Je suis tellement contente que vous vous soyez installés à côté de chez nous. Je ne sais pas ce que j'aurais fait sans toi.

— Bah, c'est à ça que servent les amies, non ? Et maintenant, que dirais-tu d'un bon dîner ? J'ai gardé le tien au chaud. Tu n'as pas faim ?

— Je crois bien que si, répondit Ruth. Tu peux demander à Nelly de m'apporter de quoi écrire ? Non, attends, lui cria-t-elle en rejetant ses couvertures. Je vais descendre avec toi !

11

Mary regarda le camion s'éloigner dans un grondement de moteur, puis disparaître au coin de la rue.

La tête basse, elle rentra dans la maison et monta dans la chambre de sa mère, à présent vide à l'exception d'une commode. Le silence oppressant la fit frissonner. Elle avait toujours rêvé d'avoir sa maison rien que pour elle, et maintenant que son rêve était exaucé, elle se sentait perdue.

Après l'incident, l'atmosphère était devenue irrespirable, Sadie ne supportant plus la présence de Harry. Si seulement elle avait pu lui expliquer, trouver le courage de tout lui raconter… Elle monta dans sa chambre, puis recroquevillée sur le lit en position fœtale, elle laissa les souvenirs affluer.

C'était le soir de leur nuit de noces. Harry et elle étaient allés passer leur lune de miel à Brighton. Ils venaient de finir de dîner dans la salle à manger de l'hôtel et se souriaient l'un l'autre, leurs mains amoureusement enlacées.

Ils n'avaient jamais eu de rapports avant le mariage. Elle tenait absolument à être vierge quand ils se présenteraient devant monsieur le curé. C'était dur pour Harry, et au cours des deux ans qu'avaient duré leurs fiançailles, ils avaient failli craquer plusieurs fois. Mais maintenant qu'elle voyait son regard plein d'amour, elle était contente d'avoir tenu bon. Cette nuit promettait d'être unique.

— Pourquoi tu ne montes pas dans la chambre, le temps que j'aille prendre un petit verre au bar ? proposa-t-il. Je te rejoins tout de suite après, ma chérie.

Elle lui sourit avec gratitude. Harry était quelqu'un d'attentionné, le parfait gentleman, gentil, respectueux, et tellement beau avec ses cheveux et ses yeux bruns.

Elle prit un bain parfumé aux pétales de rose qui l'aida à se détendre un peu. Tout allait bien se passer. Elle faisait confiance à Harry pour dissiper ses appréhensions.

Elle sortit de la baignoire, se sécha, puis enfila une jolie chemise de nuit neuve. Après quoi elle se brossa les cheveux et alla s'étendre sur le lit. Où était-il ? se demanda-t-elle, sentant ses paupières se fermer peu à peu. Pourquoi mettait-il si longtemps à venir la rejoindre ?

Quand elle s'était réveillée, elle avait eu l'impression de vivre un cauchemar. La chambre était plongée dans le noir et des mains lui arrachaient sa chemise de nuit. Une bouche humide qui empestait le whisky dévorait la sienne, lui soulevant le cœur. Elle avait détourné la tête et essayé d'appeler à l'aide, mais une main s'était brutalement plaquée sur ses lèvres, étouffant son cri.

— C'est bon, tu es ma femme maintenant, arrête de te débattre.

Elle s'était figée, abasourdie. C'était Harry ! Agitant ses jambes et lui martelant la poitrine de ses poings, elle tenta de le repousser. D'un mouvement rapide, il la tira jusqu'au bord du lit et la retourna, tête en bas. D'une main il lui emprisonna les poignets tandis qu'elle tentait de se débattre sans succès. Puis vint la douleur. Une douleur atroce, comme s'il était en train de la déchirer…

Chassant l'horrible souvenir, elle s'adossa en tremblant à la tête de lit et se frotta nerveusement les paupières.

Le lendemain matin au réveil, quand il l'avait trouvée prostrée dans un fauteuil, avec sa chemise de nuit déchirée et tachée de sang, Harry s'était répandu en excuses. Lorsqu'il avait voulu s'approcher, elle s'était recroquevillée, terrorisée, et avait refusé de l'écouter quand il lui avait dit que le whisky qu'il avait bu lui avait fait perdre complètement la tête.

Après cela, chaque fois qu'il essayait de la toucher, elle devenait hystérique, se débattant comme une furie, incapable de lui pardonner de l'avoir sodomisée.

Dieu merci, les années passant, il ne chercha plus à l'approcher. Sauf une fois, la dernière.

Comme d'habitude, elle l'avait repoussé, mais cette fois, au lieu de se mettre en colère, il avait fondu en larmes, déclarant qu'il avait l'impression d'être un animal. Il était complètement détruit, moins qu'un homme. Pensant qu'il était devenu impuissant, elle s'était sentie soulagée. Après tout, il n'avait que ce qu'il méritait, et une relation platonique lui semblait infiniment plus enviable.

À présent, secouant la tête, elle sortit du lit et lissa les couvertures d'un geste automatique. Elle entra lentement dans la salle de bains, et se regarda dans la glace. Il y avait de la souffrance dans ses yeux. Était-ce à cause de ces souvenirs douloureux ? Soudain, son visage se décomposa, et une expression d'horreur envahit ses traits.

C'était sa faute si Harry s'était conduit comme il l'avait fait avec Nelly ! Si elle ne l'avait pas repoussé pendant toutes ces années, si elle avait au moins essayé de se faire conseiller… À la vue de son reflet dans le miroir, elle fut prise de dégoût. Elle n'avait que ce qu'elle méritait – une maison vide et une vie encore plus vide.

Elle ouvrit les robinets du lavabo, puis, s'emparant de la brosse à ongles, se frotta les mains jusqu'au sang. Elles étaient dégoûtantes, il fallait qu'elle les débarrasse de toute cette crasse.

Pour finir, épuisée et les mains à vif, elle jeta un regard circulaire à la salle de bains. Elle était repoussante de saleté, elle aussi, jugea-t-elle. Elle fila au rez-de-chaussée et remplit un seau d'eau chaude auquel elle ajouta une bonne dose de cristaux de soude. Puis elle se mit à quatre pattes et entreprit de récurer le carrelage et de passer la serpillière.

12

À Blackpool, Barbara et Ken longeaient bras dessus bras dessous le front de mer balayé par le vent glacé.

Barbara espérait que la maison qu'ils allaient visiter serait mieux que toutes celles qu'ils avaient vues jusqu'ici. À en croire la description de l'agent immobilier, elle était parfaite. Six chambres à coucher, un grand salon, une salle à manger, et un sous-sol en prime. À seulement dix-huit cents livres, c'était une affaire, leur avait-il affirmé. Mais pourquoi le prix était-il aussi bas alors que toutes les autres villas de cette taille dépassaient allègrement leur budget, qui n'était pourtant pas petit ?

Elle sourit en repensant à leur arrivée à Blackpool sous une pluie battante, et alors que Ken ne lui adressait pour ainsi dire plus la parole. Ils avaient arpenté les contre-allées à la recherche d'une pension discrète. Mais à leur grand désappointement, la plupart étaient fermées jusqu'à l'été.

Enfin, ils avaient aperçu une pancarte « Chambres libres » accrochée à une porte. Une logeuse à la mine revêche les avait accueillis de mauvaise grâce, et ils s'étaient laissé tomber sur le lit branlant, soulagés d'avoir trouvé à se loger, même si la chambre était miteuse.

En fait, c'était le contenu du coffret métallique qu'elle avait trouvé dans le coffre-fort qui avait tout changé. Quand Ken en avait forcé la serrure, sa mâchoire s'était affaissée lorsque les grosses liasses de billets s'étaient déversées sur le lit. Au fond de la boîte se trouvait un petit carnet qu'il avait aussitôt feuilleté avec intérêt.

— Le vieux combinard ! s'était-il esclaffé. Il a trafiqué tous les comptes !

Voyant qu'elle ne comprenait rien aux colonnes de chiffres soigneusement alignées sur le papier, Ken lui avait expliqué que son patron prétendait avoir deux serveuses à son service.

— Mais je suis la seule, avait-elle remarqué.

— Précisément ! Il déclare du personnel fictif dont il empoche le salaire. Et à en juger par la quantité de biftons, il doit faire ça depuis des années.

Sur le coup, le sang de Barbara n'avait fait qu'un tour – son patron la faisait trimer comme une esclave du matin au soir dans son maudit pub, et pendant ce temps-là il se constituait un joli petit bas de laine pour ses vieux jours ! Puis, une fois sa colère passée, elle s'était félicitée de l'avoir délesté de son joli petit pécule.

Son patron ne lancerait pas la police à ses trousses, comme ils l'avaient craint dans un premier temps. Ils étaient intouchables dès lors qu'ils détenaient la preuve qu'il avait escroqué la compagnie…

— Ça va, ma jolie ? Tu as l'air songeuse, lui dit Ken.

— Oui, ça va. J'espère juste qu'on va pas être déçus. Je commence à désespérer de trouver la maison idéale.

— Tu vises peut-être trop haut. Si celle-là est aussi moche que les autres, il va falloir songer à chercher plus petit.

— J'en ai bien peur, soupira-t-elle. Sauf que pour faire des bénéfices, il faut qu'on ait suffisamment de chambres à louer.

Ils bifurquèrent dans une grande avenue flanquée de part et d'autre d'imposantes villas.

— Voilà qui s'annonce bien, dit Ken, une pointe d'excitation dans la voix tandis qu'ils se hâtaient vers le numéro 17.

Ils la trouvèrent coincée entre deux superbes édifices, telle une vilaine verrue.

À la vue de la haute villa victorienne au perron crasseux et à la porte dégondée, Barbara se renfrogna.

— C'est une ruine.

— Une bonne couche de peinture et elle sera comme neuve… à condition que l'intérieur soit en bon état. Allons, viens, l'agent nous attend.

L'homme à la silhouette imposante leur vanta les vertus de chaque pièce. Ils roulèrent des yeux effarés en découvrant les lambris écaillés, les tapisseries tachées et décollées des murs. Sans parler de l'odeur ! Mélange de bois pourri et de moisissure.

— La propriétaire vient de mourir et ses héritiers sont pressés de vendre. Ils sont ouverts à la négociation, dans des limites raisonnables, précisa l'agent avec un regard hautain.

— Comment ? Vous dites qu'elle vient de mourir ? Mais cette maison est une ruine, s'offusqua Ken.

L'agent se crispa, mais resta poli :

— D'après ce que je sais, c'était une très vieille dame qui vivait dans l'appartement du sous-sol.

Apparemment, elle n'avait plus toute sa tête. Si vous voulez bien me suivre.

Ils descendirent l'escalier et pénétrèrent dans une vaste cuisine bien équipée.

— Comme vous pouvez le voir, cette partie de la maison est en parfait état, dit l'agent en balayant l'espace d'un geste large. Il y a aussi une chambre double et une salle de bains.

— Oui, mais le reste de la maison est entièrement à refaire, remarqua Ken.

— Songez au potentiel, monsieur. Les pièces offrent un beau volume et la structure est saine. Je vous assure que le prix tient compte de l'état de la propriété, ajouta-t-il d'un ton pompeux en consultant ostensiblement une montre de gousset qu'il venait de tirer de sa poche de gilet.

— Qu'est-ce que tu en penses, Barbara ? demanda Ken en tournant le dos à l'agent.

Barbara avait les larmes aux yeux ; elle voyait déjà les chambres rénovées, avec des murs crème et des rideaux en chintz, un vase de fleurs fraîches posé sur chaque table de nuit. Oui ! Sa maison d'hôtes serait la plus belle de tout Blackpool.

— Faisons une offre, dit-elle tout excitée.

13

À Battersea, Nelly piaffait d'impatience, ne cessant d'aller à la fenêtre pour guetter l'arrivée de sa grand-mère. Le salon était vide, à l'exception de deux fauteuils placés de part et d'autre de la cheminée. Un feu rougeoyait dans l'âtre et les rideaux roses – cadeau d'Elsie – conféraient à la pièce une atmosphère chaleureuse. Sa grand-mère allait-elle se plaire ici ? Allait-elle rester ?

La lettre de Sadie avait redonné vie à sa maman, qui avait réaménagé le séjour, placé le canapé dans la cuisine pour faire de la place au lit de mamie, et s'était débarrassée du vieux buffet.

Enfin, ils étaient arrivés ! Nelly s'élança dehors tandis que le camion se rangeait le long du trottoir :

— Mamie ! Mamie ! s'écria-t-elle en ouvrant tout grand la portière côté passager.

— Bonjour, ma poulette. N'est-ce pas que j'ai tout l'air d'une reine dans son carrosse ?

Nelly plaqua sa main sur sa bouche pour ne pas éclater de rire. Sa grand-mère était d'un comique irrésistible avec son vieux chapeau noir orné d'une grande plume qui lui retombait devant les yeux. Son manteau au col de fourrure mité bâillait, ses boutons peinant à contenir sa taille généreuse. Mais le plus drôle était ses petites jambes écartées et laissant voir sa grande culotte rose dont les élastiques s'arrêtaient juste au-dessus des genoux.

— Qu'est-ce qu'il y a de si drôle ? demanda la vieille femme, indignée.

— Rien, mamie, répondit Nelly en reprenant aussitôt contenance.

— Allons, écarte-toi, Nelly, dit Bert en s'approchant de la portière pour aider Sadie à descendre.

Passant un bras sous ses genoux, il parvint à soulever doucement la vieille dame malgré sa forte corpulence et à la mettre sur ses pieds. Celle-ci vacilla un instant sur ses jambes tandis que Bert ôtait sa casquette pour la saluer :

— Vous voici arrivée à bon port, madame Greenbrook.

— Sadie, s'il vous plaît, appelez-moi Sadie. Vous êtes trop gentil de m'avoir amenée jusqu'ici. C'est la première fois que je monte dans un camion, et je me suis bien amusée, ma foi. Quand on s'est installés dans notre première maison, mon homme et moi, on n'avait qu'une charrette à bras pour transporter nos affaires.

— C'était un plaisir, madame Green... Je veux dire, Sadie. Et maintenant, accompagne ta grand-mère à l'intérieur, Nelly, pendant que je m'occupe de ses bagages.

Quand Nelly prit le bras de sa grand-mère, une odeur âcre de naphtaline lui fit froncer le nez malgré elle.

— Je sais, ma poulette, ça sent pas bon, mais ce manteau n'a pas vu la lumière du jour depuis des années. Allons, dépêchons, j'ai hâte d'ôter ces souliers qui me font mal aux pieds.

Un formidable élan de tendresse s'empara soudain de sa petite-fille, qui murmura :

— Oh, mamie, je suis tellement contente que tu sois venue.

Le gros lit en cuivre de Sadie avait été installé contre le mur, et sa commode en chêne recouverte d'un napperon de dentelle blanche sous la fenêtre. Son joli tapis ajoutait une touche de couleur au lino gris.

— Oh, mais c'est charmant, dites donc. Je vais être aux petits oignons ici. Mais c'est dommage que vous n'ayez plus de salon à cause de moi.

— C'est pas grave, dit Ruth. On s'en servait jamais de toute façon.

Sadie sourit à sa fille, puis, après un rapide coup d'œil circulaire, lui chuchota :

— Maintenant que Nelly est montée se coucher, on va pouvoir parler toi et moi.

Elles passèrent à la cuisine, Sadie souriant tristement à la vue du vieux sofa gris et des deux fauteuils fatigués installés devant la cheminée. À l'autre bout de la pièce, tout en longueur, une table branlante et des chaises, une cuisinière hors d'âge et un vieux buffet occupaient l'espace. Il n'y avait pas de chauffe-eau, juste un robinet d'eau froide au-dessus de la pierre d'évier. *Pauvre Ruth*, songea-t-elle, *quelle différence avec la maison confortable de sa sœur.*

Ignorant le canapé, Sadie s'installa confortablement dans un des fauteuils, puis, se penchant vers sa fille, lui dit :

— Raçonte-moi tout, Ruth. Tu disais dans ta lettre que tu avais été souffrante et que Ken vous avait quittées. Mais il y a autre chose, n'est-ce pas ?

Ruth releva la tête, et le cœur de Sadie se serra en voyant l'expression de désespoir dans le regard de sa fille.

— Oh, maman.

Quand Ruth eut fini son récit, Sadie se renversa dans son fauteuil et ferma un instant les yeux. *Mon Dieu*, songea-t-elle, *j'étais loin de m'imaginer à quel point elle avait la vie difficile.*

— Et comment tu te débrouilles pour manger, ma chérie ? demanda-t-elle.

— J'ai trouvé à me faire embaucher à l'épicerie au coin de la rue. Ils me paient que cinq livres par semaine, mais si on fait attention, ça ira.

— Comment ! Sadie se redressa, indignée. Tu t'imagines tout de même pas que je vais me faire entretenir ? Ça, non, alors. J'ai ma pension et un joli petit bas de laine en plus. Comme Mary me laissait jamais rien payer, j'ai pu mettre pas mal de sous de côté. (Elle regretta ses paroles quand elle vit Ruth rougir jusqu'aux yeux.) Allons, allons, ma chérie, je serais pas à l'aise si je vivais à tes crochets. Je vais te verser une partie de ma pension.

— Merci, maman, dit Ruth. Elsie, notre voisine, a été formidable. Elle nous a soignées, Nelly et moi, et elle m'a prêté un peu d'argent en attendant que j'aie touché ma première paie. Et Bert a mis quelques sacs de charbon à la cave.

— Oui, tu as des voisins adorables. Mais dis-moi combien tu leur dois et je te donnerai l'argent pour les rembourser.

— Je ne peux pas accepter, maman.

— Ne sois pas bête, Ruth. J'ai de l'argent et je veux t'aider. C'est une nouvelle vie qui commence pour nous toutes, alors partons du bon pied.

Quand Nelly s'éveilla, le lendemain matin, elle se précipita au rez-de-chaussée et sourit en trouvant sa grand-mère dans la cuisine.

— Mamie, tu es toujours là ! s'écria-t-elle, folle de joie.

— Évidemment ! répondit Sadie. Et j'ai bien l'intention de rester.

Nelly s'assit en face de sa grand-mère. Elle était heureuse que papa soit parti. Plus de violence, plus besoin de rester enfermée dans sa chambre. Et maintenant, mamie était venue vivre avec elles. Que demander de plus !

— Que veux-tu pour déjeuner ? lui demanda Ruth.

— Une tartine de pain grillée, s'il te plaît, répondit-elle, sans quitter des yeux le halo lumineux qui enveloppait sa grand-mère. Les paumes de ses mains se mirent à la picoter et elle fut prise d'une furieuse envie de toucher les zones sombres pour les dissiper.

Nelly fut tirée de sa rêverie quand sa mère posa une assiette de tartines grillées sur la table en demandant :

— Que comptes-tu faire aujourd'hui ?

S'obligeant à détourner les yeux de sa grand-mère, elle sentit diminuer les fourmillements dans ses mains.

— Je pourrais aller au parc de Battersea avec Ann ?

— Je ne sais pas, ça fait loin.

— Laisse-la donc y aller, intervint sa grand-mère. La pauvre petite est restée enfermée pendant des années. Il est temps qu'elle ait un peu de liberté.

— Mais, maman, elle n'a que dix ans.

— Elle est assez grande, voyons. Et puis ce n'est pas si loin. Tu allais souvent jouer au parc quand tu avais son âge.

Nelly posa un regard implorant sur sa mère.

— S'il te plaît, maman.

— Bon, souffla Ruth. Mais ne te réjouis pas trop vite. Rappelle-toi qu'Ann vient seulement de se remettre d'une mauvaise angine. Elsie sera peut-être pas d'accord pour qu'elle aille aussi loin.

Elsie accepta, déclarant qu'un peu d'air frais ne pouvait que faire du bien à Ann, à condition toutefois qu'elles soient de retour à 14 heures.

Les deux filles s'empressèrent de se rendre au parc. Comme elles n'avaient que six pence à elles deux – pas assez pour faire un tour de manège – elles se dirigèrent vers l'aire de jeux. Leur déception fut vite oubliée lorsqu'elles grimpèrent sur la balançoire pour jouer à celle qui irait le plus haut, puis firent des tours de tourniquet jusqu'à en avoir le vertige.

Maintenant que Nelly avait recouvré sa liberté, Ann et elle étaient devenues inséparables, et quand le printemps fit place à l'été, tout Candle Lane était en ébullition. Il n'était question que du couronnement de la reine Élisabeth, qui devait avoir lieu le 2 juin. Pendant que les enfants jouaient dehors, les adultes se concertaient pour organiser les festivités.

Le samedi, Nelly et Ann étaient en train de bavarder assises côte à côte sur le perron, quand un drôle d'objet sur le toit de la maison d'en face attira le regard de Nelly.

— Qu'est-ce que c'est ? demanda-t-elle en pointant un doigt intrigué vers l'objet en forme de H attaché à l'une des cheminées.

— Une antenne de télévision. On va bientôt en avoir une, répondit Ann.

— Vous allez vraiment avoir la télévision !

— Oui, la semaine prochaine. Papa a dit qu'on allait pouvoir regarder le couronnement. Et tu pourras venir le regarder avec nous, la rassura Ann.

Tournant la tête, Nelly aperçut Nelly Cox qui descendait Candle Lane d'un pas décidé. Maintenant qu'elle était autorisée à sortir jouer dehors, elle avait appris à connaître presque toutes les voisines, et Nelly était l'une de ses préférées. Petite et râblée, comme sa grand-mère, elle avait toujours le sourire aux lèvres. N'ayant pas d'enfants à elle, elle faisait grand cas des enfants des autres, qui l'avaient surnommée tantine.

Elle s'approcha des filles et leur lança :

— Coucou, vous deux ! Ta maman est à la maison, Ann ?

— Oui, entrez, dit Ann.

Elles se levèrent pour la laisser passer, mais Nelly déclina son invitation.

— C'est gentil, dit-elle avec un clin d'œil espiègle, mais si j'entre, ta mère et moi on va se mettre à papoter autour d'une tasse de thé et on va pas voir le temps passer. Sois mignonne, va la chercher.

Quand Elsie parut sur le seuil, Ann et Nelly écarquillèrent les yeux en entendant ce que les deux femmes se disaient.

— Je fais la collecte pour la fête des voisins, Elsie.

— Mais je croyais qu'on s'était tous mis d'accord pour se cotiser pour le buffet.

— C’est pas pour le buffet, cette fois, mais pour les boissons de la fête des adultes le soir.

— Ah ! Combien tu veux ?

— Ce que tu peux donner. Mon mari va commander deux fûts de bière au pub, et peut-être un peu de porto et de sherry pour les dames. Qu’est-ce que tu en dis ?

— Ça me paraît très bien.

— Ah, et puis on va avoir besoin de banderoles et de fanions.

— Oh là là, la dernière fois que je les ai sortis c’était à la fin de la guerre. Je sais pas si je les ai encore. Je vais voir ça.

— Toutes les rues du quartier vont être décorées. On va tout de même pas se faire voler la vedette. En tout cas, merci pour ta contribution.

Se tournant vers les filles, elle leur demanda avec un grand sourire :

— Vous allez participer au concours de déguisement, vous deux ?

Ann resta bouche bée.

— Quel concours ?

— Mince ! J’ai vendu la mèche !

— C’est pas grave, dit Elsie. On aurait dû leur dire de toute façon.

Le matin du couronnement, il faisait froid et gris, quand Nelly, sa mère et sa grand-mère allèrent rejoindre leurs voisins dans la maison d’à côté. Nelly Cox et son mari George arrivèrent peu après, suivis de quelques autres, et bientôt le petit salon fut plein comme un œuf.

Tous s’installèrent devant le poste de télévision, les enfants assis par terre, pour regarder le reportage en noir et blanc sur le petit écran.

— Ouah, on dirait le carrosse de Cendrillon ! s'exclama Nelly.

— Le carrosse est doré, expliqua Bert.

— Il est en or ! s'exclama Nelly.

Bert rit.

— Non, pas tout à fait, juste doré à l'or fin. S'il était en or massif, un seul rayon de ses énormes roues vaudrait une fortune.

Nelly soupira, son imagination enflammée, tandis qu'elle regardait la reine saluer la foule massée dans les rues.

Enfin, l'immense procession atteignit l'abbaye de Westminster. La musique majestueuse, le somptueux apparat et le commentaire de Richard Dimbleby les tenaient tous en haleine, sauf Nelly qui trouvait que la cérémonie traînait en longueur. Ses paupières commençaient à se fermer et sa tête à dodeliner, quand elle sentit une main lui tapoter l'épaule.

— Réveille-toi, poulette, lui dit sa grand-mère, sinon tu vas manquer un moment historique. C'est le premier couronnement à être retransmis à la télévision et tu pourras dire un jour à tes enfants que tu l'as vu.

Nelly émergea du sommeil juste à l'instant où la couronne était placée sur la tête de la reine Elizabeth.

Le lendemain matin, les préparatifs de la fête des voisins étaient déjà en route quand Nelly sauta du lit et courut à la fenêtre. Trois longues tables à tréteaux et couvertes de nappes blanches occupaient toute la chaussée de Candle Lane. Des banderoles bleu, blanc et rouge se balançaient doucement dans la brise et toutes les portes et les réverbères étaient ornés de ballons de baudruche.

L'excitation de Nelly était à son comble. Son déguisement d'ange était prêt. La robe blanche, recouverte d'une fine résille, était entièrement brodée de sequins qui miroitaient au soleil, et les ailes faites de cintres en fil de fer étaient ornées de guirlandes de Noël argentées.

Elle s'habilla en vitesse et courut à la cuisine, où la table était couverte de bonnes choses. Presque tout le monde avait accepté de contribuer à la fête des voisins et sa mère avait préparé des gelées de fruits, des cupcakes enrobés de glaçage rose vif et un énorme saladier d'œufs à la neige.

— Maman, est-ce que je peux mettre mon déguisement maintenant ?

— Non, Nelly, c'est trop tôt. Le concours ne commence qu'à 15 heures.

— Je peux aller voir Ann, alors ? implora-t-elle en sautillant d'un pied sur l'autre.

— Oui, mais prends d'abord ton petit-déjeuner.

Nelly avala son porridge en quatrième vitesse, puis se précipita vers la porte.

— Eh ! lui cria sa mère. N'embête pas Elsie. Elle a encore des montagnes de sandwichs à préparer !

Ann souriait de toutes ses dents quand elle vint lui ouvrir.

— Il faut qu'on monte dans ma chambre, maman court dans tous les sens comme si elle avait le diable aux fesses.

— Qu'est-ce que j'entends ! tonna le père d'Ann en entrant dans le vestibule. Surveille ton langage, ma fille ! dit-il en réprimant un fou rire.

— Mais c'est toi-même qui l'as dit, répliqua Ann sans se démonter. Je t'ai entendu dire que maman courait dans tous les sens.

Elle passa à côté de lui et s'élança dans l'escalier, Nelly à sa suite, toutes les deux riant aux éclats tandis que Bert faisait mine de les pourchasser en rugissant comme un lion.

Elles étaient hors d'haleine quand elles se laissèrent tomber sur le lit dans la chambre d'Ann.

— Mon père est complètement zinzin, tu ne trouves pas ? dit Ann en riant.

— Il est très gentil, dit Nelly.

Et c'était vrai, songea-t-elle, *tant qu'il gardait ses distances*. Elle ne supportait pas qu'un homme puisse ne serait-ce que la frôler et était bien contente de ne pas avoir un père et un frère à la maison, comme Ann. Ce devait être terrible de passer son temps à les éviter.

Nelly n'avait rien gagné au concours des déguisements, mais ça lui était égal. C'étaient les adorables jumeaux Mason, un garçon et une fille de trois ans, qui avaient remporté le premier prix. Déguisés en roi et reine, ils avaient défilé main dans la main, avec leurs couronnes en carton recouvertes de papier doré et de joyaux multicolores qui, après une inspection détaillée, s'étaient révélés être de simples bonbons.

Ann était passée en deuxième, déguisée en bergère, et à la grande joie de Nelly, avait remporté le quatrième prix : un roman d'Enid Blyton.

À présent, elle et Ann étaient assises sur les marches du perron et regardaient les hommes faire rouler les fûts de bière pour la soirée des adultes. On avait apporté un vieux piano, prêté par Mme Edwards, du numéro 7, et le mari de Mme Mason s'était proposé pour jouer de l'harmonica.

Tandis qu'elle observait les préparatifs, Nelly songea combien cette journée aurait été différente si son père avait été là. Au lieu de participer à la fête, elle aurait été consignée dans sa chambre et aurait regardé les autres s'amuser depuis sa fenêtre.

— On s'est bien amusées, dit Ann.

— Ouais, dommage qu'on puisse pas aller à la fête des grands.

Toutes deux firent la grimace au moment où, comme par un fait exprès, leurs mères leur dirent qu'il était l'heure de rentrer.

Quand Nelly franchit le seuil, sa mâchoire s'affaissa. Coiffée à la Lana Turner avec une raie sur le côté, Ruth portait une robe à fleurs bleues et blanches, serrée à la taille par une large ceinture et complétée par un cardigan ajouré.

— Oh, maman, que tu es belle ! s'écria Nelly, bluffée.

— N'est-ce pas ? s'écria sa grand-mère. Cette robe lui va comme un gant et on dirait qu'elle est neuve.

— Merci pour le tricot, maman. Il est parfait, lui dit Ruth. Et maintenant, Nelly, monte te coucher. Et je ne veux pas t'entendre.

— Mais il est encore tôt, maman. Je peux pas rester un peu en bas ?

— Non. Ta grand-mère s'est proposée exprès pour te garder pendant que je vais à la fête, et je n'ai pas envie que tu la fasses tourner en bourrique.

— C'est pas grave, Ruth, tempéra Sadie. Elle peut rester un peu et me tenir compagnie.

Nelly dissimula un sourire. Depuis que sa grand-mère était venue s'installer à la maison, elle en profitait pour obtenir tout ce qu'elle voulait.

— S'il te plaît, maman, implora-t-elle.

— Bon, mais à 21 heures je veux que tu sois au lit.

— À vos ordres, mon capitaine ! dit Sadie en décochant un clin d'œil complice à sa petite-fille.

— Comment s'est passée ta journée ? demanda-t-elle à Nelly quand Ruth fut partie.

— Super bien ! Tout est tellement différent depuis que tu es là, mamie. Maman est devenue amie avec tous les gens de Candle Lane et elle sourit tout le temps.

— Eh, viens voir ça, dit la vieille dame qui s'était approchée de la fenêtre et avait soulevé un coin du rideau. Ils ont l'air de drôlement bien s'amuser.

Mme Wilson et Nelly Cox s'étaient mises à danser, leurs jupes relevées jusqu'aux genoux, tandis que Mme Green et quelques autres se joignaient à elles. Elles chantaient à tue-tête. Nelly sourit quand sa grand-mère entonna, elle aussi…

Le soir comme le matin, si vous passez par Lambeth Way vous les verrez danser le Lambeth Walk.

Elle tendit le cou et rit en voyant sa mère se joindre au groupe de danseuses.

— Oh, mamie, murmura-t-elle. Elle n'aurait jamais fait ça si papa avait été là. Elle n'aurait jamais osé aller à la fête des voisins. J'espère qu'il ne reviendra jamais.

14

Deux ans s'étaient écoulés et Nelly et Ann allaient à présent à la Secondary Modern School, où, étant dans la même classe, elles s'étaient intégrées sans difficulté.

Maintenant qu'elles entraient dans l'adolescence, elles commençaient à prendre des formes. Ann, quoique petite, comme sa mère, avait une poitrine généreuse et une taille étroite. Nelly était plus grande et élancée, avec des seins petits mais qui, à son grand dam, pointaient sous son corsage.

Elle ne supportait pas le regard des garçons sur elle et faisait tout ce qu'elle pouvait pour cacher sa silhouette sous des vêtements amples.

À quatorze ans, Ann, comme toutes leurs amies, commençait à s'intéresser aux garçons. Des posters de son idole, Pat Boone, fleurissaient sur les murs de sa chambre et elle se maquillait un peu.

La mode aussi avait changé, en particulier pour les jeunes filles, qui n'étaient plus obligées de s'habiller comme leurs mères. Ann portait des hauts moulants avec des jupes corolles qui, lorsqu'elle s'asseyait, révélaient plusieurs couches de jupons froufroutants. Nelly, en revanche, affectionnait les blouses loin du corps et les jupes classiques, qui n'attiraient pas les regards.

— Allons, ne fais pas cette tête, on va bien s'amuser, lui dit Ann tandis qu'elles se préparaient à aller à la maison de la jeunesse.

Elle avait dû beaucoup insister pour convaincre Nelly de l'accompagner, mais elle avait finalement réussi.

Nelly observa son reflet dans la glace. Ann lui avait mis de la poudre et maquillé les yeux. On crachait sur le bloc de mascara qu'on frottait ensuite avec une petite brosse pour obtenir une épaisse bouillie noire dont on enduisait généreusement les cils. Venait ensuite le rouge à lèvres orange vif pour compléter l'ensemble.

J'ai l'air d'un clown, songea-t-elle, en se tamponnant les lèvres avec un mouchoir pour ôter l'excès de couleur. Ann n'avait pas plus l'air à son avantage qu'elle, le maquillage faisant ressortir son strabisme.

Quand elles entrèrent dans la salle des fêtes, elles furent aussitôt assaillies par la musique tonitruante d'un tourne-disque installé à côté de la porte.

— Oh, c'est Elvis, s'exclama Ann en se mettant aussitôt à se déhancher sur « All Shook Up ».

Le cœur de Nelly chavira quand elle vit Arthur, le frère d'Ann, s'approcher depuis l'autre bout de la salle, un grand sourire aux lèvres.

— Ouah ! dit-il, tout en la détaillant de la tête aux pieds. Tu es en beauté, Nelly.

Elle se tortilla inconfortablement. Ann l'avait persuadée de mettre un de ses jupons à volants de dentelle qui lui grattait les jambes. Ses joues s'enflammèrent quand les yeux d'Arthur s'arrêtèrent sur sa poitrine, puis suivirent la courbe de ses épaules avec intérêt. Elle regretta de n'avoir pas mis une blouse ample, au lieu d'un pull moulant qui, selon Ann, allait mieux avec la jupe.

Évitant le regard d'Arthur, elle tenta désespérément d'attirer l'attention d'Ann, mais celle-ci n'avait d'yeux que pour le garçon qui était en train de mettre un nouveau disque sur le pick-up.

Ignorant Ann, le garçon se tourna vers Nelly et demanda :

— Tu fais pas les présentations, Arthur ?

— Laisse tomber, Billy, grommela Arthur en passant un bras autour des épaules de Nelly, sa main frôlant un de ses seins pas inadvertance. Elle est déjà prise.

Le cœur de Nelly se mit à battre violemment dans sa poitrine. Prise de panique, elle se dégagea de l'emprise d'Arthur et prit ses jambes à son cou, ses talons dérapant sur le parquet ciré.

— Nelly, attends ! lui cria Ann en s'élançant à sa suite. Qu'est-ce qui te prend ?

— Je ne supporte pas qu'on me touche, dit-elle, hors d'haleine.

— Mais ce n'était qu'Arthur. Tu n'as pas remarqué qu'il a le béguin pour toi ?

Nelly écarquilla des yeux ahuris.

— Il a le béguin pour moi ? dit-elle, la gorge serrée. Non, bien sûr que non.

— C'est un grand baraqué, je sais, mais il ne ferait pas de mal à une mouche.

— S'il te plaît, dis-lui de ne pas m'approcher... Ann, s'il te plaît, supplia-t-elle.

— Nelly, pour l'amour du ciel, calme-toi, tu trembles comme une feuille. Pourquoi as-tu si peur ? demanda Ann stupéfaite.

— Je ne sais pas, mais dis-lui de me laisser tranquille !

— Bon, bon, d'accord. Mais maintenant, si on y retourne, ils vont tous se payer notre tête, dit-elle, une pointe de reproche dans la voix. On n'a plus qu'à rentrer à la maison.

— Je suis désolée, Ann. Mais tu peux y retourner, toi. Jenny Jackson et sa copine Betty sont là, tu ne seras pas toute seule.

— Tu es sûre que ça ne t'ennuie pas ?

— Non, non, pas du tout. Vas-y et amuse-toi bien.

— D'accord, dit Ann après quelques secondes d'hésitation.

Nelly s'obligea à sourire, puis, s'éloignant d'un pas rapide pour ne pas laisser à Ann le temps de changer d'avis, lui lança :

— À demain.

Ann haussa les épaules et regagna la salle.

— Qu'est-ce qui s'est passé avec Nelly ? J'ai fait quelque chose qui lui a pas plu ? demanda Arthur.

— Elle est rentrée chez elle, répondit sa sœur d'une voix cassante. Elle ne t'aime pas, Arthur, alors bas les pattes une bonne fois pour toutes.

— J'ai fait que lui passer un bras autour des épaules, protesta-t-il, tandis que Jenny Jackson s'approchait d'eux.

— Salut, Ann, lança-t-elle. Tu sais pourquoi Nelly est partie comme ça, d'un seul coup ?

— Elle ne se sentait pas bien, mentit Ann.

— Moi, je crois plutôt qu'elle cherchait à te fuir, Arthur, dit Jenny en passant son bras sous le sien. Tu n'as pas encore compris qu'elle s'intéressait pas aux garçons ? Elle préfère peut-être les filles, ricana-t-elle.

— Eh bien, tant pis pour elle, dit-il en se dégageant de l'étreinte de Jenny et en se dirigeant vers la table de billard.

— C'est un sacré beau gosse, ton frangin, dit Jenny à Ann. Tu pourrais pas lui faire comprendre qu'il me plaît ?

— À quoi bon, si tu te jettes à son cou comme tu viens de le faire ? rétorqua Ann. Et puis à l'avenir, abstiens-toi de faire des remarques sur Nelly.

— Oh là là, je plaisantais, rétorqua Jenny en tournant les talons et en s'approchant de Billy avec un voluptueux balancement de hanches.

Les yeux du garçon s'illuminèrent quand Jenny vint à sa rencontre, et Ann sentit son cœur chavirer. Stupide qu'elle était ! Elle n'avait aucune chance à côté d'une fille comme Jenny. Elle balaya la salle du regard et, voyant que Betty était seule, alla à sa rencontre.

Chemin faisant, elle passa devant un groupe de garçons adossés au mur, et tous se retournèrent pour la regarder. L'un d'eux murmura quelque chose qui les fit tous s'esclaffer.

— Ouais, répliqua un autre. Elle est plutôt pas mal, à condition de lui mettre un sac sur la tête.

Ann se sentit devenir rouge de honte. Rentrant la tête dans les épaules, elle fit demi-tour et s'empressa de gagner la sortie.

Pourquoi s'était-elle imaginé qu'ils allaient la regarder différemment parce qu'elle avait mis du maquillage et une jolie jupe ? Ça ne changeait absolument rien. C'était toujours la même chose : dès qu'ils voyaient ses yeux, les garçons éclataient de rire.

Quand elle tourna au coin de Candle Lane, elle ne fut pas surprise d'apercevoir Nelly assise toute seule sur son perron. Elle s'approcha, un sourire forcé aux lèvres.

— Ça va ? lui demanda Nelly. J'ai eu un drôle de pressentiment, et je ne sais pas pourquoi, j'ai décidé de m'asseoir là et de t'attendre au cas où.

— Tu as des antennes, ma parole. Un des garçons s'est payé ma tête à cause de mon strabisme, comme toujours. (Elle poussa un gros soupir.) Ça ne devrait plus rien me faire depuis le temps, et pourtant…

Nelly lui sourit gentiment, puis son regard se perdit dans le vague.

— Ann, ta mère va m'apprendre à lire les auras la semaine prochaine. Tu serais d'accord pour que je m'exerce sur toi ? Je vais peut-être découvrir ce qui ne va pas avec tes yeux ?

— Tu sais très bien ce qui ne va pas avec mes yeux, Nelly. J'ai un strabisme, et il n'y a rien à y faire. Maman m'a emmenée chez un spécialiste, quand j'étais petite, et il lui a dit que c'était irréversible.

— S'il te plaît, Ann, ça coûte rien d'essayer.

— Bon, d'accord, mais ça va rien changer.

15

Quand les vacances de Pâques 1958 s'achevèrent, Nelly et Ann quittèrent l'école pour travailler. Elles avaient atteint leurs quinze ans et étaient tout excitées à l'idée de se lancer dans la vie active.

— Je n'arrive pas à y croire ! Tu te rends compte qu'on va travailler ensemble chez Arding & Hobbs ! s'écria Nelly.

— Oui, mais toi tu as décroché le gros lot. Au rayon musique, tu vas pouvoir écouter tous les hits du Top 20 à longueur de journée, alors que moi, je vais devoir laver des têtes et passer le balai.

— Mais toi, tu vas apprendre un métier, Ann. Tout sera différent quand tu auras ton brevet de coiffeuse.

— C'est dans un an, et en attendant, je vais être payée des cacahuètes. J'aimerais mieux avoir ta paie à toi.

— Bah, si je donne deux livres à ma mère chaque semaine, il ne me restera que dix shillings.

— C'est pas juste, objecta son amie, indignée.

— Ma mère en a besoin, Ann. Ça n'a pas été facile pour elle, ces dernières années. Elle a dû m'élever seule, rien qu'avec son salaire et un peu de la pension de ma grand-mère. Mais je vais me débrouiller, ajouta-t-elle. J'ai acheté mon uniforme à tempérament, et j'apporterai mon sandwich pour le déjeuner.

Ann lui agrippa le bras, tout excitée, quand elles arrivèrent en vue de l'enseigne. Elles n'allaient pas prendre leur poste avant fin avril, mais elles n'avaient pas pu résister à l'envie de faire le tour du grand magasin. Poussant les portes de verre, elles se retrouvèrent au rayon parfumerie et cosmétique, leurs nez délicieusement picotés par les effluves des parfums de luxe. Derrière chaque comptoir se tenaient des vendeuses impeccablement maquillées, dont la mine hautaine dissuada les deux amies de s'approcher.

— Viens, Nelly, allons plutôt faire un tour au rayon musique, suggéra Ann.

Elles traversèrent en coup de vent le rayon électronique. Ignorant les gramophones, télévisions et postes de radio, elles descendirent une courte volée de marches menant à un espace exigu mais animé, situé sur l'arrière du magasin. Hormis quelques bacs remplis de 33 tours et plusieurs cabines d'écoute, il n'y avait qu'un long comptoir.

— Ce n'est vraiment pas grand, dit Nelly, incapable de cacher sa déception.

— C'est pas grave, déclara Ann, en lui donnant un coup de coude. Tu as vu tous ces beaux gosses qui achètent des disques. Tu vas rencontrer un tas de garçons ici.

Nelly eut une grimace. Les regards que leur jetait un groupe de *teddy boys*[1] la mettaient mal à l'aise. Les cheveux brillantinés et coiffés en arrière avec juste

---

1. L'équivalent britannique de la mode des « blousons noirs » (*NdT*).

une mèche qui retombait sur le front, ils portaient des vestes trois-quarts et des pantalons tuyaux de poêle. Des chaussures à semelles de crêpe venaient compléter le tableau et quand l'un d'eux lui décocha un grand sourire, Nelly tira sur le bras d'Ann et lui souffla :

— Viens, allons au salon de coiffure.

Après un rapide coup d'œil par-dessus son épaule, Ann suivit à regret son amie en direction de l'escalator. Depuis le lent escalier mécanique, elles aperçurent le rayon habillement au premier étage, puis l'ameublement, les articles ménagers et la literie au deuxième avant d'arriver au troisième.

Légèrement désorientées, elles suivirent les panneaux jusqu'à une section où régnait une atmosphère feutrée.

— Le salon de coiffure est par là, murmura Ann. Je l'ai visité quand j'ai passé mon entretien d'embauche. La responsable m'a dit que les clientes voulaient être à l'abri des regards quand elles se faisaient coiffer. Ici, c'est juste la salle d'attente.

Nelly détailla les sièges en rotin blancs, les petites tables en verre couvertes de magazines, les grandes affiches de mannequins coiffés à la dernière mode accrochées aux murs couleur lavande. Tout ici respirait l'ordre, le calme et l'élégance.

— Que c'est beau ! s'extasia Nelly à mi-voix.

— C'est vrai que c'est beau, concéda Ann. Mais allons-nous-en, je n'ai pas envie qu'on me surprenne en train de rôder par ici. Allons faire un tour chez Woolworth, de l'autre côté de la rue. Il me faut un nouveau rouge à lèvres, et je ne pense pas en trouver un ici dans mes prix.

De retour à la maison, Nelly s'assit devant la coiffeuse d'Ann et essaya le nouveau rouge à lèvres de celle-ci.

— Qu'en penses-tu ? demanda-t-elle à son amie, qui était venue se poster derrière elle.

— Oh non, dit Ann, en fronçant le nez. Le rose ne te va pas du tout. Il te faut un corail léger.

Rassemblant l'épaisse chevelure rousse de Nelly en chignon, elle demanda :

— Tu me laisses te coiffer ?

— Oui, bien sûr, mais quelle heure est-il ? Je ne veux pas être là quand Arthur rentrera.

Ann consulta sa montre.

— Il ne sera pas rentré avant une demi-heure. Mais pourquoi tu ne lui dis pas une bonne fois qu'il ne t'intéresse pas au lieu de te sauver comme une voleuse à chaque fois que tu le vois ?

— Je l'ai fait, mais il ne m'écoute pas. Tu ne peux pas lui dire, toi, Ann ? plaida-t-elle.

Ann entortilla habilement les cheveux de Nelly en un chignon banane, qu'elle fixa au moyen de barrettes, laissant quelques mèches folles voleter autour de ses joues.

— J'ai essayé, reprit-elle, mais il en pince toujours pour toi. Et puis il n'a pas l'habitude que les filles lui résistent. Je crois qu'il a pris ça comme une sorte de défi.

— Oui, j'ai remarqué comment les deux autres lui tournent autour, en particulier Jenny. Si seulement il pouvait en choisir une et me laisser tranquille.

— Il finira par se lasser, dit Ann, en reposant son peigne et en se reculant pour admirer son œuvre. Et voilà ! Qu'est-ce que t'en dis ?

Nelly tourna la tête d'un côté puis de l'autre. Le chignon lui donnait un air plus mûr.

— C'est magnifique ! Ç'aurait été dommage qu'ils te mettent au rayon musique, tu as un vrai talent pour la coiffure.

Elle regarda son amie dans la glace et fut frappée de voir à quel point Ann était jolie.

— Tes yeux vont beaucoup mieux. Tu n'as plus qu'une très légère coquetterie dans l'œil.

— Oui, grâce à toi. Comment est-ce que tu as fait, Nelly, pour savoir que c'était une faiblesse des muscles oculaires ?

— Je ne sais pas vraiment. C'est difficile à expliquer. J'ai toujours eu le don de voir les auras des gens. Quand j'étais petite, j'appelais ça des lumières, et j'étais persuadée que tout le monde pouvait les voir. Tu te souviens, l'année dernière, quand ta mère m'a appris à lire les auras ?

Ann hocha la tête.

— Eh bien, au bout d'un moment, j'ai commencé à comprendre ce que je voyais, mais aussi ce que je ressentais. Et quand je t'ai regardée, j'ai senti comme une faiblesse à l'arrière de tes yeux. Maintenant, n'oublie pas que c'est ta mère qui a eu l'idée de te faire faire des exercices pour raffermir tes muscles, pas moi.

— Je sais, j'y passe un temps fou et j'ai horreur de ça. Elle m'oblige à m'asseoir face à elle et à suivre son index du regard pendant des heures. D'abord d'un côté, puis de l'autre, puis en haut, et ensuite en bas. Elle ne lâche rien.

Nelly lui sourit gentiment.

— Je sais, mais ça en vaut la peine. Tu as complètement changé !

Ann baissa la tête.

— Je sais, j'ai tort de me plaindre, parce qu'au fond je suis ravie. Plus personne ne se moque de moi ou ne me plaint. J'ai mis un petit moment à comprendre que les garçons commençaient à me regarder autrement. Je m'attendais toujours à ce qu'ils me balancent des vannes.

— En tout cas, tes yeux sont presque parfaitement alignés maintenant, et donc, tu devrais… (Nelly s'interrompit brusquement.) Tu as entendu la porte d'entrée ? Ce doit être Arthur. Il faut que j'y aille.

Se levant d'un bond, elle se précipita vers la porte et dégringola l'escalier.

— Salut, la belle !

Nelly se pétrifia à mi-étage. Arthur se tenait au pied de l'escalier et la dévorait des yeux. Elle était prise au piège, incapable de faire un geste quand il commença à gravir tranquillement les marches, un sourire narquois aux lèvres.

— S'il te plaît, Arthur, laisse-moi passer, le supplia-t-elle quand il tendit la main vers elle.

— Si tu me donnes un baiser, peut-être.

— Arthur, laisse-la tranquille. Quand vas-tu comprendre que tu ne l'intéresses pas, bougre d'âne ? cria Ann du haut des escaliers.

— Tais-toi ! répliqua Arthur en fusillant sa sœur du regard. J'ai rien fait de mal.

Nelly profita de cet instant d'inattention pour s'enfuir et courir jusque chez elle.

— Coucou, ma chérie. Tu as couru ? dit Ruth debout devant l'évier, en s'essuyant les mains dans un torchon. Tu es bien coiffée, dis donc. Je n'arrive pas à croire que tu as déjà quinze ans et que tu vas bientôt travailler.

Nelly jeta un regard circulaire à la pièce et fronça les sourcils.

— Mamie n'est pas là ?

— Elle n'est pas très bien. Son arthrose la fait souffrir et elle est allée s'allonger. Tu peux aller la réveiller maintenant. Le dîner est prêt.

Nelly se dirigea vers le petit salon, qui tenait lieu de chambre à coucher à sa grand-mère depuis cinq ans maintenant, et observa Sadie.

La vieille dame ouvrit brusquement les paupières, et demanda :

— Tu recommences à m'observer ? Arrête de t'en faire pour moi, je vais bien. Je me repose un peu, c'est tout.

— Oh mamie, je sais que tu ne vas pas bien, je le vois. Inutile de faire semblant.

La vieille femme gloussa.

— On ne peut rien te cacher à toi… et tes « lumières ».

— Écoute, mamie, j'ai une idée. Elsie m'a dit que j'avais des dons de guérisseuse. Et si c'est vrai, je devrais pouvoir soulager tes douleurs.

— Je suis d'accord, mais tu dois d'abord en parler à ta mère.

*

Ruth se tordait les mains, signe qu'elle était agitée, songea Elsie. Par moments, ses « nerfs », comme elle les appelait, prenaient le dessus, mais heureusement pas comme la première fois.

— Qu'est-ce qui ne va pas ? lui demanda gentiment Elsie.

— Nelly, et toutes ces histoires de perception extrasensorielle. Je ne sais pas trop quoi en penser.

— Ruth, je te l'ai déjà dit, je ne ferai jamais rien pour guider Nelly dans cette voie sans ton accord. On avait décidé que je l'aiderais à comprendre les auras, et je n'ai jamais fait rien d'autre, mais elle est capable de détecter la maladie. Elle a un vrai don.

— Mais elle m'a dit que tu allais lui apprendre à guérir par imposition des mains.

Elsie soupira et regarda son amie droit dans les yeux.

— Je crois qu'il y a un malentendu, Ruth. C'est vrai que j'ai dit à Nelly qu'elle avait un don de guérisseuse, mais je ne lui ai pas dit que j'allais lui apprendre à s'en servir, et je ne le ferai pas tant qu'elle ne sera pas prête.

Ruth lui lança un regard inquiet.

— Je suis perdue, Elsie. Il y en a qui disent que les pouvoirs psychiques sont dangereux, et ça me fait peur.

— Moi, je ne peux rien te dire de plus que ce à quoi je crois. C'est à toi de décider.

Elsie se leva et s'approcha lentement de la fenêtre comme pour mettre de l'ordre dans ses pensées, puis reprit :

— Personnellement, je crois que Dieu nous a créés et que certains d'entre nous reçoivent le don de guérison. S'Il ne voulait pas qu'on s'en serve, pourquoi nous le donnerait-Il ?

— Oui, je comprends ce que tu veux dire. Mais pourquoi l'église dit-elle que c'est mal ?

— Je l'ignore. Mais dire que c'est mal revient à dire que Dieu s'est trompé.

Elle poussa un profond soupir, et ajouta :

— Tout ce que je sais, c'est que Jésus avait le don de prophétie, qu'il pouvait guérir les malades et envoyer ses disciples faire de même. Il a dit que tout ce qu'il faisait, nous pouvions le faire nous aussi, et ça me suffit.

Ruth médita un instant les paroles de son amie et en vint à la conclusion que ses propos étaient pleins de bon sens. Elle songea à sa pauvre mère, qui souffrait le martyre. Si Nelly pouvait l'aider, ça ne pouvait pas être une mauvaise action.

— Elsie, tu penses que Nelly est prête à exercer son pouvoir de guérison ?

— Oui, mais je ne l'aiderai pas à s'en servir sans ton accord.

— Très bien, si elle veut essayer, je ne l'empêcherai pas.

La semaine suivante, Nelly fit une imposition des mains à sa grand-mère, en récitant une prière silencieuse. Pouvait-elle vraiment l'aider à se sentir mieux ? Était-ce une impression ou sentait-elle des picotements au creux de ses paumes ? Elle laissa son esprit vagabonder comme le lui avait appris Elsie, et comprit que ses mains se déplaçaient toutes seules au-dessus du corps de Sadie, comme mues par une force invisible.

— Je crois que quinze minutes suffisent, dit Elsie.

— Comment te sens-tu, mamie ? demanda Nelly, sortant brusquement de son état second.

Sadie se releva et commença à traverser tout doucement la pièce, une expression de surprise sur ses traits.

— La douleur a presque complètement disparu ! s'exclama-t-elle.

Nelly observa sa grand-mère et n'en crut pas ses yeux. Elle ne boitait pour ainsi dire plus. Comment était-ce possible ?

— Je ne sais pas d'où tu tiens ce don, ma chérie, mais c'est un vrai miracle, dit la vieille femme tout excitée.

— Peut-être que mon vrai père est un médium, supputa Nelly, qui, lorsqu'elle avait treize ans, avait découvert ce que signifiait être un « œuf de coucou ».

Quand elle avait compris que Ken n'était pas son père, elle avait été à la fois choquée et soulagée. Et elle avait enfin compris pourquoi il l'avait rejetée.

Elle frissonna en se rappelant sa brutalité. Heureusement, il avait disparu de leurs vies et, après quelque temps de passage à vide, sa mère avait recouvré sa joie de vivre. Oh, bien sûr, il lui arrivait de se prendre le bec avec mamie, qui avait un fort caractère, elle aussi. D'autant qu'au début, Nelly s'était amusée à les monter l'une contre l'autre, comme une authentique petite peste.

— Oui, il se peut que ton père soit un médium, confirma Elsie, interrompant ses pensées.

Nelly sourit distraitement. Elle avait souvent essayé de s'imaginer à quoi il ressemblait, mais tout ce que sa mère avait pu lui dire était qu'il s'appelait Andy, qu'il était écossais et qu'elle avait hérité de sa chevelure rousse. Longtemps, elle avait espéré pouvoir le retrouver. Imaginez le bonheur d'avoir un père qui vous aimait ! Après quoi elle en était venue à la conclusion que c'était impossible, avec aussi peu d'informations.

Elle secoua la tête et se tourna vers sa grand-mère.

— Tu es sûre que tu te sens mieux ? Ce n'est pas dans ta tête ?

— Bien sûr que non, Nelly. Je te le dis… la douleur a presque entièrement disparu.

Ruth, qui était restée sans rien dire jusque-là, prit soudain la parole.

— Elsie, c'est vrai qu'on peut hériter d'un don de médium ? demanda-t-elle.

— Apparemment, ça peut se transmettre de génération en génération dans une même famille. Mais pas obligatoirement. Alors, comment savoir ? répondit-elle en haussant les épaules.

Nelly bâilla. Elle se sentait vidée et courbaturée, et sa tête lui faisait mal.

— Assieds-toi, lui conseilla Elsie. Tu as l'air épuisée et je crois savoir pourquoi.

Quand elle fut assise face à elle, Elsie posa ses coudes sur la table et lui dit :

— Il faut canaliser tes forces, Nelly. Tu es fatiguée parce que tu as donné toute ton énergie. Mais ne t'inquiète pas, tu t'es très bien débrouillée pour une première fois. Je suis admirative du résultat. Maintenant, tu vas devoir apprendre à laisser l'énergie te traverser, pas à se déverser de toi.

— Tu devrais monter te coucher, intervint sa mère, inquiète.

Nelly jeta un coup d'œil à la pendule. Il n'était que 21 h 30, mais elle ne chercha pas à protester. La migraine s'était installée pour de bon et elle avait envie de dormir. Elle se leva en se massant le front.

— Bonne nuit, dit-elle en se dirigeant vers l'escalier.

Étendue dans son lit, tournée vers la fenêtre, elle regardait les nuages passer dans le ciel, obscurcissant par instants la face blanche de la lune. Elle n'arrivait toujours pas à croire que sa grand-mère avait pu traverser le salon sans presque boiter.

Ses paupières étaient lourdes, mais elle avait toujours des courbatures dans les bras et les jambes. Elle se pelotonna au fond de son lit, et lorsqu'elle commença à glisser dans le sommeil, elle sentit une présence, comme une caresse aussi légère qu'un voile de mousseline sur sa joue.

16

— Je n'arrive pas à croire que ça fait déjà quatre mois qu'on travaille, dit Ann tandis que Nelly et elle rentraient chez elles. Comment ça se passe avec ta cheffe ? Elle est moins revêche ?

— Ça va mieux, mais elle est toujours aussi guindée. Avec elle, c'est « Mademoiselle Marchant faites ceci, Mademoiselle Marchant faites cela ».

Nelly eut une grimace. L'élégante Mlle French l'intimidait. Toujours tirée à quatre épingles, ses cheveux noirs rassemblés en un chignon parfait qui mettait en valeur ses pommettes saillantes et son maquillage impeccable. Son corsage blanc, bien repassé, était d'une blancheur irréprochable et jamais il n'y avait ne serait-ce qu'un grain de poussière sur sa jupe droite parfaitement ajustée.

Nelly jeta un coup d'œil critique à son propre uniforme : son corsage avait pris une teinte grisâtre à force de passer au lavage, et sa jupe noire, qu'elle trouvait tellement seyante au début, s'était déformée et godaillait au niveau de l'ourlet. Elle sourit tristement.

— Je me suis fait rappeler à l'ordre aujourd'hui, parce que j'ai dit « ouais ». « Mademoiselle Marchant, elle m'a dit, combien de fois dois-je vous répéter que ce mot ne figure pas dans le dictionnaire ? »

La grimace de son amie fit rire Ann.

— Elle a pas l'air marrante, dis donc. Mon chef à moi n'est pas comme ça. Les seules fois où il me reprend, c'est quand je ne balaie pas assez vite quand il a fini une coupe. Eh, Nelly, pourquoi on n'irait pas au cinéma ce soir ? Ils passent *Mission dangereuse*, avec Margaret Lockwood, à l'Odéon.

— Je peux pas. Je suis raide comme un passe-lacet. Mais on pourrait y aller vendredi, le jour de la paie.

Ann secoua la tête.

— Impossible. Les stylistes ont organisé un concours de coiffure et j'ai bondi sur l'occasion quand elles ont dit qu'elles allaient avoir besoin d'une assistante.

Elle fit un petit bond de joie et dit :

— Je suis tout excitée, j'ai jamais participé à un concours.

Nelly se rappela l'époque où Ann détestait la coiffure. Et voilà qu'entre-temps elle y avait pris goût. Elle tapota sa frange et dit :

— J'ai bien envie de me faire couper les cheveux.

Ann la regarda attentivement.

— Je pense que ça t'irait bien, mais ne me demande pas de le faire. Je ne m'en sens pas capable.

— Oh, arrête, Ann. Je n'ai pas les moyens d'aller chez le coiffeur. Je dois payer mon inscription à la maison de la jeunesse, j'ai besoin d'une nouvelle jupe et d'un nouveau corsage pour le boulot. Et tout ça avec cinq shillings par semaine.

— Mais Nelly, je ne peux pas. Tes cheveux sont trop longs, je ne saurais pas par où commencer. Je veux bien les égaliser, mais pas te faire une vraie coupe.

Elle passa ses doigts dans ses propres cheveux coupés court, puis dit :

— J'ai une idée, je pourrais demander à une des stylistes si elle a besoin d'un modèle pour la compétition.

— Oh, ce serait super ! (Nelly grimaça soudain de douleur.) Heureusement qu'on est arrivées, dit-elle. Je ne sens plus mes pieds.

— Moi, c'est pareil. J'ai l'impression de marcher sur des charbons ardents.

Plus tard, ce soir-là, Nelly venait de finir de dîner en compagnie de sa mère et sa grand-mère, quand on frappa un petit coup à la porte.

— Je peux entrer ? demanda Elsie en passant la tête par l'embrasure.

— Mais bien sûr. Qu'est-ce qui t'amène ? lui demanda Ruth en commençant à débarrasser.

— C'est au sujet du mari de Nelly, George. Il ne va pas bien du tout et je me demandais si Nelly ne pourrait pas l'aider ?

— Oh, Elsie, je ne sais pas. Aider sa grand-mère c'est une chose, mais un étranger..., dit Ruth en secouant la tête.

— Maman, s'il te plaît, laisse-moi essayer, plaida Nelly. J'ai besoin de savoir si je peux réellement guérir les gens.

— Mais tu le peux. Regarde ta grand-mère. Elle est méconnaissable. Elle ne souffre pour ainsi dire plus. N'est-ce pas, maman ? dit-elle en se tournant vers Sadie.

— Absolument, confirma cette dernière.

— S'il te plaît, ça ne risque rien, plaida Nelly.

Ruth martelait la table avec ses doigts, un signe de nervosité.

— C'est bon, dit-elle enfin à son grand soulagement, mais juste une fois.

Le lendemain soir, George Cox se présenta chez elle. Le malheureux se traînait dans la cuisine, le dos courbé et le souffle court. Elle se concentra sur son aura et sentit un picotement à l'arrière de ses yeux quand elle comprit qu'elle ne pouvait rien pour lui, hormis peut-être soulager sa douleur.

— Asseyez-vous, s'il vous plaît, lui dit-elle en s'élançant hors de la pièce. Je reviens tout de suite.

— Que se passe-t-il ? lui demanda Elsie, qui était sortie à sa suite.

Assise au pied des escaliers, la tête entre les mains, Nelly luttait pour retenir ses larmes.

— Il va mourir, Elsie. Je l'ai senti.

Elsie se laissa tomber sur la marche à côté d'elle et lui passa un bras autour des épaules.

— Il est venu ici, pensant sans doute que j'allais pouvoir le guérir, Elsie. Mais je ne peux rien pour lui. Oh, mon Dieu, comme je regrette de m'être embarquée dans cette histoire.

Elle songea alors à Nelly et ne put contenir ses larmes. C'était une vieille femme si gentille, toujours prête à se mettre en quatre pour les autres. Et voilà que c'était elle qui avait besoin d'aide… ce n'était pas juste.

— C'est ma faute à moi, s'écria Elsie. Je ne savais pas que tu pouvais détecter les maladies en phase terminale. C'est terrible pour toi. Tu veux que je le renvoie chez lui ?

— Non, on ne peut pas le renvoyer comme ça.

Elle ne connaissait pas très bien le mari de Nelly. George Cox n'était pas très bavard mais chaque fois qu'elle le croisait, il la gratifiait d'un gentil sourire. Inspirant profondément et rassemblant son courage, elle essuya ses larmes et dit d'une voix tremblante :

— Retournons à la cuisine.

Quand elle entra de nouveau dans la pièce et que son regard croisa celui du vieil homme, elle fut surprise par la sagesse et la compassion qui s'y lisaient.

— Viens ici, dit-il en lui faisant signe d'approcher. Ne t'inquiète pas, je sais que tu ne peux rien faire pour moi. (Il sourit tristement.) Nelly a insisté pour que je vienne te voir, mais je sais que je n'en ai plus pour très longtemps. Ne t'en fais pas.

— Vous voulez bien que j'essaie au moins de soulager la douleur ? demanda Nelly.

— Oui, bien sûr, même si je doute que tu puisses grand-chose.

Elle vint se placer derrière lui, ferma les yeux et pria en silence. Tandis qu'elle faisait aller et venir lentement ses mains au-dessus de son corps, elle sentit que la maladie se concentrait au niveau des poumons. La sensation familière irradia dans ses paumes.

— Comment vous sentez-vous ? demanda-t-elle au bout d'un quart d'heure.

Il inspira, une expression étonnée sur son visage ridé.

— Eh, mais c'est formidable, ma poulette. La douleur est partie et je respire mieux.

Nelly sourit tristement. Elle savait que le répit ne serait que de courte durée.

— Je suis contente d'avoir réussi à vous soulager un peu, monsieur Cox, mais je ne peux pas vous promettre que ça va durer. L'arthrite de ma grand-mère la fait souffrir quand je ne la traite pas régulièrement.

— Écoute, mon petit ange, l'important, c'est que ça m'aide un peu. Je pourrai revenir te voir ?

Il n'habitait pas loin, mais venir jusqu'ici avait dû lui demander un très gros effort.

— Que diriez-vous que ce soit moi qui vienne vous voir après le travail, environ deux fois par semaine ? suggéra-t-elle.

— C'est très gentil à toi. Simplement… il ne faut pas que ma femme sache à quel stade j'en suis. Je ne lui ai encore rien dit.

Le vendredi soir, à l'issue du concours, Nelly contemplait son reflet dans la glace tout en tapotant ses cheveux coupés court.

— C'est fou ce que ça te va bien, dit Ann, debout derrière elle. Tu es contente du résultat ?

— Je ne sais pas. Ça me fait tout drôle. J'ai l'impression que ma tête est toute légère.

— On dirait un elfe avec des yeux immenses. Dommage que tu n'aies pas gagné la compétition. Mais, bon, le deuxième prix, c'est pas si mal.

Nelly acquiesça, puis tourna sa tête de droite et de gauche sans réussir à savoir si elle aimait sa nouvelle coupe.

— On peut partir maintenant ?

Ann fit la moue.

— Euh, ça t'ennuie de rentrer seule ? Il faut que je reste pour aider à tout remettre en ordre.

— Non, non. On se voit plus tard.

Elle n'avait pas beaucoup à marcher, mais quand elle déboucha dans Candle Lane, elle s'arrêta net.

Arthur se tenait au coin de la rue et elle n'avait aucun moyen de l'éviter.

— Eh, salut ! J'aime bien tes cheveux, dit-il en s'approchant, le sourire aux lèvres.

— Merci, dit-elle, ses doigts jouant nerveusement avec sa frange tandis qu'elle le contournait. À la prochaine.

Il l'attrapa par le bras.

— Attends, ne te sauve pas. Ça te dirait d'aller au ciné demain ?

Ses yeux gris s'obscurcirent quand son regard rencontra le sien, et un frisson la parcourut.

— Je peux pas. J'ai des trucs à faire. Lâche-moi, Arthur, s'il te plaît.

— Mais enfin, c'est quoi, ton problème ? Pourquoi me regardes-tu comme si j'allais te mordre alors que je te demande juste si tu veux aller au cinéma ?

— Arthur, je suis désolée, mais je ne veux pas y aller avec toi. D'ailleurs, tu as une petite amie. Il me semble t'avoir vu avec Jenny.

— Mais non, Nelly ! On sort ensemble de temps en temps, mais c'est tout. Si c'est ça qui t'arrête, je peux cesser de la voir.

— Oh, mais non, s'empressa-t-elle de répondre. Je suis désolée, mais je n'ai pas envie de sortir avec toi... ou avec n'importe qui d'autre.

— Je vois, madame est frigide ! éructa-t-il en tournant les talons et en prenant la direction opposée.

Elle le regarda s'éloigner, tandis que ses paroles résonnaient dans sa tête. Frigide, il lui avait dit « madame est frigide ». Mais c'était plus fort qu'elle, elle était prise de panique et son corps tout entier se raidissait quand il l'approchait. Il y avait dans ses yeux quelque chose qui lui rappelait son enfance et qui la terrorisait.

— Allons bon, s'exclama sa mère quand elle entra dans la cuisine. Pour un changement c'est un changement. (Elle s'approcha pour lui toucher les cheveux.) Je ne suis pas sûre que ça me plaise.

— À moi non plus, maman. Mais c'est trop tard pour y faire quoi que ce soit.

Arthur se mit à faire le tour du pâté de maisons. Il s'en voulait de s'être laissé emporter par la colère. Mais il ne comprenait pas pourquoi Nelly se crispait chaque fois qu'il l'approchait. On aurait dit qu'il la terrorisait. Même quand ils étaient enfants, elle le fuyait. Mais à l'époque ça ne le dérangeait pas, parce que ce n'était qu'une copine de sa sœur.

Quand avait-il compris que c'était une beauté ? Il ne s'en souvenait pas. Mais un beau jour, il s'était rendu compte que la gamine dégingandée et mal attifée était devenue une ravissante jeune fille. Et encore plus avec sa nouvelle coupe ! Sauf qu'il n'arrivait pas à oublier l'expression de terreur dans ses yeux verts immenses quand elle l'avait regardé.

Il tourna à nouveau au coin de Candle Lane et jeta un coup d'œil à la maison de Jenny. Elle était l'antithèse absolue de Nelly. Extravertie, passionnée, elle se jetait sans vergogne à son cou. Et c'est vrai qu'ils étaient sortis ensemble une ou deux fois, mais rien de sérieux et il l'aurait lâchée sans regret si Nelly avait accepté de sortir avec lui.

Sans être prétentieux, il savait qu'il était beau garçon – tout au moins à en juger par la quantité de filles qui lui tournaient autour. Mais alors, qu'y avait-il chez lui que Nelly trouvait à ce point repoussant ? Il avait essayé d'interroger sa sœur, mais comme toujours, elle lui avait ri au nez en rétorquant que Nelly avait trop bon goût pour sortir avec lui.

Je devrais peut-être insister, songea-t-il en regagnant sa maison et en poussant la porte. Ils avaient une grosse journée de prévue demain et allaient devoir se lever à l'aube. Il travaillait avec son père depuis un an et demi et ça lui plaisait bien. Au début, il avait souffert, car certains meubles pesaient des tonnes, mais maintenant que ses muscles s'étaient faits, il ne peinait plus autant.

— Bonsoir, fiston, le salua sa mère quand il entra dans la cuisine. Tu es rentré de bonne heure pour une fois.

— On commence à 6 heures demain matin et je préfère me coucher tôt.

— Oui, ton père est déjà au lit. Au fait, ça se passe comment avec le nouveau que vous avez embauché la semaine dernière ?

— Il se débrouille bien, mais j'ai hâte qu'il ait son permis pour qu'il puisse prendre le relais quand on part en tournée en province. (Il bâilla à s'en décrocher la mâchoire.) Bonsoir, maman, lança-t-il en se dirigeant vers l'escalier.

Une fois au lit, il posa sa main sur le mur en songeant que Nelly dormait juste de l'autre côté. Ce mur n'était rien en comparaison de celui qu'elle avait érigé autour d'elle comme une forteresse. *Encore une fois*, se dit-il. *Je vais l'inviter encore une fois à sortir*, *et si elle dit non*, *je ne lui demanderai plus jamais.*

17

Les soldes d'été avaient commencé et Arding & Hobbs était plein à craquer de clients à l'affût de bonnes affaires.

Au rayon musique, Nelly n'arrêtait pas de courir d'un bout à l'autre du comptoir et le dos de son chemisier était trempé de sueur.

Réprimant un bâillement, elle jeta un coup d'œil à l'horloge. Heureusement, c'était presque l'heure de sa pause.

— Je peux aller déjeuner, mademoiselle French ?

— Oui, mais soyez de retour à l'heure. Nous n'avons pas le temps de chômer.

— Oui, mademoiselle, répondit-elle en s'empressant de gagner les escaliers de service avant d'être harponnée par un autre client.

— Salut, lui dit une voix douce quand elle entra dans la cantine et se mit dans la file. Vous travaillez au rayon musique, n'est-ce pas ?

— Euh, oui, répondit-elle timidement, tandis que ses yeux plongeaient dans une paire d'yeux bruns et doux.

— C'est bien ce qu'il me semblait. Moi, je travaille à l'étage du dessus, au rayon électroménager. Mon nom est John, au fait.

— Moi, c'est Nelly.

— Oui, je sais.

Elle haussa les sourcils. Comment connaissait-il son nom ?

— Je me suis renseigné, dit-il, comme s'il avait lu dans ses pensées. Je guettais l'occasion de vous parler. Je me demandais si… ça vous dirait de sortir ce soir ?

Nelly remarqua qu'il avait légèrement rougi en disant cela, et elle se sentit attirée par lui. Elle aimait la façon dont ses yeux se plissaient aux coins quand il souriait, et la mèche de cheveux bruns qui retombait sur son front. Mais de là à sortir avec lui ? Elle rentra sa tête dans ses épaules, sur la défensive, sans cesser de le regarder.

— S'il vous plaît, dites oui. Je ne vais pas vous mordre, vous savez.

Elle ne put résister à l'envie de sourire. On aurait dit un gamin quémandant un bonbon. Elle se demanda quel âge il avait. La file avançait, et ce fut bientôt son tour.

Elle commanda une tasse de thé et, après avoir payé, se dirigea vers une table libre tout en lançant un regard par-dessus son épaule. John était passé à la caisse et fouillait la salle des yeux comme s'il la cherchait. Elle s'assit précipitamment.

— Vous permettez que je m'asseye avec vous ?

Elle releva la tête et le vit qui lui souriait.

— Oui, bien sûr, répondit-elle d'une voix tremblante.

Il posa son plateau sur la table et s'installa face à elle.

— Vous ne mangez pas ? demanda-t-il en attaquant son hachis parmentier.

— J'ai apporté un en-cas, dit-elle en rougissant.

Elle sortit son sandwich de son sac et en prit une bouchée. Mais elle avait la gorge sèche et eut du mal à avaler.

— J'aime beaucoup votre nouvelle coupe, dit-il doucement. Elle vous va bien.

Elle tâta sa frange.

— Je la trouve un peu courte.

— Pas moi. Mais vous n'avez pas répondu à ma question. Ça vous dirait qu'on sorte ensemble ?

Nelly prit précipitamment une gorgée de thé. Le liquide lui brûla la langue et la fit s'étrangler. Mortifiée, elle sentit le thé ruisseler sur son menton.

— Je suis désolée, bredouilla-t-elle en s'essuyant avec sa main.

— Tenez, lui dit-il en lui tendant un mouchoir. Ce sont des choses qui arrivent. Ne vous excusez pas.

Sa gentillesse et son sourire bienveillant eurent raison de ses réticences. Elle essuya son menton, lui rendit son mouchoir, et prenant une profonde inspiration, accepta son invitation.

— Ce soir ? demanda-t-il tout content.

Elle baissa les yeux, s'efforçant de cacher sa panique. Comment aurait-elle pu sortir avec lui ce soir alors qu'elle n'avait rien à se mettre ?

— Je suis désolée, non. Pas ce soir.

— Demain, alors ?

— Je suis toujours très occupée le dimanche, invoqua-t-elle, regrettant d'avoir cédé sur un coup de tête.

— Même l'après-midi ? On pourrait juste faire un petit tour.

Comme elle hésitait, il pencha la tête de côté et implora d'un ton caressant :

— S'il vous plaît ?

Elle sentit son cœur bondir dans sa poitrine.

— C'est d'accord, s'entendit-elle répondre en lui rendant son sourire.

Ce n'est qu'une fois de retour à son poste au rayon musique qu'elle sentit monter la panique. Qu'avait-elle fait ? Il avait l'air différent, plus doux que les autres garçons, mais que se passerait-il quand ils se retrouveraient en tête à tête ? À supposer qu'il cherche à la toucher ? Mais non, voyons. Ils allaient juste faire un tour – que pouvait-il se passer ? Rien. Et maintenant, il ne lui restait plus qu'à demander à Ann de lui prêter des vêtements.

*

Après le travail, Nelly rentra chez elle d'un pas traînant. Elle avait mal aux pieds et était épuisée, mais elle devait passer chez M. Cox. Elle lui imposait les mains régulièrement, mais malheureusement, le répit n'était que de courte durée.

— Bonjour, dit-elle à Nelly Cox, quand celle-ci vint lui ouvrir la porte. Comment va-t-il ?

— Oh, je suis tellement contente que tu sois venue, lui dit celle-ci en l'entraînant à l'intérieur. Il a eu une journée difficile et il n'a même pas pu se lever. Ça t'ennuie de monter le voir dans sa chambre ?

Elle observa Nelly attentivement et dit :

— Tu as l'air fatiguée, ma poulette. Je te sers une tasse de thé ?

— Volontiers, répondit-elle en gravissant l'escalier.

Elle entra à pas de loup dans la chambre et s'approcha du lit en observant l'aura de George. Ce qu'elle vit lui serra la gorge.

— Tiens, lui dit Nelly Cox en revenant quelques minutes plus tard avec du thé et des biscuits.

— Il a vu le médecin ? demanda Nelly.

Nelly Cox secoua la tête.

— Il n'a pas voulu que je l'appelle. Il pense que le docteur va l'envoyer à l'hôpital.

— C'est peut-être là qu'il serait le mieux, dit Nelly en prenant une gorgée de thé bien sucré.

— Non, je ne crois pas. (La voix éraillée provenait du lit. Toutes deux tournèrent la tête tandis que le vieil homme essayait de s'asseoir.) Je veux mourir chez moi… et dans mon lit… Je ne veux plus voir ce docteur de malheur.

— Oh, George, s'exclama sa femme. Ne dis pas cela. Tu ne vas pas mourir.

Elle se tourna vers Nelly et demanda, les traits tendus :

— N'est-ce pas, ma grande ? N'est-ce pas qu'il va guérir ?

Avant qu'elle ait pu répondre, George posa une main sur le bras de sa femme et souffla d'une voix à peine audible :

— Nelly, tu peux m'apporter à boire ?

— Bien sûr, dit-elle en se hâtant hors de la chambre.

— Nelly, approche. Il faut que je te dise quelque chose, dit-il dans un murmure pressant.

— Qu'y a-t-il, monsieur Cox ? demanda celle-ci en prenant sa main chaude et sèche dans la sienne.

— Je n'arrête pas de sentir une odeur de lavande. Ma vieille maman en mettait partout dans le linge. C'était un parfum qu'elle adorait. J'ai l'impression qu'elle est là, avec moi, Nelly, qu'elle est venue me chercher.

Elle déglutit avec force sans parvenir à ravaler les larmes qui lui montaient aux yeux et qui roulaient à présent sur ses joues.

— Ne pleure pas, petite. Je ne suis pas triste de partir.

Sa voix était si faible qu'elle dut se pencher au-dessus du lit pour l'entendre lorsqu'il ajouta :

— S'il te plaît, veille sur ma Nelly pour moi. On n'a jamais eu d'enfants et elle va se sentir seule.

— Oh, mais bien sûr, ne vous inquiétez pas pour ça.

— Merci, ma poulette, parvint-il à articuler tout en cherchant son souffle.

— Et maintenant, il faut vous reposer, dit-elle en tendant ses mains au-dessus de son corps et en priant.

À son soulagement, elle le vit qui se détendait, sa respiration se faisant plus régulière. Elle se recula. Elle se sentait totalement impuissante et inutile. Elle n'avait pas le pouvoir de le guérir.

Quand Nelly Cox revint dans la chambre et qu'elle vit le visage baigné de larmes de Nelly, le verre qu'elle tenait à la main trembla et de l'eau se répandit sur le lino.

— Il s'est endormi, la rassura cette dernière. Je vais faire un saut chez moi pour prévenir ma mère et revenir aussitôt après.

— Laisse la porte entrouverte, moi je reste ici avec lui, dit Nelly Cox.

De retour au numéro 5, Nelly se précipita à la cuisine et dit :

— Tu peux garder mon dîner au chaud pour plus tard, maman ?

— Tu as pleuré, ma chérie, qu'est-ce qui ne va pas ?

— M. Cox est au plus mal, et je vais rester un peu à son chevet.

— Mais c'est inutile. Demande plutôt à Nelly d'appeler le docteur, protesta Ruth.

— Il ne veut pas voir le médecin, maman. Et maintenant, il faut que j'y retourne. À plus tard.

— Hep, pas si vite ! À quelle heure est-ce que…

Nelly ne laissa pas à sa mère le temps de finir. Elle était déjà dehors.

Elle tira une chaise à côté de Nelly Cox et elles joignirent leurs mains. George n'émettait plus que des râles laborieux à présent, et tandis qu'elle regardait le mouvement montant et descendant de sa poitrine, Nelly perdit la notion du temps.

Peu à peu, elle sentit qu'elle commençait à piquer du nez. Comme elle battait des paupières pour tenter de rester éveillée, elle remarqua un halo de lumière au pied du lit. Elle releva le nez, huma l'air et sentit une puissante odeur de lavande.

Au même instant, M. Cox eut un haut-le-corps et elle le vit se redresser dans le lit, les bras ouverts comme pour accueillir quelqu'un. Il ouvrit la bouche, murmura un mot inaudible, puis retomba lentement parmi les oreillers en rendant son dernier souffle.

— Non ! Oh, non ! gémit sa femme en se jetant en travers du lit. George, s'il te plaît, ne me quitte pas ! Reviens, reviens !

Nelly se raidit en voyant le visage grisâtre de M. Cox. On dirait une coquille vide, songea-t-elle, comme si l'âme de l'homme qu'elle avait connu s'était envolée. C'est alors qu'elle sentit comme un coup de poing au creux de son estomac. Il était mort.

Nelly Cox tourna un regard affolé vers elle.

— Aide-moi, s'il te plaît ! Aide-moi ! Il ne peut pas mourir ! C'est impossible ! hurla-t-elle.

Choquée et prise de panique, Nelly songea : *Il faut que j'aille chercher de l'aide.* Et sans attendre, elle se précipita hors de la chambre en criant :

— Je vais chercher ma mère. Je ne serai pas longue !

— Maman, maman, viens vite !

— Quoi… qu'est-ce qui se passe ? bégaya Ruth, qui s'était à demi assoupie dans un fauteuil à la cuisine.

— Viens, maman, vite ! M. Cox est mort et Nelly a besoin de toi.

— Quelle heure est-il ? demanda Ruth en se frottant les yeux et en regardant la pendule. Nelly, mais où étais-tu ? Il est presque 23 heures.

Cette fois, elle se mit à crier :

— Maman ! Écoute-moi. Nelly a besoin de toi. Son mari est mort !

Enfin, l'esprit embrumé de sa mère sembla réagir. Elle bondit sur ses pieds.

— J'arrive. Où sont mes chaussures ?

— Tu n'as qu'à y aller en pantoufles, protesta Nelly, qui commençait à s'impatienter.

— Qu'est-ce qui se passe ? demanda Sadie en s'encadrant dans le chambranle, sa robe de chambre jetée sur ses épaules, et sa résille bleue de guingois sur ses cheveux.

— M. Cox est mort, mamie, répondit Nelly en fondant en larmes.

— Ruth, vas-y faire un tour, je m'occupe de Nelly, ordonna la vieille femme.

— C'est bon, j'y vais, répondit Ruth avec humeur.

Nelly s'effondra sur le sofa.

— Oh, mamie, c'était affreux. Je n'avais jamais vu mourir quelqu'un. Je ne savais pas quoi faire, alors je me suis enfuie. (Elle enfouit sa tête dans ses mains.) J'ai tellement honte. Comment est-ce que j'ai pu faire ça à Nelly ?

Sa grand-mère l'attira contre elle.

— Écoute, ma grande. C'est dur de voir mourir quelqu'un quand on a quinze ans. Tu es partie en courant, parce que tu as paniqué. C'est normal. Et puis, maintenant, elle n'est plus seule. Ta mère est avec elle.

Nelly se sentait exténuée. Elle avait les yeux bouffis et rouges à force de pleurer, et ses tempes commençaient à battre.

— Je suis fatiguée, mamie, murmura-t-elle. Mes dons de guérisseuse n'ont servi à rien. Je n'ai rien pu faire pour M. Cox, et je crois que Nelly espérait que je le sauverais.

— Ma chérie, tu ne peux pas faire de miracles. Il était déjà très malade quand il est venu te voir, et tu l'as au moins soulagé en partie. Et maintenant, il faut manger, tu as travaillé toute la journée.

À la seule idée de manger, l'estomac de Nelly se rebella.

— Non, mamie, je ne veux rien.

— Entendu, mais je vais te préparer une tasse de chocolat chaud et ensuite tu iras te coucher.

Elle lui étreignit doucement le bras et ajouta :

— Demain est un autre jour, Nelly. Tu verras.

18

Le lendemain matin, Nelly émergea lentement du sommeil, les événements de la veille au soir affluant comme un torrent dans son esprit tandis qu'elle regardait tournoyer les grains de poussière dans la lumière du soleil.

— Nelly ! lui cria sa mère depuis le pied de l'escalier. Il est 10 heures passées. Tu vas te prélasser toute la journée au lit ?

— Je descends, répondit-elle d'une voix lasse.

Elle enfila ses pantoufles et passa un vieux cardigan par-dessus sa chemise de nuit. Quand elle entra dans la salle de bains, elle eut un choc en découvrant son reflet dans la glace. Ses yeux bouffis étaient réduits à deux fentes, sa bouche tombait aux coins et ses cheveux ébouriffés lui donnaient l'air d'un hérisson. Elle s'aspergea le visage d'eau froide, et tenta de lisser ses cheveux avec ses mains mouillées, sans succès. Bah, quelle importance, de toute façon ?

— Mon Dieu, Nelly, que tu as mauvaise mine ! dit sa mère lorsqu'elle entra dans la cuisine.

— Laisse-la donc tranquille, Ruth. Tu vois bien qu'elle a passé un sale moment, intervint Sadie, volant comme toujours au secours de sa petite-fille.

— Mais enfin, maman, j'ai juste dit qu'elle avait mauvaise mine et…

— Comment va Nelly ? demanda Nelly, pour couper court à la prise de bec entre les deux femmes.

— Pas trop mal, compte tenu des circonstances. Je suis passée la voir ce matin de bonne heure et maintenant Peggy est avec elle. Elles vont aller aux pompes funèbres demain pour organiser les obsèques. Joan Mason se charge du buffet, et je lui ai dit qu'on allait toutes apporter quelque chose. Oh, et Mme Edwards s'occupe de la collecte pour les fleurs. (Elle secoua tristement la tête.) Cette pauvre Nelly n'a plus aucun proche. Il n'y aura que des amis et des voisins à l'enterrement.

— Le moins qu'on puisse dire, c'est que vous n'avez pas traîné, remarqua Sadie. Le malheureux n'est mort qu'hier soir et tout est déjà prêt.

— Tu sais comment sont les gens dans ce quartier, maman. Tout le monde aime Nelly, et dès qu'on a su que George était mort, on a toutes voulu l'aider.

— Oui, je sais, mais si c'est Joan Mason qui organise le buffet, tu peux être sûre qu'elle va mener son monde à la baguette.

— Je sais, mais quand elle s'est proposée pour le faire, on n'a pas osé refuser. Oh, mais j'y pense, Nelly m'a demandé si tu pouvais passer la voir, Nelly.

Nelly eut un haut-le-corps.

— Oh, non… je ne peux pas.

— Pourquoi pas ? Elle t'est reconnaissante d'être restée au chevet de George.

— C'est la moindre des choses, grommela Sadie. Si elle avait eu deux sous de bon sens, elle aurait plutôt fait appel à l'une de nous.

Nelly baissa la tête, incapable de chasser de sa mémoire le visage gris sans vie de M. Cox reposant sur l'oreiller. Elle se rappela alors la promesse qu'elle lui avait faite et décida qu'elle n'avait pas le choix. Elle devait y aller, mais pas tout de suite.

— Je vais d'abord m'habiller et passer voir Ann un moment avant d'aller chez Nelly, maman.

— Hep là, pas si vite, ma fille. Tu dois d'abord déjeuner.

— Pas maintenant, j'ai pas faim.

Voyant sa mère et sa grand-mère échanger un regard désapprobateur, elle les rassura :

— Je mangerai plus tard, promis.

Puis elle fila hors de la cuisine pour échapper à leurs remontrances.

*

À présent, assise sur le lit d'Ann, elle racontait à son amie les événements de la veille. Quand elle en vint à sa rencontre avec John, son visage changea subitement d'expression.

— Il est comment ? demanda Ann.

— Adorable, vraiment très beau et très poli. Il m'a même offert son mouchoir quand je me suis étranglée avec mon thé. Je ne savais plus où me mettre. J'ai dû rougir comme une tomate. (Elle secoua la tête tristement.) Mais je ne pourrai pas sortir avec lui aujourd'hui. Non, mais, sérieusement, tu as vu ma tête ?

— Ne sois pas bête. Je vais m'occuper de tes cheveux et un peu de maquillage fera le reste.

— Non, je suis trop bouleversée, Ann. Je n'arrête pas de penser à M. Cox.

— Justement. Si tu sors avec John, ça te changera les idées.

— Je ne sais pas, dit-elle, hésitante. On était censés se retrouver au parc de Battersea, mais je ne m'en sens pas capable.

— Tu ne vas tout de même pas lui poser un lapin ! Tu imagines la tête qu'il va faire demain, quand vous allez vous revoir au travail ?

Nelly savait qu'Ann avait raison. Elle pianota nerveusement des doigts, imitant inconsciemment la manie de sa mère.

— Je suppose que je n'ai pas le choix, soupira-t-elle.

— Allons, ce n'est quand même pas une punition, l'encouragea Ann. S'il est aussi charmant que tu le dis… Quand Arthur saura ça, ajouta-t-elle en riant, il va tomber de son piédestal.

— Ann, demanda Nelly d'une voix hésitante. Je… est-ce que tu pourrais me prêter des habits ?

— Bien sûr ! Qu'est-ce que tu dirais de la jupe droite que j'ai achetée la semaine dernière avec mon corsage beige ?

— Ta belle jupe marron ! Mais tu ne l'as encore jamais portée.

— Ce sera l'occasion de l'étrenner. Bon sang, notre princesse des glaces a accepté de sortir avec un garçon ! s'esclaffa Ann, puis voyant que son amie avait les joues en feu, elle s'excusa : Je suis désolée, ça m'a échappé.

Nelly la fixa droit dans les yeux. D'abord Arthur l'avait traitée de fille frigide, et maintenant Ann l'appelait la princesse des glaces. Était-ce ainsi qu'ils la voyaient ? Qu'est-ce qui n'allait pas chez elle ?

— S'il te plaît, ne me regarde pas comme ça, implora Ann. Je ne voulais pas te blesser. C'est juste que tu prends tes jambes à ton cou quand un garçon cherche à t'approcher. Arthur, par exemple.

Nelly s'obligea à sourire.

— Je sais, tu as raison, mais avec John, je me sens en confiance. Il n'est pas comme les autres garçons.

Ann décroisa les jambes et se leva en tapotant le bras de Nelly.

— Bien, on va t'habiller.

Elle traversa la chambre, ouvrit la penderie et en sortit une jupe et un haut.

Nelly rentra chez elle à l'heure du déjeuner, ses pensées à la fois occupées par Nelly Cox et son rendez-vous avec John plus tard dans l'après-midi.

— Tu n'as rien avalé au petit-déjeuner et maintenant tu ne fais que picorer. Qu'est-ce qui t'arrive ?

— Je suis anxieuse à l'idée d'aller voir Nelly. Je ne sais pas quoi lui dire, maman.

Sa grand-mère se pencha vers elle et posa sa main sur la sienne.

— Laisse-la parler de son mari tout son soûl. Quand notre David est mort, et ensuite ton grand-père, personne ne me laissait parler d'eux, à tel point que j'avais le sentiment qu'ils n'avaient jamais existé. J'avais besoin de parler, de revivre mes souvenirs. C'était une façon de les ramener à la vie, ne serait-ce que dans mes pensées.

— Je ne savais pas, maman, dit Ruth, désolée.

— Non, je sais, ma chérie, parce que je m'efforçais de cacher mon chagrin. Je savais que Mary et toi étiez très affectées. Mais je n'en veux à personne, les gens essayaient simplement d'être gentils.

Sentant la tristesse s'installer, Nelly changea de sujet.

— Maman, j'ai une sortie de prévue cet après-midi.

— Quoi ! Comment ça ? C'est seulement maintenant que tu me préviens ?

— Je suis désolée, maman. J'ai fait la connaissance d'un garçon à la cantine, samedi. Il est vraiment très gentil, mais entre-temps M. Cox est mort et j'ai complètement oublié de t'en parler.

— Hum. Et où avez-vous prévu de vous voir ?

— On va juste faire un petit tour.

— Bon, c'est d'accord, mais je veux que tu sois rentrée à 20 heures tapantes. C'est compris ?

— Je serai rentrée bien avant ça, maman, promit-elle, catégorique.

*

Nelly était allée voir Nelly Cox et, comme sa grand-mère le lui avait recommandé, l'avait laissée parler de son mari. Elle s'était montrée pleine de reconnaissance, lui avait dit que les impositions des mains avaient aidé George – mais Nelly savait qu'elle disait ça uniquement par gentillesse étant donné qu'elle n'avait pas réussi à le sauver.

À présent, elle était en route pour Battersea. Quand elle descendit du bus, elle balaya l'avenue du regard et aperçut John debout devant la grille. Dès qu'il la vit, son visage s'illumina.

— Tu es venue ! lui dit-il avec un grand sourire.

Au son de sa voix douce et grave, elle sentit chavirer son estomac et lui rendit timidement son sourire.

— Tu es belle comme tout, Nelly, dit-il en la prenant par le coude pour l'entraîner vers les jardins.

Au contact de sa main, elle se raidit malgré elle, puis elle se ressaisit et contempla les parterres de fleurs qui jouxtaient la grille. Les rangées de dahlias jaunes et de géraniums rouge vif étaient un ravissement pour les yeux, et elle sentit qu'elle se détendait.

Sur les pelouses, des familles étaient en train de pique-niquer sur des nappes aux motifs colorés, les enfants jouant à l'ombre de chênes majestueux.

— Comme c'est beau, murmura-t-elle.

— Tu n'es jamais venu à Battersea ? demanda John, légèrement surpris.

— Si, mais il y a longtemps. Tu viens souvent ici ?

— Oui, j'habite juste de l'autre côté de l'avenue et j'aime venir jouer au tennis. Et toi, tu joues ?

— Oh non. Le tennis, c'est pour les rupins.

Dès que les mots sortirent de sa bouche, elle se sentit devenir rouge de honte. *Quelle idiote !* songea-t-elle. *Qu'est-ce qu'il va penser de moi ?*

— Pas du tout, Nelly, répondit-il sur un ton détaché. Le tennis c'est pour tout le monde, et je ne suis vraiment pas un rupin. Je pourrais t'apprendre si tu veux.

— Je... euh... je ne sais pas, bredouilla-t-elle, encore confuse tandis qu'ils se dirigeaient vers une petite guinguette.

— Eh bien, prends le temps d'y réfléchir, dit-il en s'arrêtant. Tu veux boire quelque chose ?

— J'aimerais bien un Coca, répondit-elle, et il l'emmena vers une table à l'ombre d'un petit bouleau.

Tandis qu'il entrait dans la buvette, Nelly songea qu'elle avait eu tort d'accepter de le rencontrer. John ne lui faisait plus la même impression que la veille. Il était plus sophistiqué qu'elle ne l'avait cru. Il s'exprimait bien et elle se sentait gauche en sa compagnie. Elle se passa une main dans les cheveux, puis s'empressa de les lisser à nouveau en comprenant qu'elle avait dû ébouriffer son joli brushing.

— Et voilà, dit-il en posant deux bouteilles sur la table et en s'asseyant face à elle.

— Merci, marmonna-t-elle en prenant son Coca et, plaçant la paille entre ses lèvres, elle aspira avidement, les yeux baissés.

— Tu aimes travailler au rayon musique ?

— Oui, plutôt, mais je n'aime pas trop ma cheffe, Mlle French, dit-elle en soignant sa diction.

— Pourquoi ? demanda-t-il en plissant légèrement le front.

— Elle est coincée. Collet monté, si tu préfères.

Il laissa échapper un petit rire.

— Oui, je vois ce que tu veux dire. Tu écoutes quel genre de musique, Nelly ? demanda-t-il, changeant brusquement de sujet.

— Oh, j'adore Elvis, s'enthousiasma-t-elle, sa diction oubliée. Mais quand il a fait son service, ils lui ont mis la boule à zéro. C'est dommage, il était si beau gosse avant.

— Oui, c'est dommage, approuva John avec une pointe d'hésitation.

— Et toi, qui c'est ton chanteur préféré ? demanda-t-elle.

Il eut un sourire penché.

— Pour ne rien te cacher, je préfère la musique classique.

Nelly eut une grimace. Ce rendez-vous était en train de tourner au fiasco. Elle et lui n'avaient vraiment rien en commun. Comme s'il avait lu dans ses pensées, il posa ses mains sur les siennes.

Instinctivement, elle sursauta et vit de la surprise dans ses yeux quand il lui dit, en se penchant légèrement vers elle :

— Je suis désolé. Je ne voulais pas te faire peur.

Honteuse de sa réaction, elle se ratatina sur son siège, la tête rentrée dans les épaules, comme sur la défensive.

— Je joue du piano, poursuivit-il, comme pour la tranquilliser. Ma tante m'a appris et je crois que c'est comme ça que j'ai pris goût à la musique classique. Mais j'aime aussi la musique moderne, le jazz, par exemple.

Incapable de trouver quoi répondre, Nelly lui adressa un vague sourire. Elle aurait voulu que la terre s'ouvre sous ses pieds et l'engloutisse.

— Allez, finis ton Coca, lui dit John en l'invitant à se lever.

Ils commencèrent à longer une petite allée ombragée et, à son grand soulagement, elle aperçut des grilles au loin. Dieu merci, ils se dirigeaient vers la sortie. Il devait s'ennuyer avec elle, comme elle avec lui.

Ils débouchèrent dans une large avenue arborée, bordée de grandes villas élégantes, munies de hautes fenêtres à balustrades.

John désigna l'une d'elles :

— C'est ici que je vis, Nelly, et même si ça ne se fait pas la première fois, j'aimerais te présenter ma tante.

— Oh non, bégaya-t-elle, intimidée à la vue de la somptueuse villa.

— S'il te plaît, implora-t-il. J'ai une bonne raison de vouloir te la présenter, et puis ce ne sera pas long.

Avant qu'elle ait pu invoquer une excuse, il gravit les larges marches de pierre en l'entraînant à sa suite, et ouvrit la porte.

Ils pénétrèrent dans un vaste hall carré.

— Notre appartement est au premier, dit-il en montrant l'escalier tapissé d'une chatoyante moquette bleue, maintenue en place par des barres en laiton doré.

Nelly, qui n'avait jamais vu d'aussi bel immeuble, ne put cacher sa surprise :

— Un appartement ? Tu vis dans un appartement ?

— Oui, tout à fait, dit-il, une pointe d'étonnement dans la voix. Cette maison en comporte quatre et ma tante et moi vivons ici depuis que mes parents sont morts.

Une fois au premier, John ouvrit la porte qui faisait face à l'escalier.

— C'est moi, Lottie, appela-t-il en faisant entrer Nelly. J'ai amené quelqu'un que je voudrais te présenter.

Puis se tournant vers Nelly, un grand sourire aux lèvres, il dit :

— Prépare-toi à avoir un choc.

Et il la précéda dans une vaste pièce inondée de soleil.

L'espace d'un instant, Nelly fut éblouie par la lumière. Elle battit des paupières et quand ses yeux se furent habitués à la clarté, elle distingua une grande femme élancée aux longs cheveux bruns, debout devant un chevalet, et un pinceau à la main.

Quand la femme se retourna, Nelly eut un haut-le-corps. Non ! Une grosse tache de peinture verte sur le nez, la femme portait une chemise d'homme maculée de peinture qui lui arrivait presque aux genoux et couvrait en grande partie son blue-jean délavé. Ses pieds nus complétaient son allure bohème.

— Mademoiselle French ! lâcha-t-elle, stupéfaite.

Charlotte French sourit devant l'expression décontenancée de Nelly. Elle avait observé attentivement son assistante et remarqué la façon dont elle se comportait avec les clients de sexe masculin, comme si elle avait peur d'eux. Elle en était venue à la conclusion que Nelly était une oie blanche qui avait dû subir un traumatisme par le passé qui la poussait à se méfier des hommes. Imaginant qu'elle serait idéale pour John, elle avait suggéré à son neveu de l'inviter à sortir.

— Bonjour, très chère, lui dit-elle en venant à sa rencontre. Je crois deviner que ma tenue te surprend. Je porte ces vieilles fripes pour peindre. Puis-je t'offrir quelque chose à boire ? Une larme de sherry peut-être ?

Nelly resta bouche bée, puis un couinement jaillit de sa gorge :

— Euh… non merci.

Lottie fronça les sourcils ; ils allaient devoir corriger sa diction. Que diraient ses amies quand elles l'entendraient parler avec cet affreux accent cockney ?

— Et toi, John ? Un sherry ?

— Oui, s'il te plaît, ma tante.

— Assieds-toi, Nelly, je t'en prie, l'invita Lottie en s'approchant du meuble-bar.

Nelly s'était assise du bout des fesses sur le canapé, visiblement intimidée, et se mordillait nerveusement la lèvre inférieure. Tout en remplissant les verres, Lottie réprima un sourire ; cette jeune fille innocente était exactement ce qu'il fallait à John. Mais il fallait tout de même qu'elle s'enquière discrètement de ses origines.

— Eh bien, Nelly, parle-moi un peu de toi. On n'a guère l'occasion de bavarder au travail.

— Euh, vous voulez savoir quoi au juste ?

— Eh bien, je ne sais pas… Quels sont tes centres d'intérêt ?

— Je n'en ai pas. Enfin, à part la lecture, je veux dire.

— La lecture est une chose merveilleuse, Nelly, qui aide à s'ouvrir l'esprit. Et ton père ? Il fait quoi dans la vie ?

Nelly rougit légèrement, et baissant la tête, dit doucement :

— Il est parti de la maison il y a des années.

— Oh, comme c'est triste ! s'exclama Lottie, en tendant un verre à John avec un sourire en coin.

C'était encore mieux s'il n'y avait pas de père à l'horizon.

— Tu vas à l'église, Nelly ? demanda John. Je veux dire, tu es anglicane ou catholique ?

— Je ne vais pas à l'église, mais il me semble que j'ai été baptisée à l'Église d'Angleterre. Je ne crois pas en Dieu, et récemment, j'ai appris à guérir les gens par l'imposition des mains.

Lottie et John restèrent interdits, échangeant un regard horrifié.

— Qu'est-ce qui se passe ? demanda Nelly, inquiète.

— Oh, ma chère enfant, tu ne devrais pas faire ce genre de choses. Cela va à l'encontre des préceptes de l'Église, dit Lottie en fronçant les sourcils.

— Mais ça a bien soulagé ma grand-mère, protesta Nelly. Ses douleurs ont disparu.

Lottie ravala une réplique cinglante ; il ne fallait pas prendre la petite à rebrousse-poil. Ils allaient devoir jouer sur du velours s'ils voulaient l'initier à leur communauté religieuse et l'amener progressivement à voir qu'elle faisait fausse route. Qui aurait cru que cette fille aux allures de vierge effarouchée était une adepte du spiritisme ?

— Nous en parlerons une autre fois, dit Lottie en jetant un regard à John, qui continuait de plisser le front.

Ils bavardèrent encore pendant un quart d'heure en évitant le sujet de la religion, puis Nelly dit qu'elle devait rentrer chez elle. Lottie les regarda sortir, en se demandant si elle avait fait le bon choix. La fille avait l'air docile et dénuée d'opinions. Cela pourrait peut-être fonctionner. Car il fallait à tout prix que John soit protégé. Sinon, Dieu seul savait quelle sorte d'avenir l'attendait.

19

— Je me fais du souci pour Mary, dit Sadie en repliant la lettre et en la rangeant dans l'enveloppe.

— Pas moi. Jamais je ne lui pardonnerai d'avoir pris la défense de Harry !

Ruth s'approcha de la fenêtre et croisa les bras, l'air renfrogné.

— Ça va faire six ans maintenant, tu ne penses pas qu'elle a été assez punie ? plaida Sadie. S'il te plaît, viens avec moi la prochaine fois que j'irai la voir. Je sens que quelque chose ne va pas.

— Non ! s'écria Ruth en foudroyant sa mère du regard. Combien de fois dois-je te le répéter ! Tu cherches à me faire culpabiliser et…

Un coup frappé à la porte de derrière l'interrompit.

— Coucou, c'est moi ! lança Elsie en passant la tête dans l'embrasure, puis, sentant que l'atmosphère était tendue, elle demanda : Quelque chose ne va pas ?

— Oh, une broutille, dit Ruth en inspirant profondément pour retrouver son calme. (Elle en avait par-dessus la tête de se disputer avec sa mère au sujet de Mary, et la venue d'Elsie tombait à pic.) Comment ça va ? s'enquit-elle.

— Bien, à part que Bert a le dos en compote à force de porter des poids. Dieu merci, on est dimanche et il va pouvoir se reposer.

Elsie tira une chaise et s'assit à la table, son volumineux séant débordant du petit siège, puis demanda :

— Nelly est à la maison ? J'aimerais lui parler.

— Elle est à l'église avec John, répondit Ruth.

Elsie se tourna vers Sadie, un sourire triste aux lèvres.

— Elle refuse toujours de vous soigner ?

— Depuis que John l'a persuadée qu'elle ne devait pas utiliser ses pouvoirs psychiques, il n'y a pas moyen de la faire changer d'avis. Quand je lui ai dit que ma hanche recommençait à me faire souffrir, tu sais ce qu'elle m'a répondu ? dit Sadie au bord des larmes. Elle a dit « Je suis entre les mains de Dieu ».

— Elle en pense quoi, Ann ? demanda Ruth.

— On n'en parle pas beaucoup, mais elle pense que John a trop d'influence sur elle.

Ruth soupira. Depuis neuf mois que sa fille sortait avec ce garçon, elle n'était plus la même. Elle était folle amoureuse et faisait tout ce qu'il lui demandait. Elle avait beaucoup amélioré sa diction, changé sa coiffure et sa façon de s'habiller. John, disait-elle, voulait faire d'elle une vraie demoiselle.

Elle secoua la tête. S'il aimait Nelly, pourquoi voulait-il la changer ? Se tournant vers son amie, elle demanda, un regard implorant dans les yeux :

— Tu penses que tu vas réussir à la raisonner ? Nous, on a essayé, mais elle refuse de nous écouter.

— Je vais tenter le coup, mais c'est pas gagné. Elle fait tout pour m'éviter ces temps-ci.

*

Nelly essayait de se concentrer sur le sermon, mais son esprit était ailleurs. Un étrange pressentiment, qu'elle n'arrivait pas à chasser, la tenaillait. *Il faut que je résiste*, songea-t-elle. John lui avait dit que ses transes psychiques étaient l'œuvre du diable.

Fermant les yeux, elle serra très fort son livre de psaumes et se mit à prier, mais la sensation ne fit qu'aller croissant, lui procurant une sourde angoisse. Et lorsqu'un signal impérieux et pressant comme une alarme se déclencha dans sa tête, elle sut que quelque chose de terrible était en train de se passer.

— John, murmura-t-elle en se levant brusquement. Laisse-moi passer, il faut que je rentre à la maison.

Assise de l'autre côté de John, Lottie se raidit, ses traits durcis par la désapprobation.

— Assieds-toi, siffla-t-elle.

— Il faut que je parte ! rétorqua Nelly en obligeant John à pousser ses genoux pour la laisser passer.

Le prêtre interrompit son sermon tandis que les fidèles des premiers rangs se retournaient pour voir quelle était la cause de ce raffut.

John fut obligé de se lever, visiblement embarrassé.

— Excuse-moi, tante, dit-il, et lorsque Lottie se leva à son tour pour les laisser passer, il agrippa la main de Nelly et l'entraîna sans ménagement vers la sortie.

Cependant, une fois sur le parvis, sa colère se dissipa, faisant place à la compassion.

— Qu'est-ce qui ne va pas, ma chérie ? Tu ne te sens pas bien ?

— Je n'ai pas le temps de t'expliquer, John. Je dois rentrer à la maison, mais toi, retourne à la messe.

— S'il te plaît, Nelly, tu ne peux pas te sauver comme ça. J'exige une explication !

Nelly balançait. Elle ne pouvait pas lui dire la vérité et en même temps il fallait qu'elle le dissuade de l'accompagner chez elle.

— S'il te plaît, John. C'est juste un problème de femme, mentit-elle, se sentant devenir cramoisie. À demain, lui lança-t-elle en se sauvant.

— Maman, mamie ! s'écria-t-elle en entrant précipitamment dans la cuisine. Vite, il faut aller chez tante Mary. Quelque chose de terrible est arrivé.

Trois paires d'yeux stupéfaits se posèrent sur elle, mais ce fut Sadie qui prit la parole.

— Qu'est-ce qui est arrivé à Mary ? demanda-t-elle, la voix tremblante d'émotion.

— Je ne sais pas, mamie, mais il faut se dépêcher.

— Attends un peu ! lança Ruth. Comment sais-tu que quelque chose ne va pas ? Qui te l'a dit ?

— Personne, maman. Je l'ai senti.

— Qu'est-ce que c'est que ces sornettes ?

Comment pouvait-elle leur expliquer ce qu'elle ressentait ?

— C'est juste un pressentiment, finit-elle par dire. J'étais à l'église quand une voix dans ma tête m'a murmuré d'aller voir tante Mary sans attendre.

Elsie se leva d'un bond et courut vers la porte de derrière.

— Pour moi, le message est clair. Je vais réveiller Bert. Il va te conduire là-bas.

— Maman, mets tes chaussures, on y va, dit Nelly.

— Pas question. Je ne vais pas chez ta tante, et toi non plus !

— Mais enfin, maman, imagine que j'aie raison, que quelque chose de terrible soit en train d'arriver ? Jamais nous ne nous le pardonnerons.

Nelly sursauta en voyant l'expression de haine qui s'était peinte sur le visage de sa mère. Ruth se leva et, ses deux mains plaquées sur la table, explosa :

— Et toi, imagine que ce salopard de Harry soit là ? Tu y as pensé ?

— Que veux-tu qu'il me fasse, maman ? Je ne suis plus une gamine, je suis assez grande pour me défendre, dit doucement Nelly pour essayer de calmer la fureur maternelle. Il faut qu'on accompagne mamie. Elle ne pourra pas se débrouiller seule une fois là-bas.

Ruth capitula, mais la mit en garde :

— Mieux vaut pour toi que ce ne soit pas une fausse alerte.

— C'est bon, vous êtes prêtes ? lança Elsie en revenant, hors d'haleine. Arthur vient de rentrer, il va vous emmener avec sa voiture.

— Je ne savais pas qu'il avait une voiture, s'étonna Nelly.

— Il ne l'a que depuis hier, l'informa Elsie.

Nelly eut droit au siège passager tandis que Ruth et Sadie s'installaient à l'arrière. Elsie dit à son fils de conduire prudemment, puis elle les regarda partir.

La voix puissante de Sadie se mit à claironner :

— Tourne à gauche, Arthur, et ensuite file tout droit sur Northcote Road.

— C'est bon, Sadie, pas besoin de crier, lui dit-il gentiment, puis, se tournant vers Nelly, il lui demanda avec un grand sourire : Alors, que penses-tu de ma voiture ? C'est une Mini Morris. Je l'ai rachetée à l'associé de mon père, elle est nickel.

— Elle est magnifique, répondit-elle d'une voix détachée, son esprit à nouveau envahi par des murmures prémonitoires. Tu ne peux pas aller plus vite ? demanda-t-elle.

Après un trajet qui lui sembla interminable, ils se rangèrent enfin devant la maison de Mary.

Nelly bondit de la voiture et s'élança vers la porte. Elle actionna frénétiquement le heurtoir. Pas de réponse. Se tournant vers les autres, qui s'étaient approchés, elle leur dit :

— Je suis sûre qu'elle est là.

Sadie fouilla dans son sac à main, les doigts tremblants.

— Tiens, dit-elle en tendant une clé à Nelly. Je ne lui ai pas rendue quand je suis partie. J'ai pensé que ça pourrait être utile un jour.

Quand Nelly ouvrit la porte, ses narines furent assaillies par une odeur de phénol et de chlore.

— Tatie Mary ? Tu es là ?

Sadie entra derrière elle et se précipita dans le salon.

— Elle n'est pas ici. Voyons à la cuisine !

Ruth courut jusqu'au bout du couloir et leur lança :

— Elle n'est pas là non plus.

Nelly gravit les escaliers quatre à quatre et entra en trombe dans la chambre de sa tante.

— Maman, mamie, vite ! Ici !

C'est à peine si elle reconnut sa tante, tant son visage était émacié et son corps squelettique.

Sadie entra en claudiquant dans la pièce, et prit aussitôt les choses en main.

— Arthur, va vite chercher un verre d'eau avec beaucoup de sel.

— Qu'est-ce qu'elle a ? demanda Ruth d'une voix tremblante.

— Ça ne se voit pas ? s'écria Sadie en désignant un flacon de médicaments vide qui gisait à terre.

— Oh, mon Dieu, murmura Ruth.

Arthur revint avec un verre plein à ras bord d'eau salée.

— Merci, mon grand, dit Sadie. Et maintenant, aide-moi à la faire asseoir. Il faut lui faire avaler ça. C'est un vomitif. Nelly, va chercher un seau.

Quand Nelly revint avec le seau, sa tante était assise dans le lit et ils étaient en train de lui verser le liquide trouble dans la gorge. Mary toussa, eut un haut-le-cœur, puis se pencha au-dessus du seau et régurgita violemment.

— C'est bien, ma chérie, l'encouragea Sadie. Il faut tout faire sortir.

— Bon sang, maman, mais où as-tu appris à faire ça ? demanda Ruth, livide.

— Pendant la guerre, une voisine avait perdu ses deux fils et... (Sadie secoua la tête.) Ce n'est pas le moment de parler de ça. Viens, aide-moi à la lever, il faut la faire marcher.

Ils se mirent à la faire marcher dans la chambre, se relayant tour à tour.

Enfin, Mary sembla reprendre vie et ils la firent asseoir au bord du lit.

— Laissez-moi, dit-elle d'une voix pâteuse, en essayant de se rallonger.

— Non, Mary. Reste assise, ordonna Sadie en la secouant par les épaules. Où est Harry ? demanda-t-elle.

— Parti... il est parti, marmonna-t-elle.

Sadie se tourna vers Ruth.

— On ne peut pas la laisser seule ici. Est-ce qu'on ne pourrait pas la ramener avec nous à la maison ?

La mère de Nelly se mordilla un moment la lèvre inférieure, puis finit par dire :

— On n'a pas vraiment le choix.

Arthur dut faire deux voyages ; sa voiture étant trop petite pour qu'il puisse les ramener toutes ensemble. Nelly proposa de rentrer à la maison par ses propres moyens, mais il avait insisté pour revenir la chercher.

Se retrouver assise seule à côté de lui procurait une drôle de sensation. Tout en le regardant changer les vitesses d'une main experte, elle cherchait quoi dire, mais Arthur semblait parfaitement à l'aise.

— C'était moins une avec ta tante, fit-il remarquer.

— Heureusement que ma grand-mère a su quoi faire.

— Le verre d'eau salée, il fallait y penser.

— Maintenant, j'espère qu'elle va se remettre, dit Nelly, préoccupée.

— Je pense que oui, répondit Arthur d'une voix qui se voulait rassurante. Au fait, comment va ton petit ami ? demanda-t-il, changeant brusquement de sujet. C'est toujours le grand amour ?

— Il va bien, et oui, c'est toujours le grand amour.

Le feu tricolore passa au rouge et il en profita pour la regarder droit dans les yeux.

— C'est du sérieux entre vous ?

— Je l'espère, dit-elle avec un petit sourire.

Il poussa un gros soupir et déclara de but en blanc :

— Je pense que je vais demander Jenny en mariage.

— Oh, Arthur, c'est merveilleux ! s'enthousiasma-t-elle, quoiqu'en éprouvant un petit pincement qui la surprit elle-même.

— Ça ne te fait rien ? demanda-t-il tandis que le feu passait au vert.

— Bien sûr que non, répondit-elle, surprise par sa question.

Ils quittèrent l'avenue et bifurquèrent dans Long Street, où le trafic était moins dense.

— On y est presque, annonça-t-il.

— Merci pour tout ce que tu as fait, Arthur. On ne s'en serait jamais sorties sans toi.

— C'était la moindre des choses, dit-il en s'arrêtant devant chez elle. Donne-moi des nouvelles de ta tante à l'occasion.

— Oui, naturellement. Et encore merci. Je passerai plus tard, et si tu n'es pas là, je laisserai un message.

Il lui décocha un sourire et, pour la première fois Nelly, remarqua à quel point il était séduisant. Elle s'obligea à détourner les yeux et abaissa la poignée pour ouvrir la portière.

Avait-il remarqué son trouble ? Toujours est-il que le feu lui était monté aux joues quand Arthur était sorti de la voiture et s'était approché d'elle.

— Jenny est mon second choix, tu le sais, n'est-ce pas ? dit-il, ses pupilles s'assombrissant tandis qu'il la regardait au fond des yeux.

Elle eut un mouvement de recul et son estomac se noua. Ce regard, toujours le même, la rebutait.

— Ne sois pas idiot, Arthur, dit-elle en tournant les talons et s'engouffrant dans la maison.

— Comment va tante Mary ? demanda-t-elle en entrant dans la cuisine.

— Elle est encore groggy, mais on l'a mise au lit dans ma chambre et mamie est avec elle, répondit Ruth.

— Pourquoi est-ce qu'elle a fait ça ?

— J'en sais rien. Peut-être parce que Harry l'a plaquée. Mais il doit y avoir autre chose. Ta grand-mère réussira peut-être à lui tirer les vers du nez.

— Si quelqu'un peut le faire, c'est bien mamie. Dieu merci, on est arrivées à temps.

— Oui, et grâce à toi. Tu as dit que tu avais entendu une voix dans ta tête ? Une voix comment ?

— C'est difficile à décrire. C'était comme un murmure pressant, qui devenait de plus en plus insistant quand j'essayais de l'ignorer.

— Et ça ne te fait pas peur ?

— Non. Pas du tout. Mais je n'ai pas envie que ça recommence. Parce que c'est mal… c'est très mal.

— Je ne comprends pas pourquoi tu dis ça. Mais je remercie Dieu d'avoir sauvé la vie de ma sœur, en tout cas.

— Maman, je peux passer voir Ann ? demanda Nelly pour changer de sujet de conversation.

— Oui, vas-y. Je donnerai un coup sur le mur quand le dîner sera prêt.

— Ann est là ? demanda Nelly, en passant la tête par la porte de derrière.

— Elle est dans sa chambre. Monte. Oh, mais attends une seconde. Arthur m'a raconté ce qui s'était passé. Comment va ta tante ? Elle va s'en sortir ?

— Oui, je crois. On est arrivés juste à temps.

— Bravo, Nelly. C'est le signe que tes pouvoirs psychiques continuent de se développer, et à en croire les cartes, ils atteindront leur plein potentiel quand tu auras dix-huit ans.

Nelly sentit le sang lui monter aux joues.

— Mais je ne veux pas, Elsie. Je veux être quelqu'un de normal ! s'écria-t-elle en s'élançant dans les escaliers.

— Qu'est-ce qui ne va pas ? demanda Ann quand elle entra dans la chambre.

— Tout ! Je n'ai pas envie d'être médium, répondit Nelly en se laissant tomber sur le lit à côté de son amie. Pourquoi moi ? Pourquoi ? Maintenant, j'ai peur de revoir John. Je lui ai menti. Il croit que j'ai quitté la messe parce que j'étais indisposée.

— Tu ne peux pas lui dire simplement la vérité ? Après tout, tu as sauvé la vie de ta tante.

— Non, il pense que les pouvoirs psychiques sont l'œuvre du diable.

— Mais pourquoi crois-tu tout ce que John te raconte ? Et ma mère alors ? Elle n'a pas le droit de lire les lignes de la main ou de tirer les cartes ?

— John dit qu'elle est sous l'emprise du démon mais qu'elle n'en est pas consciente.

Ann se redressa, les prunelles embrasées.

— Comment peux-tu dire une chose pareille ! Comment oses-tu juger ma mère ? Ma parole, tu es devenue une petite pimbêche donneuse de leçons. Tout ce que tu sais dire c'est « John pense ceci, John pense cela ». Il t'a lavé le cerveau, ma parole !

Nelly se leva d'un bond et s'en alla sans rien ajouter.

— Nelly ! lui cria Ruth quand elle rentra dans la maison comme une tornade. Reviens ici tout de suite, il faut que je te parle !

— Laisse-moi tranquille, sanglota-t-elle en faisant claquer la porte de sa chambre.

Je n'aurais pas dû lui dire ça, songea-t-elle en repensant à sa discussion avec Ann. *Je n'ai jamais pensé qu'Elsie était une mauvaise personne. J'espère que je n'ai pas perdu son amitié !*

Mais pourquoi n'essayaient-ils pas de la comprendre. Quand John lui disait qu'elle ne devait pas se servir de ses dons de voyance, cela semblait tomber sous le sens, surtout en ce qui concernait M. Cox. Comme disait John, non seulement elle n'avait pas pu le sauver, mais elle avait donné de faux espoirs à sa femme, et n'en avait rendu son deuil que plus difficile à porter. Elle en éprouvait de terribles remords et s'était juré de ne plus jamais imposer les mains à personne. John disait que tout ce qui arrivait dans la vie était la volonté de Dieu et qu'elle n'avait pas le droit d'intervenir. Elle sentit ses yeux se remplir de larmes et se mit à prier pour que Dieu daigne lui pardonner.

Soudain, son esprit se mit à flotter et une douce lumière dorée se répandit dans la pièce. Elle sentit une caresse légère comme une plume lui effleurer la joue, et une voix lui murmurer :

— Nelly.

— Non ! Va-t'en ! cria-t-elle en enfouissant sa tête dans l'oreiller.

20

La plage était noire de monde. Des enfants barbotaient dans les vagues, d'autres, le dos rougi par le soleil, faisaient des châteaux de sable. De temps en temps un père enthousiaste se joignait à la marmaille, tandis que les mamans se prélassaient sur des chaises longues, leurs jupes remontées au-dessus des genoux.

Ken longeait le front de mer d'un pas vif. Les six dernières années avaient été florissantes, comme en témoignait sa bedaine qui lui valait des remarques blessantes de la part de Barbara – raison pour laquelle il était sorti faire un tour.

Essoufflé, il ralentit l'allure et se mit à songer à toutes les corvées qui l'attendaient quand il serait de retour de promenade. La sensuelle Barbara pour qui il avait quitté sa femme s'était transformée en mégère vindicative et tatillonne. Avec elle tout devait être parfait. Le mois de juin ne faisait que commencer, et déjà toutes leurs chambres étaient réservées jusqu'à la fin de la saison. Elle aurait dû s'estimer satisfaite. Pensez-vous ! Elle songeait déjà à l'année prochaine et parlait de refaire entièrement la décoration.

Un petit chien noir et blanc lui passa brusquement devant les pieds, le faisant trébucher.

— Patch ! Vilain toutou ! cria une femme en venant dans sa direction, un homme à ses côtés.

Tandis qu'il reprenait son équilibre, Ken remarqua un adorable bambin à la tête toute bouclée qui trottinait à côté d'elle, et ressentit un pincement d'envie quand son regard se porta sur le père. Le gosse riait à gorge déployée.

— Bon sang ! s'écria-t-il, en se figeant soudain sur place. Mais qu'est-ce que tu fais là ?

Harry enveloppa la jeune femme blonde d'un bras protecteur.

— Ken ? bredouilla-t-il. Ça alors, si je m'attendais à te croiser à Blackpool !

Ken plissa les paupières, l'air suspicieux.

— Tu ne fais pas les présentations, Harry ?

— Euh… si, bien sûr. Sheila, voici Ken Marchant.

— Enchantée, dit la jeune femme, vous résidez à Blackpool ?

Au même instant, le bambin tomba sur ses fesses, et la jeune femme se pencha pour le relever et le prendre dans ses bras.

— Et voici Daniel, dit-elle. Allons, mon chéri, va voir papa.

Elle sourit à Ken et ajouta :

— Mon époux est un ange.

Harry adressa un regard suppliant à Ken.

— Sacré Harry ! lança ce dernier, qui commençait à s'amuser. Qu'est-ce que tu as fait de Mary ?

— Euh… Mary et moi, on est divorcés depuis longtemps, bégaya-t-il en virant au rouge cramoisi.

À l'évidence, il mentait. Mais Ken était fermement décidé à lui faire passer un sale quart d'heure.

Il allait retourner le couteau dans la plaie quand le bambin leva ses petites mains potelées vers Harry.

— Pa… pa, gazouilla-t-il en penchant la tête pour plaquer des baisers baveux sur les joues de son père.

Le cœur de Ken se serra soudain dans sa poitrine. Son propre père était mort quand il avait l'âge de Daniel, et sa mère, qui avait dû l'élever et affronter seule les épreuves de l'existence, s'était révélée une femme froide et cruelle, qui le battait, l'affamait et le privait de toute affection. Et maintenant, en voyant le sourire joyeux du petit garçon, il se demanda comment il avait pu songer un seul instant à détruire le monde parfait de ce petit être. *Quelle sorte d'homme suis-je?* se demanda-t-il, écœuré par sa propre attitude.

— Ça ne va pas, monsieur Marchant? demanda Sheila, préoccupée.

— Euh… si, si, excusez-moi. Désolé, mais je dois partir. Je tiens une petite pension de famille et j'ai du travail. Ça m'a fait plaisir de te revoir, Harry. (Il lui tendit la main.) Prends bien soin de ton fils. Tu as beaucoup de chance.

— Je sais, répondit Harry, visiblement soulagé. Merci, vieux.

Au même instant Daniel lui tendit ses petits bras, et il dit:

— Je crois qu'il veut que tu le prennes dans tes bras, Ken.

Ken sentit sa gorge se nouer quand le gosse le gratifia à son tour d'un baiser baveux.

— Pa-pa, ânonna le petit bonhomme en lui touchant la figure.

— Non, pas papa, dit Ken avant d'ajouter tristement, et c'est bien dommage.

Puis il replaça le bambin dans les bras de son père et tourna les talons en lançant:

— Au revoir. Ravi d'avoir fait ta connaissance, Sheila. À la prochaine, Harry.

Bon sang, songea-t-il en s'éloignant, *voilà que je deviens sentimental.*

Barbara était à la cuisine, en train d'éplucher une montagne de pommes de terre quand il rentra. S'approchant d'elle, il enveloppa sa taille généreuse de ses bras et dit :

— Écoute, ma jolie, je sais qu'on en a déjà parlé, mais est-ce qu'on ne pourrait pas faire un bébé avant qu'il soit trop tard ?

Elle fit volte-face et le repoussa violemment.

— Bas les pattes ! Tu vois pas que je suis occupée ? On a six réservations pour le dîner.

— Tu peux pas oublier cinq minutes ces maudits clients ? Tu as entendu ce que je viens de te dire ?

— Oui. Mais je te l'ai déjà dit, je ne veux pas élever un bâtard.

— Très bien, dans ce cas, dit-il en la prenant dans ses bras, dès que la saison est finie je divorce de Ruth.

— C'est une demande en mariage, Ken Marchant ?

— Oui. Veux-tu m'épouser, Barbara ?

— Évidemment, gros bêta. Et maintenant, fiche-moi la paix. Il faut que je finisse d'éplucher les patates.

*

Harry, son fils toujours dans ses bras, aida Sheila à monter dans la voiture. Il était encore sous le choc de sa rencontre avec Ken. Il avait eu sacrément chaud. Un peu plus, et tout partait en vrille. Le plus incroyable, c'est que non seulement ils avaient tous les deux plaqué leurs femmes, mais qu'ils avaient tous les deux atterri à Blackpool. Et dire qu'il était venu s'installer dans le nord de l'Angleterre pour ne pas risquer de croiser une vieille connaissance de Londres !

Mais comment être certain que Ken n'allait pas vendre la mèche s'ils étaient amenés à se croiser à nouveau ? Il risquait de mettre la puce à l'oreille de Sheila qui, déjà, le regardait d'un drôle d'air.

— Qui était ce type ? lui demanda-t-elle une fois confortablement installée sur la banquette arrière, Daniel sur ses genoux et le chien à côté d'elle. Il avait l'air bizarre.

— C'est un type avec qui j'ai travaillé dans le temps, mentit-il, avant d'ajouter, impatient de changer de sujet : On ferait bien de se dépêcher, Linda va bientôt sortir de l'école.

Harry conduisit plus vite qu'à l'ordinaire et, une fois devant les grilles de l'école, il dit :

— Attends-moi ici, chérie, je vais la chercher.

Il descendit de voiture et observa la nuée de gamins qui se déversait dans la cour, cherchant des yeux la fille de huit ans de Sheila. Un sourire se dessina sur ses lèvres quand il l'aperçut qui arrivait en sautillant, ses cheveux blonds cascadant sur ses épaules. Dieu qu'elle était jolie ! Il ne fallait pas qu'il la perde, et tant pis s'il devait partir vivre ailleurs pour cela.

— Coucou, Linda, viens voir Harry, l'appela-t-il en mettant un genou à terre et en lui tendant les bras.

Dès qu'elle le vit, la fillette eut un mouvement d'hésitation, ses yeux bleus magnifiques s'obscurcissant, et elle tourna la tête d'un côté et de l'autre, comme si elle cherchait à s'échapper.

— Viens, ma princesse, la pressa-t-il en fronçant les sourcils. On ne veut pas faire de peine à maman, n'est-ce pas ? Tu sais que ça la rend triste quand tu n'obéis pas.

Elle s'approcha comme à regret, et quand il l'attira contre lui, il sentit son petit corps se raidir.

— C'est bien, ma mignonne. Et maintenant, on y va.

Cinq minutes plus tard, ils se garèrent devant leur jolie petite maison, juste à l'extérieur du centre-ville. Harry descendit de voiture et, ouvrant la portière de Sheila, prit Daniel dans ses bras en disant :

— Allons, mon gros, on est arrivés.

Plus tard, quand ils eurent presque fini de dîner, Sheila s'employa à essuyer la confiture de fraise sur les joues de Daniel.

— Tiens-toi tranquille, petit coquin, rit-elle, tandis que le bambin tournait sa tête en tous sens pour éviter l'éponge humide.

Harry soupira.

— Dire que je dois reprendre le collier demain.

— Tu seras parti longtemps ? lui demanda-t-elle.

— Juste une semaine cette fois, dit-il, puis se levant de table, il ajouta : Donne-moi ce petit diable.

Il le fit sauter en l'air et Daniel éclata de rire.

— Et maintenant, Dany, que dirais-tu d'aller jouer un peu dans le jardin ? Avec un peu de chance, tu seras fatigué quand il sera l'heure d'aller au lit. Tu viens, Linda ? demanda-t-il, ses traits se crispant lorsqu'il vit qu'elle fuyait son regard.

— Non, je vais aider maman, murmura-t-elle.

Posant Daniel à terre, il s'approcha de la fillette et caressa ses beaux cheveux blonds.

— Brave petite. Elle m'a l'air un peu fatiguée. Je crois que je vais lui donner son bain ce soir pour laisser maman se reposer.

21

Nelly jeta un coup d'œil à la pendule. Si elle ne se dépêchait pas, elle allait être en retard.

— Maman, implora-t-elle en se précipitant à la cuisine, est-ce que tu pourrais m'aider à me coiffer ? Je dois aller retrouver John dans le parc à 15 heures.

— Nelly, tu sais que j'aime bien faire un petit somme après le déjeuner le dimanche, bâilla Ruth. Et puis tu es très bien comme ça.

— Oh, mais non, j'ai l'air d'une folle.

Ruth fit claquer sa langue avec impatience.

— Approche, je vais voir ce que je peux faire. Quand vas-tu te rabibocher avec Ann ? Ça fait des mois que vous ne vous adressez plus la parole et j'en ai assez de te voir tirer une tête de six pieds de long.

— J'ai essayé, mais elle ne veut rien savoir.

La porte s'ouvrit et Mary s'approcha de la table, qu'elle frappa six fois de son poing avant de s'asseoir. C'était un de ces rituels étranges (comme de se laver constamment les mains) auxquels se livrait sa tante, et qui avaient amené Sadie à reconnaître que sa fille avait besoin d'être soignée.

Elle était suivie par un psychiatre depuis huit semaines et ce dernier l'avait déclarée atteinte de trouble obsessionnel compulsif. Elle commençait à donner des signes d'amélioration, mais elle était encore trop fragile pour retourner vivre chez elle.

— Tu sors ? demanda-t-elle à Nelly, le regard rendu vague par les antidépresseurs.

— Oui, je vais voir John.

Sa tante se pencha subitement en avant et lui agrippa le bras.

— Tu es sûre que tout va bien entre toi et ton copain ?

— Mais oui, tout va bien, répondit-elle, surprise par sa question.

— Vraiment ? Tu es certaine que les circonstances n'ont pas entaché votre relation ?

— Je ne comprends pas ce que tu veux dire, tatie. Mais là, il faut que j'y aille. On parlera plus tard si tu veux.

*

— Nelly, tu sais quel jour nous sommes ? demanda John tandis qu'ils s'asseyaient dans l'herbe à l'ombre d'un grand saule pleureur qui les enveloppait de son gracieux feuillage.

Elle laissa errer son regard sur le lac, fascinée par un couple de cygnes qui glissait, majestueux, à la surface de l'eau.

— Ils sont si beaux, murmura-t-elle.

— Oui, ma chérie. Mais est-ce que tu m'as entendu ?

— Comment ? le taquina-t-elle. Ah oui, tu parlais de la date, c'est ça ?

— On est le 5 août. Ça ne te rappelle rien ? demanda-t-il, l'air mystérieux, en s'adossant au tronc du saule.

Nelly se retourna pour le regarder dans les yeux.

— Bien sûr que si. Comment aurais-je pu oublier qu'on s'est rencontrés il y a un an exactement. (Elle rit.) Tu te souviens quand je me suis étranglée en buvant mon thé ?

— Oui, et ça nous a permis de briser la glace !

Il saisit son veston soigneusement plié et sortit quelque chose de sa poche. Puis il vint s'agenouiller à côté d'elle, l'air solennel. Les yeux de Nelly s'écarquillèrent quand il ouvrit un petit écrin et le lui tendit en demandant :

— Veux-tu être ma femme ?

Le gros solitaire scintillait de mille feux dans la lumière du soleil, et elle suffoqua de stupéfaction. Il était magnifique.

— C'est la bague de fiançailles de ma mère, murmura-t-il en la sortant de son écrin pour la glisser à son doigt. Regarde, elle te va parfaitement. (Il pencha la tête de côté et lui décocha un de ses sourires en coin qu'elle aimait tant.) Tu vas dire oui, j'espère ?

— Oh, John ! s'écria-t-elle en se jetant dans ses bras.

Il l'étreignit tendrement pendant une seconde avant d'effleurer sa joue d'un petit baiser.

— Viens, lui dit-il, en la prenant par la main. Allons annoncer la bonne nouvelle à Lottie.

Ils s'empressèrent de regagner l'appartement et dès qu'ils entrèrent dans le salon, Nelly brandit fièrement sa main gauche en agitant son annulaire.

— Félicitations, s'écria Lottie en souriant. Il faut arroser ça. (Elle s'approcha du bar et servit trois généreux verres de sherry.) Je suis désolée que ce ne soit pas du champagne, mais tu ne m'avais rien dit, petit cachottier.

Pour Nelly, la tante de John demeurait une énigme. D'un côté c'était la très collet monté Mlle French, qui allait à l'église deux fois par semaine et participait à l'organisation des kermesses, et de l'autre il y avait Lottie l'artiste, qui jouait Brahms et Beethoven avec passion et peignait des tableaux pleins de couleurs qui explosaient sur la toile.

— Et donc, dit-elle, interrompant les réflexions de Nelly. Vous avez fixé une date pour le mariage ?

— Pas si vite, tante Lottie, on vient juste de se fiancer, objecta John, en riant doucement.

Nelly, qui était en nage et avait besoin de se rafraîchir un peu, posa son verre sur la table basse et dit :

— Si vous voulez bien m'excuser, je vais aller faire un tour aux toilettes.

Elle était en train de longer le corridor quand une peinture de Lottie attira son regard. Les taches de couleur jaune vif, orange et rouge semblaient tourbillonner sur la toile, évoquant une danseuse espagnole, virevoltant, bras levés en une danse frénétique.

Soudain, la voix de John lui parvint depuis le salon, et quand elle l'entendit prononcer son nom, elle tendit l'oreille.

— Oui, je sais, John, elle est parfaite – parfaitement innocente et docile. Je suis contente que tu l'aies choisie, mais es-tu sûr de pouvoir maintenir les apparences quand vous serez mariés ?

— Ne t'inquiète pas, ce n'est pas un problème.

— Très bien, j'ai vu juste en somme, c'est une excellente couverture. Mais sois prudent John, ce serait une catastrophe si ça venait à s'ébruiter.

Nelly fronça les sourcils. De quoi parlaient-ils ? Cela n'avait aucun sens. Pourquoi y aurait-il une catastrophe ?

— Ah, tu es là, Nelly, dit Lottie, en plissant les yeux d'un air suspicieux tandis qu'elle sortait dans le couloir. Je vois que tu regardes ma toile. Tu as trouvé les toilettes ?

— Oui, j'en reviens à l'instant, mentit-elle pour ne pas que Lottie la soupçonne d'écouter aux portes.

— Eh bien, qu'en penses-tu ?

— Euh… la toile ? Elle est magnifique. Ça me fait penser à une danseuse de flamenco.

— C'est formidable, sourit Lottie. Ma technique s'améliore, car c'est exactement ce que j'avais à l'esprit. Bravo, Nelly ! Viens, je t'ai resservi un verre.

*

L'accueil qu'ils reçurent chez Nelly fut très différent. Sa mère écarquilla des yeux horrifiés.

— Mais elle n'a pas encore dix-sept ans, s'exclama-t-elle en foudroyant John du regard. Elle est beaucoup trop jeune pour se marier.

— Nous n'allons pas nous marier tout de suite, madame Marchant. Nous pensions attendre que Nelly ait dix-huit ans.

Ruth fit un rapide calcul en s'aidant de ses doigts.

— Hum, c'est-à-dire dans dix-huit mois. Oui, bon, dans ce cas c'est différent, concéda-t-elle à contrecœur. Mais c'est tout de même très jeune.

— Mais enfin, maman, protesta Nelly. Tu t'es mariée à dix-neuf ans, ça ne fait jamais qu'un an de plus. S'il te plaît, tu pourrais au moins nous féliciter.

— Oui, excusez-moi, c'est que je suis un peu chamboulée. Je ne m'y attendais pas et ça m'a fait un choc. Eh bien, montre-nous donc à quoi ressemble ta bague.

Nelly soupira. Elle voyait bien que sa mère était tendue et regrettait l'époque où elles étaient proches l'une de l'autre. Depuis qu'elle sortait avec John, un malaise s'était installé entre elles. Elle tendit la main, faisant miroiter la bague à son doigt.

Ruth y jeta un coup d'œil rapide.

— Très jolie, dit-elle du bout des lèvres.

— Elle a appartenu à ma mère, précisa John.

Ruth ne releva pas, se contentant de sourire tristement.

L'atmosphère tendue rendait toute conversation impossible. Nelly se tortillait nerveusement sur sa chaise et elle fut soulagée quand après un petit moment, John annonça qu'il devait partir. Elle l'accompagna jusqu'à la porte, et lui effleura les lèvres d'un baiser léger.

— Au revoir, ma chérie, et à demain, murmura-t-il.

Debout sur le seuil, elle le regarda s'éloigner d'un pas tranquille jusqu'à ce qu'un crissement de pneus lui fasse tourner la tête. Sa tante fut la première à émerger de la voiture, Arthur s'empressant d'aller aider sa grand-mère à s'extraire de la banquette arrière.

Nelly alla à leur rencontre.

— Tout était en ordre chez toi, tatie ? demanda-t-elle.

— Oui, et j'en ai profité pour rapporter quelques bricoles.

Elle se tourna vers Arthur :

— Merci infiniment de nous avoir accompagnées, c'est vraiment très gentil de ta part.

— Non, non, c'est bien normal. Coucou, Nelly, lui lança-t-il avec un grand sourire. Quoi de neuf ?

— John et moi venons de nous fiancer, annonça-t-elle en souriant.

— Quoi ! couina sa grand-mère. Ne me dis pas que tu as accepté de te fiancer avec ce fils à papa ?

Nelly sentit son bonheur s'évanouir d'un coup. Comment sa grand-mère pouvait-elle parler ainsi de John ? Furieuse elle tourna les talons et rentra dans la maison.

À présent, assise devant la fenêtre de sa chambre, elle se demandait ce qui ne tournait pas rond dans sa famille. Pourquoi est-ce que personne n'aimait John ? Il était merveilleux, gentil, attentionné, et pas du tout comme Arthur, qui la faisait frissonner d'effroi quand il la couvait de son regard lascif.

Elle ignora le petit coup frappé à la porte de sa chambre, et ne tourna même pas la tête quand sa tante entra.

— Nelly ? Je peux te parler ?

— Non, pas maintenant. Désolée, mais j'ai envie d'être seule.

— S'il te plaît, ma grande, il faut vraiment qu'on parle. Il y a une chose que j'aimerais te dire. Une chose que je n'ai jamais dite à personne – à part mon psychiatre. Je peux compter sur ta discrétion ? ajouta-t-elle tout bas.

Intriguée malgré elle, Nelly se retourna et dit :

— Oui, tu peux compter sur moi.

— Nelly, j'imagine que tu es au courant de ce qui se passe entre un homme et une femme quand ils se marient.

Elle frémit. Oui, elle savait certaines choses, mais sans avoir une idée très précise de ce qui se passait. En fait, elle préférait ne pas y penser.

— C'est difficile pour moi d'en parler, murmura sa tante en prenant une longue inspiration, en serrant ses mains si fort que ses phalanges devinrent livides. Vois-tu, Nelly, bien que j'aie été mariée pendant vingt ans avec ton oncle, je suis toujours vierge. Oui, je sais, c'est surprenant. (Elle fit une pause, un simulacre de sourire aux lèvres.) Si je te raconte tout ça, c'est parce que je ne voudrais pas qu'il t'arrive la même chose.

Nelly détourna les yeux, gênée par les révélations de sa tante. Où cette conversation allait-elle les mener ? Elle croisa les bras sur sa poitrine et feignit l'indifférence.

— Pourquoi est-ce qu'il m'arriverait la même chose ?

— Parce que, comme moi, tu as eu une expérience désagréable. La mienne m'a rendue frigide. Je suis terrifiée par le sexe. Je veux juste m'assurer que ce que ton oncle t'a fait ne t'a pas traumatisée.

Nelly sentit sa gorge se serrer. Jamais elle n'avait parlé de cela avec quiconque. C'était un souvenir qu'elle gardait honteusement enfoui en elle. Pourquoi sa tante abordait-elle le sujet après toutes ces années ?

— Je préfère ne pas en parler, dit-elle d'une voix brisée.

— C'est précisément parce que je n'en ai jamais parlé que j'ai fait une dépression nerveuse, dit Mary. Je n'ai jamais su exprimer mes sentiments, j'étais trop fière, trop préoccupée par le qu'en-dira-t-on, et pleurer devant quelqu'un serait revenu à reconnaître ma faiblesse. Et donc, j'ai gardé tout mon chagrin enfoui en moi.

— C'est à cause de ça que tu es tombée malade et que tu souffres de ce trouble obsessionnel compulsif ?

— Oui, en partie. Mais ce qui l'a vraiment provoqué, c'est le sentiment de culpabilité, Nelly. De culpabilité et de haine de soi, et c'est pour ça que je me lave tout le temps les mains. Mon psychiatre dit que c'est la racine de ma maladie.

Elle fixa sa tante du regard.

— Je ne comprends pas. Qu'est-ce que tu as fait pour te sentir coupable ?

— Eh bien, je me suis sentie coupable à cause de toi. J'ai pensé que si j'avais été une véritable épouse pour Harry, il ne t'aurait jamais approchée.

Nelly posa ses coudes sur le rebord de la fenêtre et se prit la tête dans les mains. Elle poussa un profond soupir.

— Tu sais, tatie, moi aussi, je me suis toujours sentie coupable de ce qui était arrivé avec l'oncle Harry. J'ai toujours pensé que c'était ma faute.

Sa tante s'approcha et lui posa une main sur le bras.

— Je ne savais pas que tu ressentais la même chose, dit-elle, profondément émue. Ta mère n'en a jamais parlé avec toi ?

— Non, je n'ai jamais abordé le sujet. (Elle sourit tristement.) Jusqu'à maintenant.

— Eh bien, je suis contente que nous l'abordions ensemble. J'ai appris beaucoup de choses grâce à mon psychiatre, des choses pas forcément agréables, mais je sais maintenant que ton oncle est ce qu'on appelle un pédophile.

— C'est une maladie ?

— En quelque sorte, oui, mais pas au sens où on l'entend généralement, répondit Mary avec une grimace de dégoût. Un pédophile est une personne qui est sexuellement attirée par les enfants. Je sais, c'est répugnant. Mais ce que m'a expliqué mon psychiatre, c'est que ce n'est pas parce que je l'ai rejeté qu'il est pédophile. Autrement dit, ce n'est pas ma faute si Harry a eu des gestes déplacés envers toi. Un homme normal aurait cherché à avoir une relation avec une autre femme – pas une enfant.

— Et donc, s'il est pédophile, ce… ce n'est pas ma faute à moi non plus ? murmura Nelly.

— Non, bien sûr que non. Et c'est horrible de penser que tu as porté ce fardeau pendant toutes ces années. Mais maintenant, je dois te poser une question délicate.

Sa tante se mit à faire les cent pas dans la chambre, la tête baissée et visiblement agitée. Puis elle s'arrêta brusquement et lança :

— Est-ce que tu as peur des relations sexuelles ?

Nelly se révulsa.

— John est quelqu'un de bien. Il ne cherche pas à avoir des rapports avant le mariage.

— C'est parfait, ma grande, mais ce n'est pas ce que je t'ai demandé. Certes, je n'ai aucun droit de te poser des questions aussi personnelles, mais je veux juste savoir si tu as un problème et si oui, comment je pourrais t'aider.

— Je n'ai pas besoin d'aide, protesta Nelly, en se tortillant nerveusement. Je vais bien.

— Dans ce cas, je te prie de m'excuser si je t'ai mise mal à l'aise. Je voulais juste m'assurer que ton oncle ne t'avait pas traumatisée, dit Mary en lui souriant tendrement. Je te laisse tranquille à présent, mais je suis contente que nous ayons pu parler un peu.

Quand la porte se fut refermée, Nelly porta à nouveau son regard vers la fenêtre et réfléchit à leur conversation. Jusqu'ici, elle s'était toujours efforcée de ne pas penser à son oncle, mais maintenant que

Mary avait abordé ouvertement la question, elle se sentait soulagée. Elle lui avait ôté un gros poids en lui expliquant que ce n'était pas sa faute.

Elle allait se lever quand elle aperçut Jenny qui traversait la rue, perchée sur des talons aiguilles, les hanches moulées dans une jupe étroite. Arthur était en train d'astiquer le pare-chocs de sa voiture. Il sourit quand elle se renversa langoureusement sur le capot. Jetant son chiffon, il l'attira contre lui, leurs deux corps se serrant l'un contre l'autre avec passion.

Elle détourna la tête avec un claquement de langue réprobateur. *Beurk*, songea-t-elle. Heureusement que John ne me fait jamais ça. Incapable de résister, elle les regarda à nouveau et vit leurs lèvres fusionner en un baiser ardent. Son estomac se noua, et sans qu'elle le veuille, elle ressentit une pointe de jalousie.

22

L'annonce de ses fiançailles avait eu l'effet d'une douche froide, et un certain malaise s'était installé entre Nelly et sa grand-mère, même si cette dernière lui avait présenté ses excuses.

Un vendredi soir, alors qu'elle rentrait du travail, elle se fit la réflexion qu'Ann lui manquait vraiment. Elle avait désespérément besoin de parler à quelqu'un de sa relation avec John, mais à qui ? Ruth et Sadie lui avaient clairement fait comprendre qu'il leur déplaisait, quant à sa tante, elle était bien trop fragile pour qu'elle lui fasse des confidences.

Elle frissonna dans le vent froid d'automne et rentra la tête dans les épaules. John ne la prenait jamais dans ses bras et ne l'embrassait presque jamais. Au début, elle s'était sentie comme sur un petit nuage. Mais récemment elle avait remarqué qu'il évitait le moindre contact physique avec elle, comme s'il la trouvait repoussante. L'aimait-il vraiment ?

Comme elle tournait dans Candle Lane, elle aperçut Nelly Cox devant chez elle. Ses cheveux gris rassemblés en un chignon branlant, elle ne portait, malgré le froid, qu'un simple cardigan par-dessus sa robe de coton aux couleurs passées. Depuis la mort de son mari, elle semblait avoir perdu goût à la vie, et chaque fois qu'elle la voyait, Nelly se sentait horriblement coupable.

— Bonsoir, Nelly, vous allez bien ? lui demanda-t-elle, inquiète.

— Oui, oui, je te cherchais justement. Ça te dirait de venir prendre une tasse de thé ?

Nelly soupira intérieurement ; elle n'était vraiment pas d'humeur, mais elle ne pouvait pas refuser.

— Oui, bien sûr, répondit-elle. Mais je ne vais pas pouvoir rester très longtemps. Maman doit m'attendre pour le dîner.

En entrant dans la maison de Nelly, elle fut assaillie par une odeur de renfermé qui lui fit froncer le nez. Et quand elle prit place autour de la table de la cuisine, elle fut frappée par son aspect négligé, qui du vivant de George était toujours impeccable.

— Qu'est-ce qui ne va pas ? demanda Nelly en piochant une cuillerée de lait en poudre dans une vieille boîte rouillée pour le verser dans son thé.

Nelly détourna les yeux de sa tasse mal lavée, révulsée à l'idée de devoir la porter à ses lèvres.

— Rien, Nelly, tout va bien. Simplement, la journée a été longue.

— Et comment va ton fiancé ? demanda Nelly, mine de rien. Il te traite bien au moins ?

— Oh, mais oui.

— J'espère que ce sera un bon mari, comme mon George. Tu sais qu'en presque cinquante ans on ne s'est pour ainsi dire jamais disputés ?

Nelly toucha la main de la vieille dame et se rappela le jour où elle s'était excusée de n'avoir pas pu guérir son mari. Nelly lui avait répondu gentiment que c'était sans importance, que grâce à elle ses dernières semaines avaient été moins difficiles. Il était évident que la chère vieille femme cherchait à la tranquilliser, et Nelly lui en était infiniment reconnaissante.

— C'est vrai que c'était quelqu'un d'adorable, dit-elle en se calant sur sa chaise.

— Mon seul regret c'est que nous n'ayons pas pu avoir d'enfants, Nelly. Je sais qu'il aurait fait un bon père, il adorait les enfants.

Elle ajouta avec un petit rire :

— Et ce n'est pourtant pas faute d'avoir essayé. Il n'y avait rien qui clochait de ce côté-là, si tu vois ce que je veux dire.

Sentant ses joues s'enflammer, Nelly baissa la tête. Pourquoi Nelly lui disait-elle cela ?

— Je te demande pardon, je ne voulais pas te mettre mal à l'aise. C'est sorti tout seul. Mais bon, il n'y a pas vraiment de quoi rougir. Je croyais que les jeunes d'aujourd'hui parlaient librement de ce genre de choses.

Elle fit une pause, puis reprit, avec un sourire :

— De mon temps c'était différent. Quand George et moi, on s'est mariés, je ne savais rien de… enfin, tu me comprends. Ma mère m'avait simplement dit que je devais m'allonger sur le dos et penser à la patrie pendant que mon mari satisfaisait ses bas instincts. « Ses bas instincts », non mais, franchement ! Je n'avais pas la moindre idée de ce qu'elle voulait dire. N'empêche que quand c'est arrivé j'y ai pris du plaisir, ajouta-t-elle avec un clin d'œil entendu.

Nelly sentit une boule se former dans sa gorge. D'une certaine façon, plus Nelly parlait de son couple et plus elle se posait de questions à propos de John.

Quelque chose, clairement, ne tournait pas rond dans leur relation.

— Nelly, ça te met mal à l'aise que je te parle de George ?

Secouant vigoureusement la tête, elle dit :

— Non, non, pas du tout. Simplement… comment dire… je ne suis pas certaine que mon fiancé m'aime vraiment.

— Allons bon, qu'est-ce qui te fait dire ça ? Il t'a demandée en mariage, non ? Il ne l'aurait pas fait s'il ne t'aimait pas.

— Oui, mais il ne me manifeste jamais d'affection et parfois, il a une drôle d'expression, comme de dégoût, quand il me regarde.

— Tu ne serais pas en train de te faire du cinéma ? Je crois me souvenir que ta mère m'a dit qu'il était très croyant. C'est vrai ?

— Oui.

Nelly croisa les bras, un sourire satisfait aux lèvres.

— Eh bien, voilà la réponse à ta question. Il n'est sans doute pas très sûr de lui. Mais une fois qu'il sera lancé, tu ne pourras plus l'arrêter. Je veux dire, jolie comme tu es, aucun homme ne pourrait te résister. Il a sans doute peur d'aller trop loin avant que vous soyez mariés.

Nelly posa sur Nelly un regard plein d'espoir.

— Vous le pensez vraiment ?

— Mais bien sûr. Tu devrais t'estimer heureuse, ma grande. Il y a tellement de jeunes filles qui se retrouvent enceintes avant d'avoir la bague au doigt. Tiens, July Wilson, du numéro 10, par exemple. Enceinte jusqu'aux yeux et aucun père en vue. Franchement, on vit une drôle d'époque.

— Oh, Nelly, je suis contente que nous ayons parlé, dit Nelly, soulagée. Vous m'avez rassurée.

— Tant mieux. Je ne suis peut-être pas devenue complètement inutile après tout. Je te ressers du thé ?

Nelly jeta un coup d'œil à la pendule.

— Je suis désolée, mais je dois vraiment y aller. Maman va se demander pourquoi je ne rentre pas.

Elle déposa un baiser affectueux sur la joue de Nelly, heureuse de voir que la vieille dame avait retrouvé le sourire. Leur petite conversation leur avait fait du bien à toutes les deux.

*

Nelly venait de s'asseoir à la table du dîner quand la porte de derrière s'ouvrit à la volée et qu'Elsie entra en titubant, le visage livide et les traits tirés.

— Qu'est-ce qui se passe ? demanda Ruth en se précipitant vers son amie, bras tendus, comme si elle avait craint qu'Elsie ne s'effondre.

— Oh, mon Dieu… mon Dieu, sanglota-t-elle quand Ruth la fit asseoir sur une chaise. C'est mon Arthur, gémit-elle.

— Arthur ? Que lui est-il arrivé ? s'enquit Nelly, dont le cœur s'était mis à battre à tout rompre.

— Il s'en va. Il va émigrer à l'étranger. Et je ne vais plus jamais le revoir.

— Allons, allons, du calme, lui dit Ruth en lui massant doucement les épaules.

Elsie aspirait l'air à longs traits laborieux pour essayer de se ressaisir.

— C'est à cause de Jenny. Toute sa famille a décidé de partir vivre en Australie, et il veut les suivre là-bas. Je ne m'en remettrai jamais, dit-elle, les yeux à nouveau pleins de larmes.

— Je n'arrive pas à y croire, murmura Nelly.

— Moi non plus, dit Elsie, avant d'ajouter avec une pointe de fiel dans la voix : Je n'ai jamais aimé cette Jenny. C'est une aguicheuse, et j'ai essayé de mettre Arthur en garde mais il ne veut rien entendre. Et maintenant, elle m'enlève mon garçon.

Elle saisit la main de Ruth et demanda :

— Qu'est-ce que je peux faire ? Comment est-ce que je pourrais le retenir ?

Nelly posa sur Elsie un regard incrédule. C'était la première fois qu'elle l'entendait dire du mal de quelqu'un, et les mots qu'elle avait employés pour parler de Jenny l'avaient choquée. Cherchant quelque chose à dire, pour essayer de la réconforter, elle bredouilla sans conviction :

— Il va peut-être changer d'avis.

— Oui, renchérit Ruth. Nelly a raison. Souviens-toi des voisins, dans la rue d'à côté, ils ont dû attendre un an avant de pouvoir émigrer. Il y a un tas de formalités, ce n'est pas si simple. Et entre-temps, tout peut arriver, Elsie.

— Je ne l'ai pas vu dans les cartes, geignit Elsie. Je n'ai rien vu du tout. À part un voyage. Mais c'est normal étant donné qu'il travaille avec son père.

Une lueur d'espoir dans les yeux, elle ajouta soudain :

— En tout cas, je n'ai pas vu de paquebot. C'est peut-être bon signe, tu ne crois pas, Nelly ?

— Je n'en sais rien, Elsie. Je ne crois plus aux cartes, maintenant.

Elle sursauta quand Elsie bondit et s'écria, hors d'elle :

— C'est vrai, tu as été on ne peut plus claire à ce sujet ! Tu t'es même payé le culot de dire à Ann que j'étais sous l'emprise du démon. Mais ce n'est pas moi, qui suis sous son emprise, jeune demoiselle. C'est toi ! Comment peux-tu rester les bras croisés alors que ta grand-mère souffre le martyre et que tu pourrais la soulager ? Jésus soignait les malades, mais ton crâneur de fiancé semble l'avoir oublié. Eh bien, je vais te dire, moi, ce que j'en pense : Tout ça, c'est ta faute ! Arthur est amoureux de toi depuis des années, mais tu as préféré l'ignorer. Parce qu'il n'est pas assez bien pour toi, peut-être ? Résultat, il va partir en Australie !

Nelly resta interdite comme si elle avait reçu un coup de poing dans l'estomac. Comment Elsie pouvait-elle rejeter la faute sur elle alors qu'elle n'avait jamais cherché à encourager Arthur ? Au contraire même, elle faisait tout pour l'éviter. Elle jeta à sa mère un regard désespéré et sortit en trombe de la cuisine.

— Attends, Nelly, reviens, s'il te plaît, lui cria Elsie.

Mais elle l'ignora et monta s'enfermer dans sa chambre. Les genoux tremblants, elle se laissa tomber sur son lit.

— Nelly, s'il te plaît, je peux entrer ? supplia Elsie en entrebâillant la porte. Sincèrement, je suis désolée. Je ne le pensais pas, dit-elle en pénétrant plus avant dans la pièce. Je ne sais pas ce qui m'a pris.

Elle vint s'asseoir au bord du lit et ajouta :

— J'ai été injuste. Je n'aurais pas dû déverser ma colère sur toi. (Elle soupira.) Tu veux bien me pardonner ?

Nelly hocha la tête en silence.

— La vérité, reprit Elsie, c'est que j'avais espéré qu'Arthur et toi vous vous marieriez un jour. Je t'aime beaucoup et j'aurais adoré t'avoir pour belle-fille.

Mais bon, ça n'est pas arrivé, et il faut bien se faire une raison.

— Je suis désolée, Elsie.

— Non, non. Tu n'as pas à t'excuser. Je sais qu'on s'est un peu brouillées, toi et moi, ces derniers temps, et c'est vrai que je trouve dommage que tu aies renoncé à tes pouvoirs psychiques. Mais c'est ton droit et je n'ai pas à intervenir.

— Je ne le pensais pas quand j'ai parlé de l'emprise du démon, Elsie. J'étais en colère et j'ai dit n'importe quoi.

— Et si on oubliait tout ça ? proposa Elsie en prenant la main de Nelly dans la sienne. Je vais essayer de faire entendre raison à Ann.

— Oh oui, s'il te plaît. Elle me manque tellement !

— Je sais. Et moi, c'est Arthur qui va me manquer.

Elles restèrent quelques instants sans rien dire, chacune perdue dans ses pensées, jusqu'à ce qu'Elsie se lève, les yeux à nouveau brillants de larmes.

— Oh, mon Dieu, sanglota-t-elle en sortant de la chambre. Qu'est-ce que je vais devenir quand il sera parti en Australie ?

*

Le lendemain matin, la journée s'annonçait froide mais belle. Nelly était en train de se sécher les cheveux avec une serviette, quand sa mère lui cria que quelqu'un demandait à la voir. Qui pouvait bien passer la voir d'aussi bonne heure ? se demanda-t-elle en enroulant la serviette comme un turban autour de sa tête et elle sortit sur le palier.

— Coucou, Nelly, je me demandais si tu voulais bien qu'on aille au travail ensemble ? lui lança Ann depuis le pied des escaliers.

— Oh, mais oui, bien sûr, dit-elle, ravie. Je serai prête dans une demi-heure.

Nelly se dépêcha d'aller enfiler une jupe et un corsage. Elsie avait réussi à amadouer Ann ! Elles étaient de nouveau amies !

Elle expédia son petit-déjeuner en quatrième vitesse, tandis que Lonnie Donnegan chantait « My Old Man's a Dustman » à la radio.

— Il était temps qu'Ann et toi vous rabibochiez, lui dit sa mère. J'espère que tu es contente, ma chérie ?

— Oh oui, répondit Nelly tout sourire.

Elle se leva de table, puis enfila son manteau et son écharpe et alla frapper chez Ann.

Au début, il y eut un silence gêné entre elles, tandis qu'elles marchaient côte à côte, mais lorsqu'elles tournèrent au coin de Falcon Road, le malaise s'était dissipé et Nelly demanda à Ann si sa mère allait mieux.

— Pas vraiment. Elle a pleuré toute la soirée, et elle a recommencé ce matin quand Arthur est descendu à la cuisine. Je t'avoue que j'ai de la peine pour lui. Il est évident qu'il a envie de partir, mais maman le fait culpabiliser. Il était blanc comme un linge quand il est parti travailler.

— Jenny et lui vont se marier avant de s'embarquer pour l'Australie ? demanda Nelly.

— Non, apparemment, il veut d'abord mettre le plus d'argent possible de côté. Jenny a insisté pour faire un grand mariage avec tout le tralala, et elle est d'accord pour attendre qu'ils soient là-bas, dit Ann avec un petit reniflement dédaigneux. Je ne sais pas comment elle a le culot de vouloir se marier en blanc avec tous les amants qu'elle a eus.

— Tu n'as pas l'air de la porter dans ton cœur.

— Ça non, alors. Je l'ai croisée une fois au ciné avec un autre gars. Si tu avais vu sa tête quand elle m'a aperçue. Elle a essayé de me baratiner comme quoi c'était son cousin.

Nelly la regarda, surprise.

— Et Arthur, qu'est-ce qu'il a dit ?

— Il l'a crue, et il m'a engueulée sous prétexte que je colportais des ragots. (Elle haussa les épaules.) Maintenant, je ne dis plus rien.

— Je ne savais pas que Jenny était comme ça. Pourquoi sort-elle avec d'autres garçons alors qu'elle a Arthur ?

— Parce que c'est une garce, répondit Ann. Je lui en veux à mort d'avoir poussé mon frère à partir.

— Il va nous manquer à tous, c'est sûr, dit Nelly avec commisération.

— Je sais et je n'arrive pas à croire qu'il va s'en aller.

Nelly passa son bras sous celui de son amie et elles marchèrent un petit moment sans rien dire.

— Tu m'as tellement manqué, dit soudain Nelly. Je suis tellement contente que tout soit arrangé entre nous.

— Moi aussi, dit Ann. Mais ne parle plus jamais de ma mère, d'accord ?

— Oui, je te le promets.

Ann sourit.

— Bien, et maintenant passons à autre chose. D'ailleurs, j'y pense, je n'ai pas encore vu ta bague de fiançailles.

Ôtant son gant, Nelly la lui montra.

— Ce qu'elle est belle ! s'extasia Ann. Mais tu es sûre de toi, Nelly ? Je veux dire, tu es sûre que c'est lui pour la vie ?

— Écoute, je t'ai promis de ne plus jamais parler de ta mère. Tu dois me promettre à ton tour de ne plus parler de John. Oui, c'est lui pour la vie et je l'aime. Tu peux le comprendre, non ?

— Oui, dit-elle en réprimant un soupir. Et puisque tu l'aimes, je dois apprendre à l'aimer moi aussi.

— Oh, Ann, j'ai l'impression d'être un monstre quand tu dis ça. Il est merveilleux, et quand tu auras appris à le connaître, je suis sûre que vous allez bien vous entendre.

— Je l'espère de tout cœur, dit Ann, mais une trace de doute subsistait dans sa voix.

23

Le dimanche suivant, Nelly était assise en compagnie de sa grand-mère, quand elle fut saisie d'une étrange sensation, comme si cet instant devait rester à jamais gravé dans son esprit. Sadie confectionnait des allume-feu. Elle prenait une feuille de papier journal, la roulait soigneusement aux deux extrémités pour en faire un tube, qu'elle aplatissait ensuite entre ses doigts avant de le plier une fois, puis deux, et ainsi de suite jusqu'à obtenir une sorte d'accordéon. Ignorant que sa petite-fille l'observait, la vieille femme fit des flexions des doigts en grimaçant.

— Tu as l'air de souffrir beaucoup, mamie.

— Non, pas vraiment, répondit Sadie, en souriant bravement. Mais je crois que je vais m'arrêter là.

Nelly fut prise d'un brusque remords de conscience. *Elsie a raison*, songea-t-elle. Jésus guérissait les malades et ses disciples l'imitaient. John ne pouvait tout de même pas exiger d'elle qu'elle regarde souffrir sa grand-mère en silence ! En quoi soulager la douleur était un péché ? Elle ferma les yeux, cherchant à se remémorer les passages de la Bible que John lui avait cités, mais ne parvint à se souvenir que de celui où Jésus guérissait un aveugle et des lépreux.

Elle se leva de sa chaise et, rejetant les épaules en arrière, déclara, résolue :

— Viens, mamie, je vais te soigner !

— Comment ? dit sa grand-mère, stupéfaite. Tu es sûre, ma chérie ? Je ne veux pas semer la zizanie entre toi et John.

— Absolument sûre. Elsie a raison, dès lors que je peux soulager tes douleurs, je dois le faire.

Mais allait-elle y arriver ? se demanda Nelly tout en venant se placer derrière sa grand-mère et en levant la tête pour réciter une prière silencieuse. Serait-elle encore capable d'exercer ses dons de guérisseuse après tout ce temps ? Elle inspira lentement, contrôlant sa respiration comme Elsie le lui avait appris pour laisser circuler la force spirituelle.

— Ça alors !

La voix de sa mère vint interrompre sa concentration.

Elle ouvrit les yeux. Sa mère et sa tante se tenaient sur le seuil et la regardaient éberluées. Elle jeta un coup d'œil à la pendule. Vingt minutes s'étaient écoulées.

Sa grand-mère se leva, radieuse, et s'exclama :

— Oh, Nelly, c'est merveilleux, je ne sens presque plus rien !

Au même instant, on frappa un grand coup à la porte, et toutes échangèrent un regard surpris.

— J'y vais, dit Mary, en se dirigeant vers la porte.

— Non, non ! Va-t'en ! l'entendirent-elles hurler.

Puis une voix masculine retentit et elles sortirent dans le couloir. En voyant Ken qui bloquait la porte avec son épaule pour empêcher Mary de la lui claquer au nez, Ruth devint livide.

— Je ne suis pas venu pour te chercher des noises ! lui cria-t-il. Je suis juste venu pour te parler.

— Laisse-le entrer, Mary, dit Ruth d'une voix atone.

— Tu es folle ?

— Ouvre la porte, ordonna-t-elle avant de déclarer sans la moindre émotion : Il ne peut plus rien me faire de toute façon. Voyons toujours ce qu'il a à dire.

Mary s'écarta pour laisser passer Ken, qui ôta son chapeau mou avec un sourire narquois.

— Merci, Ruth. Tu as l'air en pleine forme, dis donc. Oh, ne me dis pas que c'est la petite Nelly ! ajouta-t-il d'une voix doucereuse. Comme tu as changé ! Une vraie pin-up !

— Nelly, monte dans ta chambre.

Nelly se raidit.

— Non, maman. L'époque où je devais rester hors de sa vue est révolue. Je n'ai plus de raison de me cacher.

— Je voudrais parler avec ta mère en privé. Fais ce qu'elle te dit et monte dans ta chambre, ordonna-t-il.

Ruth explosa :

— Comment oses-tu ! rugit-elle, les joues en feu. Ce n'est plus toi qui fais la loi dans cette maison ! Nelly a raison, si tu veux parler, fais-le devant nous toutes.

Sadie était sortie de sa chambre. Elle attendit que tous soient réunis dans la cuisine, puis lança avec dédain :

— Tiens, la mauvaise graine est de retour !

— Heureux de vous revoir, vieille toupie, lui lança-t-il, sur un ton railleur.

— Dis ce que tu as à dire ! grogna Ruth. Et personne ne t'a invité à t'asseoir, ajouta-t-elle en le voyant tirer une chaise.

— Allons, Ruth, arrête de faire des histoires, tenta-t-il de la calmer. Tu m'autorises à m'asseoir ?

— Non. Que veux-tu à la fin ?

Il laissa échapper un soupir exaspéré tout en balayant la pièce du regard.

— On dirait que tu as prospéré sans moi.

— En effet, répliqua-t-elle. Je me débrouille beaucoup mieux sans toi.

— Bon débarras, lança Mary.

Au son de sa voix, Ken changea brusquement d'attitude. Il rejeta les épaules en arrière et, se tournant lentement vers elle, lâcha, sarcastique :

— Inutile de prendre tes grands airs, Mary. Ton mari a décidé d'aller voir ailleurs. Je l'ai croisé avec sa charmante épouse, tout récemment.

Voyant son visage se décomposer, il ajouta avec un sourire mauvais :

— Une superbe blonde. Une sacrée pépée. Et leur fils. Un bout de chou adorable, la lumière de ses yeux.

Avant que Nelly ait pu intervenir, Sadie fit un pas en avant, et hurla, hors d'elle :

— Espèce de salopard ! En voilà assez ! Maintenant, du balai ! Sors d'ici tout de suite !

— Du calme, la vieille. Je suis désolé, Mary. Je pensais que t'étais au courant pour Harry et sa nouvelle femme, mentit-il.

— Sa femme, c'est moi, rétorqua-t-elle. Nous sommes toujours mariés.

— D'après Harry, vous auriez divorcé il y a des années. Toi, on peut dire que t'as décroché le gros lot ! Pervers *et* bigame. (Ignorant l'effet dévastateur de ses paroles sur Mary, il se tourna vers Ruth.) Et justement en parlant mariage, c'est pour ça que je suis venu. J'ai cru comprendre que tu m'avais assez vu. Alors je voudrais divorcer.

À sa grande stupeur, Nelly vit sa mère serrer les poings, puis, droite comme la justice, lui hurler à la figure :

— Sors d'ici tout de suite ! Comment oses-tu revenir ici, le bec enfariné, après six ans, pour humilier ma sœur et me demander le divorce ?! Va au diable !

— Attends, Ruth, je suis prêt à te verser une compensation.

— Dehors ! répéta-t-elle, la voix stridente de rage.

Ken serra un instant les mâchoires et Nelly se raidit, se rappelant combien il pouvait être violent. Mais il se ressaisit et dit :

— Allons, calme-toi. Je m'en vais. Mais ne compte pas te débarrasser de moi comme ça. Je reviendrai.

Comme il tournait les talons pour sortir, Mary bondit de sa chaise.

— Non, attends ! s'écria-t-elle en l'agrippant par le bras. Où est-ce que tu l'as vu ? Où est-ce que tu as vu Harry ?

— Il se trouve que lui et moi, on habite dans la même ville.

— Mais où ? Ken, dis-le-moi, s'il te plaît.

— Hum, fit-il, sentant que la balle était à nouveau dans son camp. Tout dépend de ta sœur. Si elle est prête à entendre raison…

Mary se tourna vers Ruth, un regard implorant dans les yeux.

Devant son désarroi, Ruth rendit les armes. Elle se laissa tomber sur une chaise et dit :

— C'est bon, Ken, j'accepte, autant en finir une fois pour toutes. Mais seulement si tu nous dis où est Harry.

Ken sourit et revint dans la cuisine.

— C'est à peine croyable. Jusqu'à aujourd'hui, je savais qu'il vivait à Blackpool, mais je neconnaissais pas son adresse. Et puis pas plus tard que ce matin, j'étais au volant de ma bagnole quand je l'ai aperçu qui sortait d'une maison située à la périphérie.

Il leur décocha un sourire plein de morgue :

— Vous avouerez que c'est un sacré coup de bol !

Quand Ken fut parti, un pesant silence s'installa. Nelly et sa grand-mère ne savaient qui était la plus à plaindre de Ruth ou de Mary. Pour finir, elles s'étaient toutes assises autour de la table, chacune perdue dans ses pensées.

Ce fut Sadie qui parla la première.

— Mary, je crois qu'il est temps que tu dises ce qui s'est passé entre Harry et toi. Je veux dire, comment est-il possible qu'il soit marié à une autre femme et qu'il ait un enfant par-dessus le marché ?

— Il n'a pas le droit, maman, c'est illégal, dit Mary tout en se demandant si la mère de l'enfant savait qu'Harry était toujours marié.

Elle sentit un flot de bile lui remonter dans la gorge. Mon Dieu, quelle sorte de père était-il ? Elle inspira longuement et, voyant l'expression affligée des visages autour d'elle, hocha la tête.

— Oui, le moment est venu de tout vous raconter. Mais c'est une longue histoire.

— Attends, Mary. Tu penses que Nelly peut entendre ce que tu vas nous dire ? demanda Ruth.

— Maman ! protesta Nelly. Je ne suis plus une gamine.

— C'est vrai, acquiesça Mary. Et puis elle et moi avons déjà eu une conversation à ce sujet.

Les yeux de Ruth se plissèrent et elle dit :

— Tu caches bien ton jeu.

— Je lui ai parlé en tête à tête, c'est tout, répondit Mary. Et quand vous aurez entendu ce que j'ai à dire, vous comprendrez pourquoi. Et maintenant, je vais tâcher de faire le plus court possible. En fait, tout a commencé le soir de ma nuit de noces…

Elle vit de la compassion dans leurs yeux quand elle leur décrivit ce qu'avait été sa vie de femme mariée.

— Et ensuite, maman, quand tu es partie vivre avec Ruth, je ne l'ai pas supporté. Et c'est comme ça que j'ai fait une dépression nerveuse. Je n'arrêtais pas de me laver les mains, je suis devenue taciturne et obsessionnelle, je récurais la maison nuit et jour, je voulais tout laver. (Elle secoua la tête.) Mais j'avais beau faire, elle me semblait toujours sale.

— Oh, Mary, murmura Sadie en étouffant un sanglot. C'est terrible. Je ne serais jamais partie si j'avais su.

— Tu ne pouvais pas savoir, maman. J'ai toujours fait en sorte de cacher mes sentiments. Cette dépression, elle me pendait au nez depuis des années. Mais bref, tout est parti en vrille le jour où vous m'avez trouvée. Le matin même, Harry m'avait quittée.

— Mais je ne comprends pas. Après tout ce que tu viens de nous raconter, tu aurais dû être contente qu'il s'en aille, s'étonna Sadie.

— Je l'étais. Mais je m'en voulais à mort pour ce qu'il avait fait à Nelly.

Sa voix se réduisit à un murmure et elle ajouta :

— C'est pour ça que j'ai pris des cachets.

Sadie allait intervenir, mais Ruth la devança.

— Si tu étais contente qu'il s'en aille, pourquoi tiens-tu à tout prix à le retrouver ? En tout cas, s'il a un gamin, ça veut dire qu'il voyait cette femme en secret depuis au moins deux ans. Il continue de t'envoyer de l'argent chaque mois et il paie ton loyer.

— Mais enfin, Ruth, ça n'a rien à voir avec l'argent. Ce que je veux, c'est l'empêcher de nuire ! C'est un pédophile, et j'ai l'estomac retourné quand je pense à tous les enfants qui pourraient devenir ses victimes, comme Nelly. En tout cas, je vais peut-être pouvoir le coincer maintenant, dit-elle en se redressant. Je ne peux pas prouver qu'il est pédophile, mais bigame si.

— Oui, et si c'est vrai, il ira au trou, et pour un bout de temps, commenta Sadie. Mais comment vas-tu faire pour le prouver, Mary ?

— Je vais le mettre au pied du mur. Je vais aller le trouver chez lui à Blackpool.

— Tu ne peux pas y aller seule, dit Ruth en posant une main sur celle de sa sœur. Je viens avec toi. Je veux être là, quand ce salopard recevra ce qu'il mérite.

Elles se sourirent l'une l'autre, plus proches à présent qu'elles ne l'avaient été depuis des années.

— Et toi, Ruth, tu es triste de divorcer de Ken ? demanda Mary.

— Tu plaisantes ? J'ai hâte de m'en débarrasser au contraire, dit Ruth, avant d'ajouter avec un clin d'œil : Ça me fera pas de mal de me sentir à nouveau jeune, libre et célibataire.

— Libre et célibataire, oui, mais jeune ?

— Non mais dis donc, s'esclaffa Ruth. On est dans la fleur de l'âge, toi et moi… enfin presque.

Pendant que ses deux filles échangeaient des plaisanteries, Sadie réfléchissait. Elle s'était sentie horriblement coupable quand Mary avait fait sa tentative de suicide et qu'elle avait réalisé à quel point elle devait être malheureuse. Quand David était mort à la guerre, et ensuite Charlie, elle était tellement désespérée qu'elle aussi avait songé à s'ôter la vie. Mais pour finir, elle s'était complètement refermée sur elle-même et n'avait pas été à l'écoute de ses filles.

Maintenant, tandis qu'elle les observait, elle comprenait que Ruth avait toujours été sa préférée, même si elle s'en était défendue. Mary avait toujours su se débrouiller seule. Enfant, déjà, elle était distante et indépendante, et ne pleurait pour ainsi dire jamais. Alors que Ruth était tout le contraire, toujours en demande de câlins et de marques d'affection.

C'était un soulagement de voir ses filles rire ensemble, malgré toutes les épreuves qu'elles avaient traversées, et de voir Mary sur le chemin de la guérison.

Tournant la tête, elle observa sa petite-fille, qui riait avec sa mère et sa tante. Elle lui toucha le bras et dit :

— Avec tout ce qui s'est passé, je n'ai pas eu le temps de te remercier pour ton aide. Je n'ai presque plus de douleurs.

— Eh, c'est vrai ! s'exclama Ruth. J'avais presque oublié. Merci d'avoir soigné ta grand-mère. Tu vas le dire à John quand tu le verras tout à l'heure ?

— Il le faut, maman. Je ne peux pas lui mentir. D'ailleurs, il faut que j'aille me préparer, dit Nelly en se levant. Il ne va pas tarder à arriver.

Sadie plissa le front, préoccupée. Mary et Ruth avaient été toutes les deux malheureuses en ménage, et le fiancé de Nelly ne lui semblait pas non plus un bon choix. Sa petite-fille avait beau dire et répéter qu'il était merveilleux, il y avait quelque chose chez ce John qui lui donnait la chair de poule. Il était beau garçon certes, et apparemment bien éduqué. Pourtant, il lui déplaisait. Quelque chose le rendait suspect à ses yeux.

Nelly passa en revue sa garde-robe, puis finit par choisir une robe fourreau bleue. Bizarrement, au lieu de se faire une joie de voir John, elle était pleine d'appréhension. Comment allait-elle lui dire la vérité ?

— Nelly ! appela sa mère. John est là.

Vite, elle se donna un coup de peigne et s'inspecta dans la glace. Elle n'était vraiment pas au meilleur de sa forme.

— Désolée de t'avoir fait attendre, dit-elle en sentant l'atmosphère tendue qui régnait à la cuisine.

John se tenait à côté de la fenêtre, impeccable dans son costume de lainage gris clair. Il rajusta son nœud de cravate et s'approcha d'elle. Ses lèvres souriaient, mais pas ses yeux.

— Ce n'est pas grave. On y va ? dit-il sèchement.

Quand leurs regards se croisèrent, elle ressentit une pointe de culpabilité.

— À plus tard, marmonna-t-elle en prenant son manteau et en le suivant à l'extérieur.

— Tu t'es crêpé les cheveux ? lui demanda-t-il tandis qu'ils marchaient dans la rue. Je ne suis pas sûr que ça me plaise.

— Je suis désolée, mon chéri, mais je n'ai pas vraiment eu le temps de me préparer. Mon beau-père a débarqué à la maison sans prévenir ce matin.

— Ah bon ! dit-il en se retournant pour la regarder. J'allais suggérer que nous allions danser au Hammersmith Palais, mais tu préfères peut-être aller simplement prendre un verre. Tu n'as pas l'air dans ton assiette.

— Oui, c'est une bonne idée, John.

— Parfait. Je connais un pub à Chelsea, au bord de l'eau, tu vas tout me raconter là-bas.

*

Ils s'installèrent à une table devant la baie vitrée, qui offrait une vue magnifique sur la Tamise dans le soleil couchant. Des reflets rouges, pourpre et orange scintillaient à la surface de l'eau lui donnant l'aspect d'un vitrail. Seule ombre au tableau, la hideuse centrale électrique de Battersea se dressait de l'autre côté du fleuve.

— Ton beau-père a dû créer la surprise en débarquant, comme ça, à l'improviste, dit John en prenant une gorgée de son gin tonic. Il a l'intention de rester ?

— Non, il est venu pour demander à ma mère de lui accorder le divorce, répondit-elle en reposant son verre de limonade.

— Je vois. (John plissa légèrement le front.) Et ta mère est d'accord ?

— Oui… une fois le premier choc passé, elle m'a semblé plutôt soulagée.

— Oh, ma chérie, je ne suis pas sûr d'approuver. Les vœux du mariage ne doivent pas être pris à la légère. Jusqu'à ce que la mort nous sépare, etc.

— John, comment peux-tu dire une chose pareille ? Ma mère a vécu l'enfer avec lui. Il était très violent, et en plus il s'est enfui avec une autre femme.

— Je n'approuve pas non plus son attitude, Nelly, mais reconnais que ça n'a pas dû être facile pour lui de rentrer du front et de découvrir que sa femme l'avait trompé.

— D'accord, mais ce n'est pas une raison pour nous traiter comme il l'a fait.

Elle promena un regard circulaire sur la salle en se demandant comme elle allait aborder le sujet de l'imposition des mains.

— Comment va ta tante ? demanda-t-elle. Je ne l'ai pas trouvée en forme hier.

John baissa les yeux sur son verre.

— Elle va un peu mieux, mais je me fais du souci pour elle.

— Tu devrais l'encourager à consulter un médecin.

Rassemblant ses forces, elle ajouta :

— Écoute, je sais que ça ne va pas te plaire, mais il faut que tu saches que, depuis toute petite, j'ai la capacité de voir les auras des gens, et que, même si j'ai arrêté d'exercer mes pouvoirs psychiques, je continue de les voir. Je fais tout pour les ignorer, John, vraiment, mais quand j'ai vu que ta tante n'allait pas bien… j'ai… je n'ai pas pu résister et j'ai examiné son aura.

— Et ? demanda-t-il en plissant les paupières.

— J'ai vu une maladie. Elle devrait consulter un médecin. Il y a autre chose que je dois te dire, s'empressa-t-elle d'ajouter. L'arthrose de ma grand-mère ne fait qu'empirer, et je ne supporte pas de la voir souffrir. Alors… alors… je lui ai fait une séance de guérison.

— Tu as fait quoi ! explosa-t-il. Est-ce que tu te rends compte ?

— Je n'ai pas pu faire autrement. S'il te plaît, John, essaie de comprendre. Je ne supporte pas de la voir souffrir.

— Ce n'est pas à toi d'en décider, Nelly. Nous en avons déjà parlé cent fois. Les épreuves que nous subissons sont la volonté de Dieu.

— Mais Jésus guérissait les malades. Tu ne peux pas le nier.

— Je ne le nie pas, mais ça ne te donne pas le droit de te servir de tes pouvoirs psychiques. S'il te plaît, Nelly, promets-moi de ne plus jamais recommencer.

Elle ferma les yeux, et secoua la tête.

— Je ne peux pas, John. Je vais continuer de soulager les douleurs de ma grand-mère et si… si tu n'es pas d'accord, la seule solution est de rompre nos fiançailles.

Il resta un moment sans voix, puis se tournant à nouveau vers elle, déclara, l'air sombre :

— Non, Nelly, je suis désolé, mais je ne peux pas l'accepter. Cela va à l'encontre de tous mes principes.

À ces mots, prononcés sur un ton catégorique, elle sentit son estomac chavirer. Elle ne voulait pas le perdre, et une partie d'elle-même avait envie de lui céder. Mais elle savait que c'était impossible. Les larmes aux yeux, elle se leva. C'en était trop.

— Je crois que je ferais mieux de rentrer, John. On devrait prendre le temps de réfléchir.

— Nelly, ne sois pas bête, assieds-toi et parlons, l'implora-t-il.

— De quoi veux-tu qu'on parle ? Tu refuses que j'utilise mes dons de guérisseuse, et je ne suis pas d'accord.

— Dans ce cas, on va s'accorder un petit moment de réflexion. Viens, je te raccompagne, dit-il sèchement.

— Non, ce n'est pas la peine, je préfère rentrer seule, murmura-t-elle.

Mon Dieu, je l'ai perdu, se dit-elle en se hâtant vers la sortie. *Il n'acceptera jamais que j'utilise mes pouvoirs psychiques et je refuse de laisser souffrir ma grand-mère.*

*

John sortit à son tour du pub et suivit Nelly des yeux jusqu'à ce qu'elle disparaisse au bout du quai. Il était complètement démoralisé. Fourrant ses mains dans ses poches, il prit la direction d'Albert Bridge. C'était tout bonnement incroyable ! Comment pouvait-elle retomber ainsi dans ses erreurs après tout ce qu'il lui avait enseigné ? Soudain, se rappelant ce qu'elle lui avait dit à propos de sa tante, il frissonna. Était-il possible qu'elle ait vu quelque chose d'anormal dans l'aura de Lottie ?

— Lottie, c'est moi ! cria-t-il en entrant dans l'appartement. Comment ça va ?

— Pas trop mal. J'ai pris deux cachets d'aspirine et la douleur est passée. Comment se fait-il que tu sois déjà rentré ?

— Je vais nous servir quelque chose à boire et tout te raconter. Qu'est-ce qui te ferait envie ?

— Un chocolat chaud, s'il te plaît, et ensuite je vais aller me coucher.

Elle le suivit à la cuisine et le regarda tandis qu'il versait du lait dans une casserole.

— Qu'est-ce qui ne va pas, John ? Tu t'es disputé avec Nelly ?

Il poussa un gros soupir, puis, se retournant lentement vers elle, annonça :

— Elle a recommencé à faire des impositions des mains.

— Oh non. Je n'arrive pas à y croire !

— Elle m'a tout avoué. Et le pire est qu'elle a l'intention de continuer.

— Et que vas-tu faire ?

— Je n'en sais rien, dit-il en versant le lait bouillant dans les tasses et en en donnant une à Lottie. Elle m'a dit que si je refusais elle romprait nos fiançailles.

— Nelly a dit ça ! Mais enfin, qu'est-ce qui lui prend ?

— Elle dit qu'elle ne supporte plus de voir sa grand-mère souffrir et de ne rien faire pour l'aider. (Il haussa les épaules.) Elle a peut-être raison. Elle m'a fait remarquer que Jésus soignait les malades, et c'est vrai.

— John, tu sais que notre congrégation est strictement opposée à ce genre de pratiques.

— Toutes les congrégations ne sont pas aussi strictes, tante. Certaines disent des messes de guérison.

— Oui, je sais, mon cœur. (Elle secoua la tête.) Mais il faut qu'on réfléchisse à ce qu'on va faire.

Ils retournèrent s'asseoir sur le canapé du salon avec leur chocolat chaud.

Lottie étira le bras et lui caressa les cheveux.

— Tu comptes toujours l'épouser ?

— Bien sûr. On a décidé qu'elle était parfaite, non ? Depuis qu'on a annoncé nos fiançailles au travail, beaucoup de soupçons ont été levés et il est même question que je sois promu.

— Oh, mais c'est merveilleux, mon trésor. (Elle pencha la tête de côté, l'air pensif.) On pourrait peut-être faire une exception pour la grand-mère de Nelly, mais pour personne d'au…

Elle s'interrompit et s'agrippa l'estomac à deux mains.

— Tu as mal ? S'il te plaît, tante, je crois vraiment qu'il faut que tu consultes. Je vais te prendre un rendez-vous pour demain matin.

— Mais non, ce n'est rien. Je suis sûre que tout ira mieux après une bonne nuit de sommeil. (Elle finit sa tasse de cacao et se leva, quoique légèrement penchée en avant à cause de la douleur.) Bonne nuit, mon cœur.

John regarda sa tante quitter la pièce. Il se faisait du souci pour elle. Nelly avait dit que quelque chose n'allait pas dans son aura, et le fait est qu'elle n'avait pas l'air bien du tout. Demain, il l'obligerait à voir le médecin qu'elle le veuille ou non.

Pour la première fois, il comprenait que sa tante était mortelle. Elle l'avait pris sous son aile quand ses parents étaient morts dans un bombardement quand il avait sept ans et qu'il avait été évacué à la campagne, dans le Devonshire. Il se souvenait parfaitement du jour où Lottie était venue lui annoncer la mauvaise nouvelle. Depuis lors, elle avait été son roc : sa mère, son père, son amie.

Quand, à dix-huit ans, il avait trouvé le courage de lui révéler son secret, elle l'avait accepté sans émettre de jugement, lui offrant son appui et son aide. *Oh, Lottie*, songea-t-il, *que deviendrais-je sans toi ? Mon Dieu, par pitié, faites que Nelly se soit trompée.*

Lottie grimpa dans son lit en grimaçant de douleur. Il fallait à tout prix que le mariage de John et Nelly se fasse ! Et si possible avant que la maladie ne l'emporte, ce qui était inévitable.

Elle songea à sa mère, qui était morte quand John avait quatre ans. Il n'avait pas fallu bien longtemps à Lottie pour comprendre que ses symptômes étaient les mêmes. Elle pria Dieu de lui donner la force de tenir jusqu'au bout.

Bien qu'ils n'aient pas été très proches, elle avait eu un choc quand son père était mort, six mois plus tard, comme s'il ne supportait pas de vivre sans la femme qui avait été sa compagne pendant quarante ans. Bien qu'étant adulte, quand elle avait perdu ses deux parents, elle s'était sentie orpheline.

Ses pensées se tournèrent à nouveau vers John. Il fallait qu'elle protège John, qu'elle lui cache sa maladie aussi longtemps qu'elle le pourrait. Quand son frère et sa femme avaient subitement perdu la vie, étant sa seule parente encore vivante, elle était allée chercher John dans la ferme du Devonshire où il avait été évacué. La culpabilité qu'elle avait ressentie à ce moment-là ne l'avait plus jamais quittée ensuite.

Un autre spasme, violent comme un coup de poignard, lui coupa le souffle. *Mon Dieu, donnez-moi encore un peu de temps*, supplia-t-elle en fermant les yeux.

24

Nelly ne parvint pas à s'endormir ce soir-là. Elle n'était pas sûre d'avoir pris la bonne décision. Mais avait-elle le choix ? Sa grand-mère avait besoin de soins constants et elle devait être là pour elle. Était-ce si difficile à comprendre ?

Quand sa mère lui dit de se lever, elle venait à peine de glisser dans le sommeil. Elle s'extirpa du lit, de grands cernes sous les yeux et les tempes battantes. Elle était paniquée à l'idée d'aller au travail et de revoir Lottie, et surtout John, alors qu'ils avaient rompu.

Elle attendit le tout dernier moment pour descendre et garda la tête baissée quand elle entra dans la cuisine. À son grand soulagement, sa mère était la seule à être levée.

— Ça ne va pas ? Tu as une mine de papier mâché.

— J'ai juste une petite migraine, maman.

— Tu ferais mieux de te dépêcher si tu ne veux pas être en retard. J'ai préparé du pain grillé.

Incapable d'avaler quoi que ce soit de solide, elle vida d'un trait sa tasse de thé et fila mettre son manteau. Puis elle passa la tête par la porte de la cuisine et lança :

— À ce soir !

— Nelly, attends ! Tu n'as rien mangé.

Ignorant les protestations de sa mère, elle se précipita dehors. Au même instant, Ann sortit de chez elle. Dès qu'elle vit son amie, elle comprit que quelque chose n'allait pas, car elle demanda :

— Y'a un problème ?

— Non, j'ai juste une petite migraine.

— Pas si petite que ça, à voir ta tête. Tu es sûre qu'il n'y a rien d'autre ? demanda Ann, en plissant les paupières d'un air suspicieux.

Nelly secoua la tête et changea de sujet.

— Au fait, ma tante va à Blackpool samedi avec ma mère. Elles veulent avoir une explication avec mon oncle.

— Oh, et quand rentrent-elles ?

— Elles vont passer la nuit sur place et revenir dimanche.

— J'aimerais bien être là rien pour voir la tête qu'il fera quand il va ouvrir la porte, dit Ann.

— Oui, je comprends, mais je ne peux pas m'empêcher de penser à la femme avec qui il vit et qui croit qu'ils sont légalement mariés. Et puis il y a leur petit garçon.

— Ah oui, c'est vrai, je n'y avais pas pensé, dit Ann, son sourire envolé. Pauvre petiot.

Comme elles furent en vue d'Arding & Hobbs, Nelly ralentit l'allure, paniquée à l'idée de se retrouver face à face avec la tante de John. Mais lorsqu'elle prit son service, elle apprit que Lottie ne viendrait pas travailler.

Quand arriva l'heure du déjeuner, Nelly dut se forcer pour aller à la cantine. Il fallait qu'elle parle à

John, c'était la seule façon d'avoir des nouvelles de Lottie.

Elle le trouva attablé à sa place habituelle, et quand il releva la tête et lui sourit, elle sentit son cœur bondir dans sa poitrine.

— Ah, coucou, ma chérie, viens t'asseoir avec moi, l'invita-t-il.

Quand elle se laissa tomber sur la chaise à côté de lui, ses mains tremblaient tellement qu'elle les croisa sur ses genoux.

— Comment se fait-il que Lottie ne soit pas venue travailler ? demanda-t-elle. Son état s'est aggravé ?

— J'ai suivi ton conseil et j'ai pris rendez-vous pour elle chez le médecin. Il se peut qu'elle revienne cet après-midi. Tout dépend de ce que va dire le médecin, mais écoute, mon ange, je voulais m'excuser pour hier. Tu veux bien me pardonner ?

Nelly resta bouche bée, incapable d'en croire ses oreilles.

— Mais, et mes pouvoirs de guérison ? demanda-t-elle, la gorge serrée.

Il soupira.

— Je ne peux pas te dire que je suis d'accord, mais je comprends ton dilemme. J'ai beaucoup réfléchi et j'ai pensé qu'on pourrait peut-être trouver un compromis. Serais-tu d'accord pour utiliser tes pouvoirs uniquement sur ta grand-mère et sur personne d'autre ?

— Oh, John, bien sûr, s'écria-t-elle, infiniment soulagée, tandis que des larmes de joie lui montaient aux yeux.

Elle ne l'avait pas perdu. C'était merveilleux !

Il se passa deux jours avant que Lottie ne revienne travailler. Le docteur l'avait envoyée passer des examens à l'hôpital St. Thomas, et maintenant elle attendait les résultats. Elle avait les traits tirés et émaciés, et Nelly fit de son mieux pour la soulager, s'empressant de servir les clients dès qu'ils approchaient du comptoir. Observant furtivement l'aura de Lottie, elle y vit très nettement des zones d'ombre.

En fin d'après-midi, elle prit son courage à deux mains et alla lui parler.

— Vous vous sentez bien ? lui murmura-t-elle à l'oreille.

— Ça peut aller, répondit Lottie, mais j'ai hâte de rentrer.

— S'il vous plaît, laissez-moi vous aider. Je suis sûre de pouvoir soulager au moins un peu la douleur.

— Non ! protesta Lottie, furieuse. Comment oses-tu suggérer une chose pareille, Nelly ? Tu connais mon opinion sur la guérison spirituelle. C'est un péché, un péché mortel !

— S'il vous plaît, ne vous mettez pas dans cet état. Je suis désolée, je voulais juste vous aider.

— Eh bien, moi, je te suggère de tenir la promesse que tu as faite à John et de réserver tes soins à ta grand-mère et à elle seule. Je ne veux plus entendre un mot à ce sujet, Nelly. Et maintenant, va ranger les disques sur les présentoirs, ils sont sens dessus dessous. Remets-les par ordre alphabétique.

Nelly hocha la tête, consciente qu'il était inutile de chercher à discuter, et ne lui adressa plus une seule fois la parole durant l'heure suivante.

*

En rentrant à la maison, Nelly eut la surprise de voir sa tante mettre la table à la cuisine.

— Coucou ! lui dit Mary, un grand sourire aux lèvres. Le dîner est presque prêt.

— Où est maman ?

— Au lit, malheureusement. Elle a pris froid et je crois bien qu'elle a de la température.

— C'est vrai qu'elle avait la voix un peu prise ce matin. Je vais monter la voir.

— C'est bien, et pendant que tu y es, demande-lui si elle veut quelque chose à manger.

Ouvrant la porte sans bruit, Nelly trouva sa mère assise dans son lit et manifestement contrariée.

— Comment te sens-tu ?

— Pas bien du tout. J'ai la tête lourde, gémit Ruth.

Nelly posa une main sur son front. Il était brûlant.

— Il vaut mieux que tu restes au lit. Tu as pris quelque chose ?

— Juste un peu d'aspirine.

— Tu devrais essayer le remontant universel de grand-mère.

— Je devrais, sauf que j'ai pas de whisky sous la main.

Nelly sourit intérieurement.

— Je vais faire un saut chez le marchand de spiritueux. S'il y a un truc qui peut te remettre sur pied, c'est bien le cocktail de mamie.

— Et toi ? Tu ne peux pas m'aider ?

— Oh, maman, je ne sais pas guérir les rhumes, dit-elle en secouant la tête. Au fait, Mary m'a demandé si tu voulais qu'on te monte quelque chose à manger ?

— Non, merci, j'ai trop mal à la gorge.

— Bon, dans ce cas, repose-toi. Je reviens tout de suite.

Elle fila acheter du whisky malgré les protestations de sa tante, qui voulait qu'elles passent à table avant que ça ne refroidisse, puis regarda sa grand-mère préparer son célèbre remède. Une bonne mesure de whisky, du miel, du citron, et deux cuillerées de sirop pour la toux Galloway, ainsi que de l'eau bouillante.

— Voilà, dit-elle en le remettant à Nelly. Ça devrait la requinquer. Il faut qu'elle le boive pendant qu'il est chaud.

*

Le vendredi soir, quand elle vint prendre des nouvelles de sa mère, celle-ci n'allait pas vraiment mieux. Elle n'avait plus de température, mais elle se sentait épuisée.

— Tu ne vas pas pouvoir aller à Blackpool, maman.

— Je sais, dit-elle d'une voix éraillée. Je m'en veux de ne pas pouvoir accompagner ta tante, mais elle est déterminée à y aller coûte que coûte et je n'ai pas pu la persuader de remettre ça à plus tard.

Nelly fronça les sourcils. L'idée que sa tante aille seule à Blackpool ne lui plaisait guère.

— Maman, je pourrais y aller avec elle. Je suis en congé demain.

Mary entra dans la chambre juste à ce moment-là, et entendit ce que disait Nelly.

— Oh, ce serait formidable ! approuva-t-elle.

— Je ne crois pas que ce soit une bonne idée, s'inquiéta Ruth. Imagine qu'Harry devienne violent ?

— Ça ne risque rien, dit Mary avec un sourire sarcastique. Harry est un lâche, qui fuit à la moindre alerte.

— Bon, admettons. Mais je ne suis pas sûre que ce soit bon pour Nel…

Elle fut soudain prise d'une violente quinte de toux qui l'empêcha de continuer.

— Ne t'inquiète pas pour moi, maman. Tatie, tu as réservé une chambre où dormir ?

— Non. Je ne l'ai pas fait, mais la haute saison est finie et on devrait pouvoir trouver facilement une chambre d'hôtes.

— Je vais faire un saut chez Elsie, dit Nelly à sa mère. Je suis sûre qu'elle sera d'accord pour veiller sur toi et grand-mère pendant notre absence.

— Je vais m'occuper d'elles, ne t'en fais pas, dit Elsie, mais je suis étonnée que ta mère ait accepté de te laisser partir.

Nelly sourit.

— Je sais, mais elle est trop patraque pour pouvoir m'en empêcher. Elle continue de me traiter comme une gamine. Elle oublie que je suis grande et que je suis fiancée.

— Tu es fille unique, c'est pour ça qu'elle te couve, dit Elsie, avant d'ajouter pince-sans-rire : Et pour ce qui est d'être grande, tu as encore quelques années devant toi avant de pouvoir voler de tes propres ailes.

Arthur entra juste à ce moment-là et sourit à sa mère avant de se tourner vers Nelly.

— Bonjour, la salua-t-il. Tu as l'air en pleine forme.

— Merci, répondit Nelly en piquant un fard.

Pourquoi lui faisait-il toujours cet effet ? Elle avait l'impression d'avoir des papillons dans l'estomac. Tout comme son père, Bert, il donnait l'impression d'occuper tout l'espace, et à côté de lui, elle se sentait minuscule.

— Nelly et sa tante vont à Blackpool demain matin pour parler avec Harry, expliqua Elsie.

Arthur plissa le front.

— Tu es sûre que ça va aller, Nelly ? Tu veux que je vienne avec vous ? On pourrait prendre la voiture.

— Merci, Arthur, c'est gentil, mais on peut se débrouiller seules, répondit-elle, avant de se sauver.

Quand elle fut partie, Elsie dit à son fils :

— Tu ne trouves pas que tu en fais un peu trop ? Tu es toujours mordu ?

— Oui. J'ai toujours eu le béguin pour elle. Mais on est tous les deux fiancés maintenant, et je suis bien avec Jenny.

Elsie posa une main sur son bras.

— Tu es sûr de vouloir partir en Australie ? C'est tellement loin.

— S'il te plaît, maman, ne recommence pas. Ma décision est prise, dit-il, et il se hâta de sortir de la cuisine.

Elsie tordit le torchon qu'elle tenait à la main quand elle entendit claquer la porte d'entrée. *Voilà que je l'ai encore fait fuir*, se morigéna-t-elle. Mais c'était plus fort qu'elle, il fallait qu'elle l'asticote. L'idée de ne plus jamais le revoir lui était insupportable. Si Nelly et lui avaient été ensemble, jamais Arthur n'aurait songé à émigrer au bout du monde.

25

Le lendemain, quand Nelly descendit du train à Blackpool, une rafale de vent glacé lui cingla les jambes. Elle frissonna et dit à sa tante :

— J'espère que la maison de Harry n'est pas trop loin de la gare.

— On va prendre un taxi, répondit Mary en nouant étroitement son foulard sur sa tête.

Elles donnèrent l'adresse de Harry au chauffeur et se laissèrent tomber sur la banquette, contentes d'apprendre que la course ne prendrait pas plus d'une dizaine de minutes.

— Qu'est-ce qu'on va faire s'il n'est pas chez lui ? demanda Nelly.

— Je ne sais pas. On verra bien une fois sur place. (Elle ôta son foulard et se donna un coup de peigne.) Je n'ai pas envie de débarquer là-bas toute décoiffée. Je sais que c'est idiot, mais j'ai envie d'être à mon avantage. (Piochant dans son sac à main, elle en sortit un poudrier et un tube de rouge à lèvres et se refit une beauté.) Voilà, soupira-t-elle. Prête pour la bataille.

Nelly prit sa main dans la sienne et la serra doucement.

— Tu ne veux pas qu'on remette ça à demain matin plutôt ?

— Non, je veux en finir une bonne fois pour toutes, dit-elle juste au moment où le taxi se rangeait le long du trottoir.

Elle régla la course, puis elles contemplèrent la pimpante rangée de maisons parfaitement alignées.

— Viens, Nelly, c'est celle-ci, murmura Mary, les traits tendus.

Nelly se tenait derrière sa tante quand une jolie blonde ouvrit la porte, un bambin à côté d'elle.

— C'est pourquoi ? s'enquit-elle.

— Je voudrais voir Harry. Il est là ? répondit sèchement Mary.

— Non, il vient juste de sortir pour faire des courses, mais il ne devrait pas tarder.

Le petit garçon commença à chouiner et elle le prit dans ses bras en demandant :

— Pourquoi voulez-vous voir mon mari ?

— *Votre* mari ? rétorqua Mary avec brusquerie. Ça, c'est la meilleure, étant donné qu'il est toujours mon époux.

Une expression de stupeur agrandit les yeux de la femme. Serrant son fils contre sa poitrine, elle dit :

— C'est impossible. Vous devez faire erreur.

— Je vous assure que non. Je sais de source sûre que mon époux habite ici et je ne m'en irai pas tant que je ne l'aurai pas vu.

— Mais Harry a divorcé de sa première épouse, balbutia la femme, livide. Votre… nom est Mary ?

— Tout à fait. Et quoi qu'il ait pu vous dire, nous ne sommes pas divorcés. Je suis son épouse légitime.

— Pas divorcés ? murmura la femme, sidérée. Vous voulez dire que… nous ne sommes pas mariés ? Mais c'est impossible.

Elle vacilla et s'agrippa d'une main au chambranle.

— Vous vous sentez bien ? s'enquit Mary en faisant un pas en avant.

— Oui, c'est juste un petit étourdissement.

Se reculant, elle ajouta :

— Vous feriez mieux d'entrer. Je suis sûre que nous allons pouvoir démêler cette affaire quand Harry sera de retour.

Elles entrèrent dans un salon où s'étalaient des jouets d'enfant, et la femme désigna le canapé.

Quand elles furent assises, elles tournèrent leur attention vers le petit garçon pelotonné entre les bras de sa mère et son pouce dans la bouche. Nelly lui fit un petit clin d'œil amical, auquel il répondit par un grand sourire baveux.

— Daniel, mon chéri, lui dit sa mère en le déposant doucement à terre. Va faire joujou.

Le bambin s'approcha en titubant d'un petit train en bois, puis le saisit de ses petites mains potelées, et se relevant tant bien que mal, revint vers Nelly et le déposa sur ses genoux.

— Tchou-tchou, gazouilla-t-il.

Nelly s'empara du jouet et se mit à babiller avec Daniel pour essayer de détendre l'atmosphère.

Soudain, la porte s'ouvrit et Harry entra, suivi d'une petite fille.

— Nom d'un chien, Mary ! Mais qu'est-ce que tu fais là ?

— Ça me semble évident, non ? lança-t-elle, sarcastique. Tu ne vas pas me présenter à ton autre épouse ?

— Harry, dis-moi que ce n'est pas vrai ? Tu n'es plus marié avec Mary, n'est-ce pas ?

Il baissa les yeux, l'air coupable.

— Sheila, je…

Une longue plainte aiguë l'interrompit et elle sortit en courant de la pièce. La petite fille voulut la rejoindre, mais Harry l'en empêcha, lui passant un bras autour des épaules.

Oh, non! songea Nelly, l'estomac retourné quand son regard croisa celui de la fillette.

Sans même réfléchir, elle bondit sur ses pieds et se rua à l'autre bout du salon.

— Ne la touche pas! hurla-t-elle, en attrapant la fillette par le bras pour l'arracher à son étreinte.

Daniel se mit à pleurer, son petit visage écarlate et ses lèvres tremblantes.

— Maman, maman, appela-t-il en tendant les bras.

Ce fut Mary qui vola à son secours. Elle se baissa et ramassa le bambin, puis lança à Nelly:

— Je l'amène à sa mère.

Livide, Harry s'approcha en titubant d'un fauteuil et s'y laissa tomber, tandis que la petite fille se serrait contre Nelly.

Voyant la peur sur son visage, Nelly la prit dans ses bras et sentit qu'elle tremblait comme une feuille.

Mary revint dans la pièce à ce moment-là. Avec un regard plein de dédain, elle lança à Harry:

— Ta supposée épouse est en train de mettre ton fils au lit.

Elle se tourna alors vers Nelly, et voyant l'expression de la petite, s'écria, horrifiée:

— Oh, non… non! Ne me dis pas qu'il a osé!

— S'il te plaît, tatie, calme-toi. Tu vois bien qu'elle est déjà dans tous ses états.

— Je suis désolée, mais c'est trop horrible, s'étrangla Mary en s'efforçant de se ressaisir.

— Je vais l'emmener avec moi pendant que tu parles avec *lui*, dit Nelly en désignant Harry de la tête, puis se tournant à nouveau vers la petite, elle lui demanda: Viens, montre-moi ta chambre, ma poulette.

Une fois dans la chambre de la fillette, Nelly s'assit à côté d'elle sur le lit et lui dit doucement:

— Moi, je m'appelle Nelly. Et toi?

— Linda, murmura l'enfant.

Voyant qu'elle tremblait toujours, Nelly prit sa main dans la sienne et lui dit:

— Je te promets que Harry ne te touchera plus jamais.

Linda écarquilla les yeux comme si elle n'arrivait pas à croire ce qu'elle entendait. Elle poussa un petit cri et se jeta dans les bras de Nelly, tandis que les vannes de l'émotion s'ouvraient toutes grandes:

— Il... il... il m'a..., bégaya-t-elle, les sanglots l'empêchant d'articuler.

— Chut... ne t'inquiète pas, lui dit Nelly. Je sais, mais il ne peut plus te faire de mal maintenant.

Elle la berça doucement en songeant que ce qu'elle avait vécu n'était rien comparé à ce que cette enfant avait dû endurer.

Peu à peu, les sanglots de la fillette se transformèrent en hoquets, puis s'arrêtèrent complètement. Après l'avoir allongée doucement parmi les oreillers et recouverte avec un édredon, Nelly resta assise à côté d'elle, soulagée de la voir enfin sombrer dans le sommeil.

Quand elle sortit sur le palier, après avoir doucement refermé la porte de la chambre, elle se retrouva nez à nez avec Sheila.

— Il faut que je vous parle de Linda, dit-elle, soudain en proie à une vive colère.

Un regard surpris dans les yeux, Sheila désigna une autre pièce. La bouche de Nelly se tordit de dégoût quand elle vit le lit matrimonial qui trônait à l'intérieur.

— De quoi voulez-vous me parler ? demanda Sheila.

— Votre fille est dans un état de nerfs épouvantable, glapit-elle. Vous ne voyez donc pas ce que Harry lui fait subir ?

— Voir quoi ? Je ne comprends pas.

— Mon Dieu, mais vous êtes aveugle, ma parole ! Harry est un pédophile et il assouvit ses instincts sur votre petite fille. Ne me dites pas que vous ne vous êtes rendu compte de rien ?

Les joues de Sheila se vidèrent de leur couleur.

— Non… non, c'est impossible. Harry adore Linda. Jamais il ne ferait une chose pareille.

— Je peux vous assurer que c'est tout à fait possible. Voyez-vous, étant enfant, j'ai été personnellement victime de sa perversion.

Sheila se laissa choir au bord du lit.

— Oh non, c'est le comble, gémit-elle en se pliant en deux comme prise d'une violente douleur. D'abord je découvre que mon mari est toujours marié à une autre femme, et maintenant, vous me dites qu'il… qu'il est… oh, mon Dieu !

Elle se précipita dans la salle de bains et Nelly l'entendit vomir à grands hoquets convulsifs.

Sa propre colère commençait à se dissiper et elle éprouvait une immense lassitude. *Mais ce n'est pas fini*, songea-t-elle. *Il faut mettre Harry hors d'état de nuire*. S'approchant de la salle de bains, elle demanda :

— Comment vous sentez-vous ?

Penchée au-dessus du lavabo, Sheila s'aspergeait la figure d'eau froide. Elle décrocha une serviette et se sécha rapidement.

— Je crois que je ne m'en remettrai jamais, dit-elle, la gorge serrée. S'il vous plaît, laissez-moi. Il faut que je voie ma fille.

Nelly descendit au rez-de-chaussée. Des voix courroucées lui parvenaient du salon. Avisant un téléphone sur un guéridon, elle décrocha et composa le 999.

*

Le lendemain matin, dans le train qui les ramenait à Londres, Nelly se tourna vers sa tante, qui semblait à la fois mentalement et physiquement épuisée.

— Dieu merci, tout est fini, dit-elle.

— Non, ma chérie, malheureusement. Il y a encore beaucoup de questions en suspens, sans parler du procès.

— Je ne suis pas certaine que nous ayons fait ce qu'il fallait, tatie. Nous aurions peut-être dû dire à la police que Harry s'est livré à des attouchements sur Linda.

— Ma chérie, je comprends ta colère, mais c'est la décision de sa mère – et elle a peut-être bien fait. Traîner la petite au tribunal, après tout ce qu'elle a enduré n'est pas forcément une bonne idée. (Elle soupira.) Je ne peux pas m'empêcher d'avoir de la peine pour Sheila. La pauvre n'a personne, ni parents ni famille pour la soutenir.

Nelly frissonna en se rappelant le regard haineux que lui avait lancé Harry quand la police l'avait arrêté. Sa tante, occupée à consoler Sheila, n'avait rien remarqué. Au lieu d'éprouver de la haine ou du ressentiment, les deux femmes s'étaient rapprochées. Il était minuit passé quand Sheila leur avait proposé de rester dormir, déclarant qu'elles ne trouveraient jamais une chambre d'hôtes à une heure pareille.

Le lendemain matin, les larmes avaient à nouveau coulé à flots quand Sheila avait interrogé sa fille et que ses pires craintes s'étaient trouvées confirmées. Apparemment, Linda subissait les attouchements de Harry depuis un certain temps déjà, mais elle n'osait pas en parler, visiblement apeurée.

Quand Mary avait prévenu Sheila que Harry risquait d'être relâché sur parole, cette dernière avait aussitôt mis ses affaires dans des valises qu'elle avait balancées devant la porte en déclarant avec toute la détermination dont elle était capable :

— Jamais il ne remettra les pieds dans cette maison !

— Nelly, tu te souviens de la petite conversation que nous avons eue toi et moi au sujet de Harry ? lui demanda sa tante, interrompant ses pensées.

— Oui, bien sûr. La fois où tu m'as expliqué qu'il était pédophile ?

— J'ai vu la façon dont tu le regardais hier. Il y avait une telle haine dans tes yeux. Non, attends, laisse-moi finir. Je ne te blâme pas de le haïr, je le hais tout autant que toi. Mais j'ai peur que tu ne sois encore traumatisée par ce qu'il t'a fait subir.

— Ne t'inquiète pas, la rassura Nelly. Ce n'est arrivé qu'une seule fois. Alors que Linda, elle, a été sa proie pendant bien plus longtemps.

— Je sais, ma chérie. Cette pauvre petite ne s'en remettra peut-être jamais.

— On ne sait pas, tatie. Sheila va peut-être la faire suivre par un psychiatre.

Après cela, elles se turent et Nelly se mit à penser à Linda, puis à elle-même, et pour la première fois, elle se demanda jusqu'où elle avait été traumatisée par les attouchements de son oncle. Certes, elle avait pris les hommes en aversion après cela, mais tous les hommes n'étaient pas comme Harry. Prenez John, par exemple. Il était si gentil et doux qu'elle ne redoutait pas ce qui se passerait entre eux quand ils se marieraient. Tout irait bien, elle en était certaine. Il était aimant, attentionné, et avec lui, elle saurait surmonter ses angoisses.

Le train tressauta, tirant Nelly de sa rêverie, et elle vit que sa tante s'était assoupie. Elle ferma à nouveau ses paupières et se remit à penser à son oncle. Une fois de plus, il s'en était tiré à bon compte, songea-t-elle. Certes, il serait condamné pour bigamie, mais qu'adviendrait-il quand il sortirait de prison ?

26

Grimpée sur une chaise, Nelly décrochait les guirlandes de Noël, tandis que sa mère, le balai à la main, pestait contre les aiguilles du sapin logées dans tous les recoins.

Nelly jeta un coup d'œil circulaire au salon. La maison lui semblait vide maintenant que sa tante était retournée vivre chez elle à Tooting. Elle n'était pas encore complètement remise de sa dépression, mais privée du soutien financier de Harry, elle avait dû reprendre une activité, et travaillait à présent comme secrétaire dans un cabinet médical.

À leur grande déception à toutes, Harry n'avait écopé que de dix-huit mois d'emprisonnement. Il avait trouvé un bon avocat, qui avait su lui attirer la sympathie du juge, contrairement à sa tante qui, appelée à la barre des témoins, avait donné l'impression d'être quelqu'un de froid et d'implacable. Lors du contre-interrogatoire, elle avait été forcée d'admettre que son mariage n'avait jamais été vraiment consommé. Mais ses proches savaient qu'au fond d'elle-même elle souffrait le martyre même si elle s'efforçait par tous les moyens de cacher ses sentiments.

L'humiliation de Mary et de Sheila avait atteint un paroxysme quand la presse nationale s'était emparée de l'affaire. Les journalistes les pourchassaient sans relâche, le bigame de Blackpool faisant les gros titres. Les deux femmes s'étaient unies dans l'adversité et étaient devenues amies. À présent, et pour quelques semaines encore, Sheila et les enfants étaient à Londres, chez Mary, et Nelly espérait que 1960 serait une année faste pour elles toutes.

Elle jeta un coup d'œil à la pendule. John allait bientôt arriver et ils iraient ensuite rendre visite ensemble à Lottie à l'hôpital.

— Tu pourras te débrouiller seule, maman ? Il faut que je monte me préparer.

— Oui, oui, ma chérie, tu peux monter te changer.

Ruth sourit, et désignant Sadie, endormie dans un fauteuil au coin du feu, dit :

— Elle dort comme un bébé, même un coup de canon ne pourrait pas la réveiller.

— Eh, la médisante, je t'ai entendue, s'insurgea Sadie. J'ai fait qu'un petit somme.

Faisant claquer ses lèvres, elle ajouta :

— Je serais pas contre une bonne tasse de thé.

— Maman ! Tu ne sais donc pas qu'on a aboli l'esclavage ? riposta Ruth, sans pouvoir réprimer un sourire.

— Je le sais, mais tu oublies que je suis une pauvre vieille qui a besoin qu'on s'occupe d'elle, répondit-elle du tac au tac en lançant un clin d'œil complice à Nelly.

— Une pauvre vieille, mon œil ! Tu es fraîche comme un gardon.

— Dis plutôt un vieux crocodile !

Nelly sortit en riant. Ces deux-là faisaient la paire.

*

Les talons de Nelly résonnèrent sur le sol parfaitement astiqué de la salle d'hôpital quand John et elle s'approchèrent du lit de Lottie. Son visage parmi les oreillers blancs semblait encore plus pâle et émacié.

— Bonjour, mes enfants, murmura-t-elle.

— Comment ça va, tante ? demanda John en posant un bouquet de chrysanthèmes jaunes sur le lit.

— Pas trop mal, mon chéri. Merci pour les fleurs, elles sont superbes, mais il ne faut pas les laisser là, sinon l'infirmière-chef va râler. Cette femme est un véritable dragon.

Saisissant les fleurs, elle les tendit à Nelly.

— Tu peux demander à l'infirmière de les mettre dans un vase ?

Nelly acquiesça d'un hochement de tête et alla trouver l'infirmière assise derrière un bureau au beau milieu de la pièce. Son uniforme – une robe bleue et un tablier blanc impeccable retenu à la taille par une ceinture élastiquée ornée d'une boucle en argent – suscita l'admiration de Nelly. Sa coiffe blanche aussi était superbe ; garnie sur le pourtour d'une multitude de petits plis soigneusement empesés.

La salle était silencieuse hormis quelques discrets chuchotements.

— Mission accomplie, dit-elle en revenant auprès de Lottie. Quand va-t-on vous opérer ?

— Demain matin, me semble-t-il.

Nelly scruta malgré elle son aura et fronça les sourcils en constatant que la zone d'ombre s'était encore étendue. Quand elle releva les yeux, elle remarqua que John l'observait, un sourcil levé. Elle rougit, s'empressant d'engager la conversation avec Lottie, et fut soulagée quand la sonnerie annonçant la fin des visites retentit.

Elle avait une violente migraine quand elle rentra chez elle et monta aussitôt se coucher. Douillettement blottie sous les couvertures, tandis que la pleine lune brillait dans le ciel, elle songea à Lottie et pria pour que son opération se passe bien.

*

Le lendemain, au travail, la matinée passa très lentement pour Nelly qui faisait l'inventaire et avait mal aux yeux à force de dresser des listes interminables. Enfin, l'heure du déjeuner arriva, et elle courut rejoindre John à la cantine, heureuse de constater que leur table habituelle était libre.

— Tu vas bien, mon chéri ? lui demanda-t-elle en lui trouvant l'air songeur.

— Quoi ? Oh, pardon, Nelly, j'étais dans la lune. Je me fais du souci pour Lottie. Elle est sûrement sortie du bloc à présent.

— Tu n'as pas à t'excuser, John. C'est normal que tu te fasses du souci. Mais je suis sûre que tout s'est bien passé, dit-elle pour le rassurer.

— J'espère que tu dis vrai, répondit-il.

Il n'avait pas pris une bouchée de son déjeuner et, une fois n'est pas coutume, son aspect était tout sauf soigné. Il ne s'était pas rasé, et de grands cernes lui soulignaient les yeux. Nelly lui tapota la main.

— Essaie au moins de manger un peu, l'encouragea-t-elle.

— Je n'ai pas faim, dit-il, les mains tremblantes, tandis qu'il s'emparait de sa tasse de thé.

Nelly non plus n'avait pas d'appétit, et comme John n'était à l'évidence pas d'humeur à bavarder, ils n'échangèrent pas un mot jusqu'à la fin de leur pause déjeuner.

— On se voit plus tard, lui murmura-t-elle lorsqu'ils se séparèrent et qu'il regagna son poste, tête baissée.

À présent, tandis qu'Ann et elle rentraient du travail, Nelly sentit que son amie n'allait pas bien et lui demanda :

— Qu'est-ce qui se passe ?

— Arthur a passé la visite médicale et ils vont bientôt connaître la date de leur départ. Je me fais du souci pour maman. Elle ne supporte pas qu'il puisse s'en aller, mais refuse d'en parler.

— Il va peut-être changer d'avis, dit Nelly pour la réconforter.

— Non. Il est décidé à partir.

Nelly ressentit un pincement. Arthur et elle étaient voisins depuis qu'elle avait dix ans. À l'époque c'était un gamin débraillé et malicieux qui prenait plaisir à tourmenter sa sœur. Mais aujourd'hui, songea-t-elle sans pouvoir s'empêcher de sourire, c'était un grand gars costaud, mais doux comme un agneau, et beau comme un dieu. Jenny avait beaucoup de chance.

Voyant qu'Ann était au bord des larmes quand elles arrivèrent devant sa porte, elle lui dit :

— Il faut que j'aille à l'hôpital tout à l'heure avec John, mais ensuite, si j'arrive à me libérer assez tôt, je peux passer te voir, si tu veux.

Ann s'essuya les yeux, hocha la tête et entra précipitamment chez elle.

Nelly aurait voulu pouvoir aider Ann et John, mais elle se sentait impuissante. À présent, le sort de Lottie était entre les mains des chirurgiens, et Arthur était fermement décidé à émigrer.

*

Ce soir-là, Nelly et John restèrent un long moment au chevet de Lottie dont le teint cendreux ne disait rien qui vaille. Elle avait les yeux fermés et geignait doucement en tournant sa tête sur l'oreiller.

Une infirmière s'approcha et leur dit :

— L'opération a été retardée et les effets de l'anesthésie se font encore sentir.

— Va-t-elle s'en sortir ? demanda John, anxieux.

L'infirmière consulta la fiche de Lottie, accrochée au pied du lit.

— L'opération s'est bien passée, mais je ne peux pas vous dire grand-chose de plus.

Puis avec un sourire qui se voulait rassurant, elle ajouta :

— Ne vous inquiétez pas, elle aura meilleure mine demain.

John était effondré. Nelly tira une chaise et le fit asseoir. Il prit la main de Lottie et le visage baigné de larmes, sanglota :

— Elle a l'air si mal.

Ils restèrent assis sans rien dire au chevet de la malade pendant encore une demi-heure sans que celle-ci reprenne conscience, même quand l'infirmière vint pour lui prendre sa tension.

— Viens, dit John en se levant. Nous ferions mieux de rentrer.

Nelly avait observé attentivement l'aura de Lottie et elle avait hâte de dire à John ce qu'elle avait vu. Une fois à l'extérieur de l'hôpital, elle lui glissa d'une voix hésitante :

— Mon chéri, ne t'inquiète pas pour Lottie. Elle va s'en sortir.

— Je l'espère, Nelly.

— John, j'ai examiné son aura, et je n'ai vu aucune trace de maladie. Elle est tirée d'affaire.

— Tu en es sûre ?

— Absolument.

Il se passa une main dans les cheveux.

— Je ne suis qu'un hypocrite, dit-il. Je devrais t'en vouloir de t'être servie de tes pouvoirs psychiques, mais je ne peux m'empêcher de me sentir soulagé. Tu avais raison pour sa maladie. J'espère que tu as raison pour sa guérison.

Ils marchèrent main dans la main jusqu'à l'arrêt du bus et Nelly fut soulagée de constater qu'il semblait moins affecté à présent. Il bâilla et s'excusa :

— Tu ne m'en veux pas si je rentre directement à la maison ? Je n'ai pour ainsi dire pas dormi de la nuit et je tombe de sommeil.

— Non, non, bien sûr. De toute façon, Ann ne va pas très bien, et j'aimerais passer la voir un moment.

Nelly frappa chez Ann et quand Arthur vint lui ouvrir, elle devint écarlate. Leurs regards se nouèrent, et ils restèrent un moment à se dévisager. Ce fut Nelly qui brisa le silence.

— Ann est là ? demanda-t-elle.

Il s'effaça pour la laisser passer.

— Oui, entre.

Quand elle passa à côté de lui dans l'étroit corridor, leurs corps se frôlèrent et elle l'entendit qui retenait sa respiration. Elle aussi se sentit troublée, et elle se demanda encore une fois pourquoi Arthur lui faisait cet effet.

Elsie était assise à la table de la cuisine, un jeu de tarot étalé devant elle tandis qu'elle tirait les cartes à Nelly Cox.

— Coucou, Nelly, dit Nelly en souriant. Maudit râtelier, pesta-t-elle en remettant en place son râtelier qui s'était détaché. Elsie me tire les cartes.

— Je vois ça, dit Nelly.

— Ann est en train de prendre un bain, ma grande, mais elle a bientôt fini. Assieds-toi donc, l'invita Elsie.

Nelly s'installa au coin du feu, et ne put réprimer un sourire quand Arthur passa la tête par l'embrasure et lui décocha un clin d'œil coquin en disant :

— J'ai prévenu Ann que tu étais là.

Puis se tournant vers sa mère, il lança :

— Je file, à plus tard.

— Je suis désolée, Nelly, mais je n'arrive pas à me concentrer, s'excusa Elsie quand il fut parti. À l'idée de ne plus jamais le revoir, je perds tous mes moyens.

— Ce n'est pas grave. Il ne va rien se passer de particulier dans ma vie de toute façon, dit Nelly en se levant. Je ferais bien d'y aller moi aussi. Tu passes me voir un de ces jours, Nelly ?

— Oui. Je passerai demain après le travail, promit-elle.

Lorsque Nelly sortit de la cuisine, une forte odeur d'urine leur fit froncer le nez.

— Elle est en train de sombrer. Au début, je pensais que c'était juste sa maison qu'elle négligeait. Mais elle aussi se laisse aller, dit Nelly préoccupée.

— C'est une vieille femme, et elle est perdue maintenant que George n'est plus là, remarqua Elsie, les traits défaits. Je sais ce qu'elle ressent. Moi aussi je vais perdre mon Arthur.

Au même instant, Ann cria qu'elle était sortie du bain. Avant d'aller rejoindre son amie, Nelly sourit à Elsie – la seule chose qu'elle puisse faire pour la réconforter.

27

Nelly était comblée par le cadeau d'anniversaire que John venait de lui offrir pour ses dix-sept ans. Elle tendit le bras pour admirer le ravissant bracelet à breloques, et sa joie décupla quand il laissa tomber un deuxième cadeau sur ses genoux. Avec un grand sourire, elle ouvrit le coffret. Il contenait une clé.

— Un appartement vient de se libérer dans l'immeuble d'à côté, lui dit John, le regard pétillant d'excitation. Ça n'arrive pas souvent, alors j'ai sauté sur l'occasion. Il sera parfait pour nous.

— Mais John, nous devons attendre que j'aie dix-huit ans pour nous marier. Ce qui veut dire que nous allons payer un loyer pour rien pendant toute une année. Comment est-ce que nous trouverons ensuite l'argent pour nous meubler ?

— Précisément, Nelly. On pourrait avancer la date du mariage. Maintenant que j'ai été promu, on a les moyens de payer le loyer, et Lottie a proposé de nous donner des meubles. Un lit double, et la penderie et la coiffeuse qui se trouvent dans ma chambre.

Il s'accroupit à côté de son fauteuil et ajouta :

— Je suis allé jeter un coup d'œil à l'appartement. Les anciens locataires ont laissé des tapis et des rideaux. Il y a même une cuisinière. Pas toute neuve, mais en état de marche.

— Nous allons avoir besoin de plus que ça, John, dit Nelly, dubitative.

— Ma chérie, nous pouvons acheter le reste à crédit. S'il te plaît, Nelly, dis oui.

Elle se mordilla la lèvre. Sa mère allait-elle accepter d'avancer la date du mariage ?

— Quand voudrais-tu qu'on se marie, John ?

— Eh bien, nous sommes en février. Que dirais-tu de mai ? Ça nous laisse trois mois pour tout préparer. Il va falloir donner un coup de peinture, mais ça ne devrait pas prendre bien longtemps. Allons, Nelly ! s'écria-t-il en se relevant d'un bond. Mets ton manteau, il faut que tu le voies. Tu vas l'adorer, j'en suis certain.

Nelly ne se lassait pas d'admirer le spacieux séjour baigné de lumière. Force lui était de reconnaître que l'appartement était charmant. La cuisine était petite, mais bien pensée et la chambre et la salle de bains seraient parfaites une fois repeintes.

— Eh bien, qu'en dis-tu ? demanda John.

— Tu as raison, mon chéri, c'est parfait pour nous deux.

— Et donc, va-t-on pouvoir avancer le mariage ?

Elle se jeta dans ses bras.

— Oui, John. Marions-nous en mai.

Il la repoussa doucement et fit un pas en arrière.

— Il faut aller prévenir Lottie. Je sais qu'elle est impatiente d'entendre ta réponse. Après quoi, nous irons annoncer la nouvelle à ta mère, qui va certainement sauter au plafond.

Vexée que John l'ait repoussée encore une fois, Nelly baissa la tête. Il lui souleva le menton avec l'index, et lui décocha son petit sourire en coin qu'elle trouvait irrésistible. Elle allait dire quelque chose, mais il l'attrapa par la main et s'exclama en riant :

— Allons, viens, ma chérie !

Cédant à son enthousiasme contagieux, elle chassa les doutes qui l'assaillaient. Tout serait différent quand ils seraient mariés.

*

Lottie accueillit la nouvelle avec un grand sourire. Naturellement, John et elle en avaient déjà discuté, de sorte que ce n'était pas vraiment une surprise. Sa seule crainte avait été que Nelly refuse de se marier aussi vite. Mais l'adoration qui se lisait sur ses traits quand elle regardait John suffit à dissiper ses craintes.

Parfois, elle éprouvait un pincement de culpabilité à l'idée qu'elle se servait de la jeune fille. Mais John était un garçon tellement adorable qu'en dépit de tout le reste, il ferait un merveilleux époux.

Elle s'était beaucoup attachée à Nelly, heureuse de constater qu'elle avait fait des progrès ; sa diction était irréprochable à présent, et d'une certaine façon, elle avait l'impression d'avoir acquis une fille.

Avec un peu de chance, Nelly ne s'apercevrait de rien – et quand bien même, connaissant son problème, elle ne soulèverait pas d'objection. Raison pour laquelle elle l'avait choisie pour John, et maintenant qu'ils allaient vivre tout près les uns des autres, elle aurait une famille élargie.

Lottie avait l'impression qu'un miracle s'était produit quand il s'était avéré que sa tumeur était bénigne. Quand le chirurgien lui avait annoncé que la biopsie était négative, elle n'en avait pas cru ses oreilles. C'était comme si leurs prières avaient été exaucées et que le ciel lui avait donné une deuxième chance pour pouvoir faire les choses dont elle rêvait. Comme de vendre ses toiles, ou au moins essayer, et si ça marchait, et qu'elles se vendaient bien, ils pourraient peut-être tous partir en voyage. À Paris, ou en Italie, ou n'importe où ailleurs.

S'élançant vers Nelly elle la prit dans ses bras.

— Oh, ma chère, ma très chère enfant, je suis tellement heureuse pour vous, s'écria-t-elle, submergée par l'émotion.

Nelly lui rendit son étreinte et dit avec un sourire radieux :

— L'appartement est tellement beau, Lottie. Nous avons beaucoup de chance.

— C'est vrai, c'est le plus joli coin de Battersea, et comme moi, vous allez avoir vue sur le parc.

— Oh, Lottie, avec tous ces événements, j'ai failli oublier, dit Nelly en pirouettant sur elle-même. Merci pour le joli cadeau d'anniversaire. Comme vous le voyez, je l'ai déjà mis.

— C'est un joli corsage et il te va très bien.

— Désolé de vous interrompre, mesdames, dit John, mais il faut qu'on aille affronter le dragon.

— Le dragon ! Que veux-tu dire ? s'esclaffa Lottie.

— Je voulais parler de la mère de ma fiancée, répondit-il avec un grand sourire.

— Ma mère n'est pas un dragon, protesta Nelly.

— Quand je suis là, j'ai l'impression qu'elle crache le feu. Tu vas voir.

— Non, intervint Lottie. Je suis sûre qu'elle sera ravie. Au revoir, Nelly, et à demain.

*

Mais John avait raison ; les joues de Ruth s'enflammèrent quand ils lui annoncèrent la nouvelle.

— Comment ça, dans trois mois ? s'écria-t-elle, furieuse. (Elle secoua la tête.) Non, Nelly, c'est beaucoup trop tôt. On était d'accord pour que tu attendes tes dix-huit ans.

Quand ils lui parlèrent de l'appartement, elle se mit à souffler et à rugir, exactement comme John l'avait prédit.

Enfin, après de longues tractations, elle finit par se calmer, comme si elle était sur le point de céder, et dit :

— Mais comment va-t-on pouvoir préparer un mariage en si peu de temps ?

— Maman, on ne veut pas de tralalas. Juste un mariage tout simple, et peut-être une petite collation avec la famille et les proches ensuite.

— Mais j'ai toujours rêvé de te voir dans une robe blanche avec un voile et des fleurs dans les cheveux…, dit-elle, son regard se perdant dans le vague.

— On n'a pas les moyens de faire une grande fête, maman, et une robe de mariée coûte une fortune. J'ai pensé à un simple tailleur crème, avec un de ces chapeaux à petit rebord.

— Il va au moins y avoir une messe ?

Avec un rapide coup d'œil à Nelly, John dit avec un sourire rassurant :

— Oui, madame Marchant, je vais en toucher un mot à notre vicaire. Je suis sûr qu'il se fera un plaisir de célébrer la cérémonie.

— Hum, c'est au moins ça, dit Ruth. C'est toujours mieux qu'un simple mariage civil.

— Mais enfin, maman, tu ne vas jamais à la messe. Qu'est-ce que ça change pour toi ?

— Je ne sais pas. C'est juste que ça me paraît plus réel. Ton père et moi, on s'est mariés à la mairie, et tout est allé si vite que j'ai pas eu le temps de dire ouf.

— Ken n'est pas mon père, lui rappela Nelly.

— Je sais, répliqua-t-elle sèchement. Et du coup, il n'y aura personne pour te conduire à l'autel.

— J'avais pensé à Bert, suggéra Nelly précipitamment.

Sa mère se laissa tomber dans le fauteuil.

— Ouais, Bert…, murmura-t-elle.

— S'il te plaît, maman, dis oui, supplia Nelly.

Martelant les accoudoirs de ses doigts, Ruth contempla un instant le feu, puis poussa un gros soupir.

— D'accord, Nelly, si c'est ce que tu veux vraiment.

28

Les semaines filaient à tire-d'aile. Mars avait déjà fait place à avril et le mariage de Nelly allait être célébré dans un mois. Elle avait trouvé la tenue de cérémonie parfaite dans un magasin d'Oxford Street, un tailleur crème, jupe droite descendant sous le genou et petit blazer style Chanel. Elle avait même réussi à dénicher un bibi pillbox garni d'une petite voilette qui ne couvrait que le front.

Changeant son gros paquet de main, elle se dépêcha de regagner l'appartement. Nelly lui avait fait cadeau d'un ravissant service à thé, jamais utilisé, avait-elle précisé, ainsi qu'une courtepointe rose encore dans son emballage d'origine. John avait peint les murs dans des tons magnolia qui s'accordaient parfaitement avec les rideaux en chintz rose laissés par les précédents occupants. À présent, elle avait hâte de mettre la courtepointe sur le lit et d'accrocher les rideaux fraîchement lavés avant que John ne revienne pour terminer la salle de bains.

Une forte odeur de peinture fraîche l'accueillit lorsqu'elle entra dans le vestibule puis longea le couloir d'un pas rapide. Elle était tout excitée à l'idée d'apporter la dernière touche à la chambre à coucher pour faire la surprise à John. Elle ouvrit la porte, un grand sourire aux lèvres, et se figea.

Son cerveau ne saisit pas d'emblée ce que voyaient ses yeux. Il y avait deux têtes sur les oreillers, et deux corps enlacés dans le lit défait. Que faisaient-ils ? *Oh, non, non, c'est impossible*, hurla-t-elle intérieurement tandis qu'un flot de bile lui remontait dans la gorge. Lâchant ses paquets, elle se couvrit la bouche d'une main, et contempla, horrifiée, la scène qui s'offrait à elle. Deux visages se tournèrent vers elle – deux garçons.

— Nelly, attends ! lui cria John quand, après avoir recouvré ses esprits, elle se précipita dans le couloir. Lâche-moi, Larry, il faut que je la rattrape, l'entendit-elle crier d'une voix paniquée.

Elle allait vomir. Il fallait qu'elle sorte d'ici tout de suite. Elle ouvrit la porte à la volée et se mit à dévaler l'escalier. À un moment son talon se prit dans le tapis et sa cheville se tordit, lui arrachant un cri. Elle perdit l'équilibre et tenta de se rattraper à la rampe, la manqua, et fit un vol plané qui s'acheva sur les dalles du hall d'entrée.

*

Quand elle reprit connaissance, elle ne savait plus où elle était, et chaque fois qu'elle prenait une inspiration, une douleur aiguë lui transperçait le côté. Petit à petit, elle comprit qu'il y avait des gens autour d'elle, qui parlaient tout bas. Ce fut la voix agitée de Lottie qui se fraya la première un chemin dans son esprit embrumé.

— Il faut qu'on la fasse taire, John. Si cette affaire vient à s'ébruiter, tu es fichu.

— Calme-toi, tante. Je vais trouver une excuse. Je suis sûr de pouvoir l'entortiller autour de mon petit doigt.

— Ne sois pas stupide, John. Elle est jeune et inexpérimentée, mais elle vous a vus de ses yeux. Que veux-tu lui expliquer ? Mon Dieu, toutes ces années passées à te fabriquer une image de respectabilité n'auront donc servi à rien ?

— Lottie, s'il te plaît, arrête de te faire du mouron. Et maintenant, s'il te plaît, laisse-moi réfléchir en paix !

Nelly ferma les paupières et l'entendit faire les cent pas dans la pièce. Elle se sentait profondément blessée et écœurée. Comment avait-elle pu être aussi naïve ? Il était évident que John ne l'avait jamais aimée ; il s'était juste servi d'elle pour cacher son homosexualité. Ils s'étaient remis à parler… d'elle.

— J'ai une idée, dit John. Je vais lui dire que Larry est un vieux copain et qu'on avait bu un peu trop. Il était tard et il n'était pas en état de conduire, si bien qu'on a décidé de passer la nuit à l'appartement.

— Oui, ça pourrait peut-être marcher. Mais qu'est-ce qu'elle a vu quand elle a déboulé dans la chambre ?

Nelly se redressa dans le lit, la douleur lui transperçant les côtes. Réalisant qu'elle était dans la chambre de Lottie, elle se demanda comment elle avait atterri là.

— Nelly, ne te lève pas surtout. Le docteur va arriver. Tu as fait une grosse chute, dit John en accourant à son chevet.

— Ne me touche pas ! cria-t-elle en se recroquevillant sur elle-même.

Se déportant à grand-peine de l'autre côté du lit, elle posa les deux pieds à terre puis cria de douleur et releva aussitôt sa jambe gauche.

— Nelly, il faut rester assise. Ta cheville est enflée, elle est peut-être cassée, l'admonesta Lottie en lui prenant le bras.

— Laissez-moi tranquille, sanglota-t-elle en essayant de se relever, sans succès.

Oh, mon Dieu, supplia-t-elle intérieurement. *Mon Dieu, aidez-moi à m'extirper de ce traquenard.*

Comme si son vœu avait été exaucé, la sonnette de la porte d'entrée retentit.

— Ce doit être le docteur, dit John en se dépêchant d'aller ouvrir.

Après l'avoir examinée, le médecin décida de la faire hospitaliser. Debout sur le trottoir John et Lottie la regardèrent monter dans l'ambulance et partir. Elle avait refusé qu'ils l'accompagnent malgré leur insistance.

On lui diagnostiqua deux côtes cassées et une grosse entorse à la cheville. L'infirmière qui la bandait lui affirma qu'elle avait eu de la chance, à part quelques ecchymoses, et qu'elle allait pouvoir rentrer chez elle.

De la chance ? songea Nelly. *De la chance d'avoir le cœur brisé ?* Sentant les larmes lui monter aux yeux, elle se ressaisit et appela Elsie.

Bert dit qu'il allait passer la chercher, et quand la voiture arriva elle ne fut pas surprise de voir sa mère et sa grand-mère à l'arrière. Les calmants commençaient à faire effet, la plongeant dans un état second qui lui évita d'avoir à répondre à leurs questions. Elle se contenta de dire qu'elle avait fait une chute dans les escaliers, puis ferma les yeux.

Une fois à la maison, Bert la porta à l'étage où, après avoir été mise au lit et bordée avec sollicitude, elle sombra dans un sommeil profond.

*

La chambre était plongée dans la pénombre quand Nelly ouvrit les yeux. Des voix lui parvinrent du palier et elle se raidit. On aurait dit la voix de John.

— Va-t'en, murmura-t-elle quand il s'approcha du lit, sa mère à sa suite.

— Madame Marchant, pouvez-vous me laisser un instant seul avec Nelly, s'il vous plaît ?

— Non, maman, reste, supplia-t-elle, puis, s'efforçant de ne pas respirer trop profondément, elle se redressa. John, je t'ai dit de t'en aller. Si tu ne pars pas tout de suite, je raconte à tout le monde ce que j'ai vu.

— Non, Nelly, ce n'est pas ce que tu crois, dit-il précipitamment. Larry et moi…

— Inutile de me mentir, le coupa-t-elle. J'ai tout entendu quand tu complotais avec Lottie. (Elle secoua la tête.) C'est peine perdue, je t'ai vu et j'ai vu ce que vous étiez en train de faire.

— Nelly, s'il te plaît, implora-t-il, en jetant des coups d'œil paniqués à sa mère, les joues en feu et une expression de terreur sur le visage.

Il s'était servi d'elle et lui avait menti. Mais le pire de tout, c'est que son amour pour lui n'avait jamais été réciproque. *Pas étonnant qu'il ait repoussé mes marques d'affection*, songea-t-elle amèrement, c'était un homme qu'il lui fallait. Les larmes menaçant à nouveau de couler, elle se tourna vers sa mère et demanda :

— S'il te plaît, maman, fais-le sortir d'ici.

— Viens, John, dit Ruth d'une voix ferme. Je te raccompagne.

Nelly baissa la tête, incapable de supporter le regard suppliant de John quand il sortit de la chambre.

En un rien de temps, sa mère était de retour.

— Et maintenant, raconte-moi tout, ordonna-t-elle en venant se poster à côté du lit.

— Maman, s'il te plaît, pas maintenant.

— Dois-je comprendre que tu as rompu avec lui et qu'il n'y aura pas de mariage ?

— Oui, c'est fini, dit-elle en fondant en larmes.

— Nelly, ne pleure pas, ma chérie, dit Ruth en s'asseyant au bord du lit. Pourquoi ne veux-tu pas me dire ce qui s'est passé ? Qui est ce Larry, et qu'est-ce que tu as vu ?

À ces mots, les larmes de Nelly firent place aux sanglots.

— Allons, calme-toi, sinon tu vas te rendre encore plus malade. Je vais te monter une bonne tasse de thé.

Comme s'il suffisait d'une tasse de thé pour faire face aux épreuves de l'existence, songea Nelly amèrement.

— Eh bien, c'était une visite éclair, commenta Sadie d'une voix amère quand Ruth revint à la cuisine. Qu'est-ce qui se passe ?

— Nelly a rompu, répondit Ruth tout en remplissant la bouilloire.

Il s'ensuivit un silence stupéfait. Ces trois mots avaient cloué le bec à sa mère. Tout en mettant du thé dans la théière, Ruth songea qu'elle n'était tout compte fait pas mécontente que cette relation soit finie, même si elle avait de la peine pour sa fille.

Le silence fut de courte durée.

— Pourquoi a-t-elle rompu ? demanda Sadie.

Ruth soupira avec humeur.

— Je ne sais pas. Nelly refuse d'en parler et j'ai préféré ne pas insister.

Sadie replaça une mèche de cheveux sous sa résille et, d'une poussée, se leva du fauteuil.

— Je vais monter la voir.

— N'essaie pas de lui tirer les vers du nez, maman. Elle parlera quand elle en aura envie.

— Inutile de me faire la leçon, s'indigna Sadie. Je ne suis pas complètement gâteuse.

Juste au moment où elle allait sortir de la cuisine, Elsie passa la tête par la porte de derrière.

— Je suis juste venue prendre des nouvelles de Nelly et lui demander si une visite d'Ann lui ferait plaisir.

— Tout compte fait, médita Sadie en regagnant son fauteuil. Il vaut peut-être mieux laisser Ann parler avec Nelly. Elle se confiera plus facilement à elle qu'à moi. Il y a belle lurette qu'elle ne vient plus pleurer dans les jupons de sa grand-mère.

— Se confier à quel sujet ? s'enquit Elsie. Je sais qu'elle a fait une mauvaise chute, mais il y a eu autre chose ?

— Oui, on peut dire ça, répondit Ruth. Il n'y a plus de mariage, et ne me demande pas pourquoi, parce que je n'en sais rien.

Elle se figea, les sourcils froncés, puis ajouta :

— Maman a raison, elle se confiera peut-être plus facilement à Ann.

— Je vais aller la chercher, dit Elsie. Mais tu peux commencer à servir le thé, j'en ai pour une seconde.

*

Ann posa la tasse de Nelly sur la table de nuit.

— Comment te sens-tu ? lui demanda-t-elle avec un sourire compatissant.

— Comme si un train m'était passé dessus, répondit Nelly, même si je n'ai que deux côtes cassées et une entorse à la cheville, et quelques bleus ici et là.

— Tu as eu de la chance. D'après ce qu'on raconte, tu aurais pu te faire sacrément mal.

De la chance ? songea Nelly en fermant les yeux, lassée de s'entendre dire ces mots. Elle se tourna légèrement dans le lit pour regarder son amie.

— Je suppose que maman t'a dit que j'avais rompu avec John ?

— Oui, mais elle ne m'a pas dit pourquoi. Vous vous êtes disputés ?

— On peut dire ça, oui, murmura-t-elle.

— Ne t'en fais pas, vous allez vous réconcilier. Avant le mariage, on a parfois les nerfs qui lâchent un peu.

Nelly avait besoin de parler, de s'ôter ce poids, d'effacer la scène de John au lit avec un autre homme. Elle ne se sentait pas capable de le dire à sa mère, c'était trop horrible. Mais à son amie ?

— Non, Ann, finit-elle par dire. C'était beaucoup plus qu'une simple dispute. En fait, je suis allée à l'appartement pour…

Tandis qu'elle mettait tant bien que mal les mots bout à bout, elle vit l'horreur se peindre sur les traits d'Ann. Quand elle eut terminé son récit, il y eut un moment de sidération silencieuse avant qu'Ann, inspirant profondément, ne dise :

— Nelly, je sais que c'est très dur pour toi, mais dis-toi que tu l'as échappé belle. Je veux dire, tu imagines la vie que tu aurais eue si vous vous étiez mariés ?

— J'étais à mille lieues de me douter qu'il était homosexuel, Ann. Comment ai-je pu être aussi aveugle ? Quelle gourde, je suis !

— Non, Nelly. Tu ne pouvais pas savoir. Il ne le portait pas écrit sur son front. Aucun de nous ne s'est aperçu qu'il était gay.

— Mais il ne me touchait jamais, ne me prenait jamais dans ses bras, ne m'embrassait jamais, dit-elle en se tordant les mains. Une fois, j'ai parlé avec Nelly Cox, et elle m'a dit que j'avais de la chance d'avoir rencontré un garçon comme John, qui soit prêt à attendre le mariage.

— De la chance ? Tu parles d'une chance, dit Ann en plissant le front.

Nelly regarda soudain son amie dans les yeux.

— Tu ne l'as jamais aimé, n'est-ce pas ? Sois sincère.

— Non, c'est vrai. Et puisque tu veux que je sois sincère, je n'ai jamais aimé la façon qu'il avait de te tenir sous sa coupe.

Nelly prit le temps de digérer les paroles d'Ann. C'était vrai dans un sens. John la tenait sous sa coupe ; il l'avait modelée à son goût, avait changé sa façon de s'habiller, de parler, et même de penser. Et elle l'avait laissé faire, et tout cela parce qu'elle ne se sentait pas assez bien pour lui. Elle se laissa retomber parmi les oreillers, vidée émotionnellement.

— Tu as l'air épuisée, fit remarquer Ann. Je vais te laisser te reposer.

Avant de sortir, elle souffla :

— En bas, elles vont toutes vouloir savoir ce qu'on s'est dit. Je fais quoi ?

Nelly prit le temps de réfléchir, puis en vint à la conclusion qu'elle allait devoir les mettre au courant de toute façon tôt ou tard, même si elle redoutait leurs réactions. Autant en finir le plus vite possible.

— Tu n'as qu'à leur dire, si ça ne t'ennuie pas. Mais, s'il te plaît, demande-leur de le garder pour elles. Je n'ai pas envie que ça s'ébruite. Je suis déjà bien assez humiliée comme ça.

— C'est d'accord, ne t'en fais pas. Je suis sûre qu'elles savent garder un secret.

Quand la porte se referma, Nelly se tourna de côté et retapa tant bien que mal son oreiller sous sa tête. Elle avait encore du mal à respirer normalement, mais elle se sentait plus légère maintenant qu'elle s'était confiée à Ann, et elle finit par s'endormir.

Il faisait noir quand elle se réveilla, prenant lentement conscience de sa présence. Un halo familier commença à prendre forme et elle se détendit – elle n'avait plus besoin de repousser l'entité, désormais. Ce fut comme si un immense poids lui avait été ôté et qu'elle pouvait à nouveau déployer ses ailes. Heureuse et apaisée, elle tendit les bras vers le cercle de lumière dorée.

29

— Alors, qu'est-ce qu'elle a dit ? Tu as réussi à la convaincre ? s'enquit Lottie, qui arpentait le salon d'un pas nerveux.

— Elle ne m'en a pas laissé la possibilité. Elle a refusé que sa mère nous laisse seuls.

— Oh, John. Si elle ouvre la bouche, nous sommes perdus.

— Avec un peu de chance, elle ne vendra pas la mèche, tante.

— Ne sois pas stupide. Tu aurais dû insister pour lui parler en privé.

— Je l'ai fait, mais elle n'a rien voulu savoir.

— Évidemment. Quand elle t'a trouvé au lit avec Larry, elle a dû avoir un choc terrible. Je devrais essayer d'aller la voir. Elle acceptera peut-être de me parler.

— Oui, c'est une idée. (Il se laissa retomber dans son fauteuil en soupirant bruyamment.) Mon Dieu, dans quel pétrin je me suis fourré !

— Tu ne pouvais pas prévoir qu'elle allait venir à l'appartement, mon cœur. Mais emmener Larry là-bas était une mauvaise idée. Oh, mais j'y pense, il t'a laissé un mot.

Il s'empara avidement de la lettre et la lut. Lottie le vit pâlir, puis se plier en deux, la tête entre les mains.

— Qu'est-ce qu'il y a, mon trésor ? demanda-t-elle, affolée.

— Il ne veut plus me voir, dit John, les yeux pleins de larmes. Il dit que c'est trop risqué et qu'il doit songer à sa réputation. Je suppose qu'il a peur que sa femme découvre ce qu'il y a entre nous.

— Sa réputation ! Et la tienne ? s'indigna Lottie.

— Oh, Lottie. Et moi qui croyais qu'il m'aimait, murmura-t-il d'une voix brisée.

— Visiblement pas assez pour te soutenir, rétorqua Lottie avec amertume. (Puis regrettant ses paroles acerbes, elle accourut vers lui.) Je te demande pardon, c'était cruel de ma part. Oh, mon pauvre chéri, tu as l'air épuisé. Je crois qu'on est trop fatigués l'un et l'autre pour pouvoir penser. Va te coucher et nous reparlerons de tout ça demain.

Il hocha la tête et s'arracha à son fauteuil.

— Si tu parviens à persuader Nelly de se taire, Larry reviendra peut-être, dit-il en retrouvant espoir.

— Bonsoir, mon cœur, et essaie de ne pas trop te torturer. Je suis sûre qu'elle acceptera de m'écouter.

*

Le lendemain matin, Nelly fut tirée du sommeil par des vociférations. Reconnaissant la voix de Lottie, elle cria à sa mère :

— Maman, laisse-la monter, je veux lui parler.

Se redressant tant bien que mal parmi les oreillers, elle se passa une main dans les cheveux.

— Je ne comprends vraiment pas pourquoi tu tiens à voir cette bonne femme, lança sa mère d'un ton caustique quand elles entrèrent dans la chambre.

Puis croisant ses bras sur sa poitrine, elle se campa comme une sentinelle qui monte la garde.

— Nelly, je peux te parler en privé, s'il te plaît ? demanda Lottie.

— Certainement pas, rugit Ruth. Si vous avez quelque chose à dire, vous le direz devant moi.

L'ignorant, Lottie jeta un regard suppliant à Nelly.

— Ma mère est au courant que John est homosexuel, si c'est ce qui vous inquiète, dit Nelly, voyant ses yeux s'écarquiller.

— Oh, non ! s'étrangla Lottie. S'il vous plaît, je vous en conjure, ne le dites à personne. L'homosexualité est un délit, et si la police venait à l'apprendre, la vie de John serait fichue.

— Ça, c'est la meilleure, éructa Ruth. La vie de John sera fichue. Et celle de ma fille ?

— Maman, tu veux bien m'apporter une tasse de thé, s'il te plaît ? demanda Nelly, sachant que c'était la seule façon de faire sortir sa mère.

Voyant qu'elle hésitait, elle ajouta :

— Ne t'inquiète pas.

— Quant à vous, n'allez pas enquiquiner ma fille. Vous et votre maudit neveu en avez déjà fait assez, lança Ruth en foudroyant Lottie du regard.

— Comment avez-vous pu, Lottie ? Comment avez-vous pu laisser John se servir de moi comme il l'a fait ! s'insurgea Nelly quand sa mère fut hors de portée de voix.

— Nous n'avions aucune intention de te faire du mal, Nelly. Je te le jure. Mais quand j'ai remarqué que tu avais peur des hommes et que tu n'étais donc peut-être pas intéressée par… cet aspect-là du mariage… il m'a semblé que vous feriez un couple idéal.

— « Un couple idéal » ? s'écria Nelly dont la voix était soudain montée dans les aigus. Comment un mariage avec un… un inverti pourrait-il être idéal ?

C'est vrai que les relations sexuelles me font peur, mais j'aurais pu surmonter ma phobie – et imaginez que j'aie voulu avoir des enfants ?

Lottie était livide.

— Oh, Nelly, je suis vraiment désolée. Je n'ai pas réfléchi. Je voulais juste protéger John et je pensais sincèrement que vous seriez heureux ensemble.

Baissant les yeux sur ses mains, Nelly comprit qu'elle portait toujours la bague de John. Lentement, elle l'ôta de son doigt. Elle la tint un instant dans sa paume avec l'intention de la rendre à Lottie, mais à sa surprise, elle eut une vision soudaine.

— Oh, mon Dieu, fit-elle, la gorge serrée. La bague, John m'a dit qu'elle avait appartenu à sa mère.

— Oui, c'était la bague de fiançailles de ma belle-sœur, confirma Lottie, soudain sur ses gardes.

Les sourcils de Nelly se froncèrent et elle serra plus fort la bague dans sa main en fermant les yeux. Quelques secondes plus tard, elle les rouvrit.

— C'est vous la mère de John, dit-elle. Cette bague vous appartient.

— Non, non, tu te trompes ! nia Lottie en chancelant sur ses jambes.

— Si, si, insista Nelly. Je viens d'avoir une vision de vous portant la bague. C'est la vôtre.

— Je peux m'asseoir ? murmura Lottie, atterrée, juste au moment où Ruth faisait irruption dans la chambre, une tasse de thé à la main.

Elle regarda sa fille, puis Lottie et demanda :

— Qu'est-ce qui se passe ? Tu vas bien, Nelly ?

— Oui, mais Lottie est en état de choc. Tu veux bien aller lui chercher une tasse de thé, maman ?

— Non mais, je suis pas la bonniche ! répliqua-t-elle avec humeur.

— Non, non, s'il vous plaît, dit Lottie en se laissant choir sur une chaise. Je n'ai besoin de rien.

— Maman, est-ce que tu peux nous laisser seules ? demanda Nelly, puis voyant l'expression de sa mère, elle ajouta : Juste cinq minutes.

— Cinq minutes, mais pas plus !

Dès que la porte fut refermée, Lottie se pencha vers Nelly et lui dit :

— Je te dois une explication. Tu as raison, je suis la mère de John. Mais il ne faut pas qu'il le sache.

— Pourquoi cela ? Je ne comprends pas.

— Ma chère enfant, de nos jours c'est mal vu pour une fille de tomber enceinte alors qu'elle n'est pas mariée, mais c'était encore pire en 1936.

— Mais que s'est-il passé ? Pourquoi vous ne vous êtes pas mariée ?

— Parce que mon fiancé m'a plaquée, Nelly, quand j'étais enceinte de deux mois. Il est parti avec une autre fille.

— Mais je ne comprends toujours pas. Je croyais que votre frère et sa femme étaient morts pendant la guerre. Pourquoi John croit-il que ce sont ses parents ?

Lottie poussa un gros soupir.

— Dans un sens, ils l'étaient, Nelly. Quand mon père a découvert que j'étais enceinte, il est devenu comme fou et m'a menacée de me jeter dehors. C'est mon frère qui m'a sauvée. Il m'a prise sous son toit, et quand John est né, sa femme et lui m'ont proposé de l'adopter.

— Mais pourquoi avez-vous accepté ?

— Je n'avais pas le choix, Nelly. J'étais une jeune femme seule, sans mari. Où aurais-je pu aller avec un bébé sur les bras ? Comment est-ce que j'aurais pu l'élever ?

— Oui, je comprends. Mais je ne comprends pas pourquoi vous n'avez pas dit la vérité à John.

— Parce que je me sentais coupable, soupira Lottie, un regard angoissé dans les yeux. Je suppose que c'est ma pénitence.

Comme Nelly secouait la tête, visiblement déconcertée, elle poursuivit :

— Je n'étais pas quelqu'un de très pratiquant à l'époque. Je n'allais à l'église que pour les mariages et les enterrements. Mais après avoir donné John à l'adoption, j'ai ressenti un grand vide. Chaque soir, je priais Dieu pour qu'il me le rende. D'une façon ou d'une autre.

— Et il vous l'a rendu, murmura Nelly en écarquillant les yeux.

— Oui. Mais à quel prix ? La mort de mon frère et de sa femme.

— Mais ce n'était pas votre faute, protesta Nelly. Vous n'avez aucune raison de vous sentir coupable.

— Oh, mais si, Nelly. Quand j'ai appris qu'ils avaient été tués, tu sais quelle a été ma première réaction ? La joie ! Oui, la joie ! J'étais impatiente de pouvoir reprendre John et j'ai pris le premier train pour le Devonshire. Avant même que les funérailles aient été célébrées.

Nelly baissa les yeux, choquée par ce qu'elle venait d'entendre, mais malgré tout désolée pour Lottie.

— Depuis lors, j'ai payé pour ma faute, Nelly. Je vais à l'église deux fois par semaine, je participe autant que je peux aux bonnes œuvres. Et j'ai juré de ne jamais dire la vérité à John. C'est la seule façon d'atténuer mon sentiment de culpabilité.

Juste au moment où Nelly allait dire quelque chose, la porte s'ouvrit et sa mère entra. Lottie se leva de sa chaise.

— Je m'en vais, Nelly. Merci de m'avoir écoutée. Tu es en possession de deux secrets, à présent. J'espère que tu sauras les garder.

Nelly regarda la femme qu'elle aurait voulu haïr et comprit que sa colère avait disparu, remplacée par de la compassion. Lottie se punissait elle-même depuis des années. C'est vrai qu'elle s'était servie d'elle, mais comme n'importe quelle mère voulant protéger son enfant.

— Vos secrets seront bien gardés, Lottie, à une condition.

— Tout ce que tu voudras, répondit Lottie sans hésiter.

— Promettez-moi de ne plus encourager John à épouser une autre jeune femme.

— Oh, ça oui, ma chère. Maintenant que j'ai vu tous les dégâts que cela pouvait causer, je comprends à quel point je me suis fourvoyée. Dorénavant, je vais prier pour que l'homosexualité ne soit plus un délit dans ce pays. Si cela arrive, plus personne n'aura besoin de se marier pour ne pas être démasqué.

— Vous pensez que la loi peut changer ?

— J'en doute, Nelly. Les préjugés sont fortement ancrés.

— Moi aussi, j'en doute, lança Ruth rageusement. C'est dégoûtant, si vous voulez mon avis. Et maintenant, si ça ne vous ennuie pas, ma fille a besoin de se reposer.

— Tu vois ce que je te disais, Nelly ? dit Lottie en tournant les talons pour partir. Les préjugés… Au revoir. J'espère que tu vas te remettre bien vite.

Se tournant vers Ruth, elle lui dit :

— Je vous remercie de m'avoir laissé voir votre fille, madame Marchant.

Ruth fixa Lottie droit dans les yeux sans répondre, et la bouche pincée en une ligne amère, la raccompagna jusqu'à la porte.

Quelques minutes plus tard, elle revint, et se plantant bras croisés à côté du lit, demanda :

— C'est quoi encore ces manigances ? Qu'est-ce que c'est que ces deux secrets ?

— Tu sais déjà que John est homosexuel, maman. Mais je ne peux pas te dévoiler le second secret. J'ai promis à Lottie de le garder pour moi. Mais ne t'inquiète pas, cela ne concerne que Lottie, pas nous.

— Hum. C'est toi tout craché. Muette comme une tombe, ronchonna Ruth en se dirigeant vers la porte. Je hais les secrets.

Nelly regarda la porte se refermer. Sa mère la disait muette comme une tombe, mais elle n'était guère plus bavarde. Il avait fallu treize ans à Nelly pour découvrir que Ken n'était pas son vrai père.

30

Trois semaines plus tard, Nelly s'extirpa lentement du lit en songeant que ce jour aurait dû être celui de son mariage. Elle ouvrit la penderie et ses yeux se remplirent de larmes quand elle arracha son tailleur crème de son cintre et le serra contre sa poitrine en murmurant :

— John, oh John, pourquoi ?

Secouée de violents sanglots, elle jeta le tailleur à terre et se dirigea vers la salle de bains pour s'asperger la figure d'eau froide.

Combien de temps vas-tu continuer comme ça ? se demanda-t-elle en se regardant dans la glace. Soudain, ses larmes se calmèrent et elle se mit à analyser froidement sa relation avec John. Avec lui, elle s'était sentie en sécurité car elle ne redoutait pas les étreintes ou les ébats passionnés. Mais l'avait-elle aimé comme une femme aime un homme ? Elle l'avait admiré, ça oui, et même placé sur un piédestal. Il était si élégant et parfait qu'elle s'était efforcée de changer sa propre façon de parler et de s'habiller. Mais avait-elle éprouvé de vrais sentiments pour lui ? Et si elle ne l'aimait pas vraiment, pourquoi se sentait-elle à ce point blessée ?

Parce qu'elle avait été trahie, bien sûr. À la fois par Lottie, de qui elle s'était beaucoup rapprochée, et par John. Ensemble, ils l'avaient manipulée et lui avaient joué la comédie. Au fond ils ne l'avaient jamais aimée.

*

Les semaines passant, Nelly se remettait peu à peu. Elle était soulagée d'avoir percé à jour le secret de John avant qu'il ne soit trop tard. Dorénavant, elle était libre de faire ce qu'elle voulait, de s'habiller comme elle l'entendait, sans crainte de s'attirer des remarques.

Quand elle fut complètement remise, elle décida de ne plus retourner travailler chez Arding & Hobbs. L'idée de voir John et Lotie chaque jour lui était insupportable.

Ce fut Ann qui lui trouva un nouveau travail en faisant les petites annonces. Bien que situé à Wandsworth, un peu loin de chez elle, elle était bien contente d'être retombée sur ses deux pieds. La mercerie de Sidney Jacob était une petite boutique vieillotte. On y vendait pêle-mêle des patrons passés de mode, de la laine, des fermetures à glissière, et toutes sortes d'articles rangés dans des meubles à tiroirs qui s'étageaient du sol au plafond derrière un vieux comptoir vitré poussiéreux.

D'emblée, Nelly et M. Jacob se prirent de sympathie l'un pour l'autre. L'épouse de M. Jacob était morte quelques années plus tôt et depuis lors il avait perdu goût aux affaires. Et quand il s'était rendu compte qu'il ne pouvait plus grimper aussi facilement à l'échelle pour atteindre les tiroirs du haut, il avait décidé qu'il lui fallait une assistante.

Présentement, Nelly était en train de descendre les degrés de l'échelle, un tiroir en équilibre instable entre les mains. Elle avait commencé à redonner un semblant d'ordre au magasin, mais il y avait encore beaucoup à faire. Posant le tiroir sur le comptoir, elle ne put réprimer un sourire en découvrant qu'il contenait des caleçons longs pour messieurs qui avaient jauni avec l'âge. Elle les compta, les inscrivit dans l'inventaire, puis les jeta sur la pile d'articles à liquider au moment des soldes.

La porte de l'arrière-boutique s'ouvrit et Sid entra. Bien qu'on fût fin août, il portait son vieux chandail déformé.

— Nelly, tout va bien ? demanda-t-il. Je n'ai pas pu venir te donner un coup de main ce matin, désolé, mais je vois que tu t'en sors très bien toute seule.

Elle lui sourit chaleureusement. Elle s'était beaucoup attachée à lui en l'espace de deux mois. Il ne mesurait qu'un mètre soixante, et ses cheveux gris étaient rabattus sur un côté de son crâne pour cacher sa calvitie. Sans être gros à proprement parler, Sid avait tout de même une petite bedaine et portait des bretelles qui faisaient remonter son pantalon et dévoilaient ses souliers noirs avachis.

— Une tasse de thé ? proposa-t-il.

C'était le signal qu'elle devait monter chez lui, à l'étage, où elle préparait chaque midi une petite collation à base de soupe ou de salade et de petits pains achetés tout frais chez le boulanger de l'autre côté de la rue. Dès que le repas était prêt, il retournait l'écriteau côté *Fermé* et montait la rejoindre pour une pause d'une demi-heure qui, lorsqu'ils se lançaient dans une grande conversation, pouvait durer jusqu'à trois quarts d'heure.

Tout en découpant les tomates, elle songeait qu'elle avait eu beaucoup de chance d'avoir trouvé ce travail où, très vite, elle s'était vu confier la direction du magasin. Elle était décidée à rajeunir le style de la boutique, et pas plus tard qu'hier elle avait repéré des modèles ravissants dans le dernier catalogue de leurs fournisseurs.

— Le déjeuner est prêt, Sid, appela-t-elle.

Tandis qu'il piochait avec délectation dans sa salade, elle en profita pour aborder le sujet du réassortiment.

— J'ai consulté le nouveau catalogue hier et j'ai, euh... je me demandais si on ne pourrait pas commander quelques modèles de patrons récents pour voir s'ils se vendent bien.

Il leva les mains, paumes ouvertes, et haussa les épaules.

— Nelly, ma grande, fais ce qui te semble bien. Quand ma Rachel était encore de ce monde, c'est elle qui gérait les stocks. (Ses yeux chassieux se troublèrent quelques instants et il soupira.) Commande les modèles dont tu penses qu'ils pourraient se vendre, mais ne fais pas sauter l'anse du panier. Je ne roule pas sur l'or.

Nelly sourit. C'était un début, et qui sait s'ils n'allaient pas ainsi attirer de nouveaux clients.

À 17 h 30, elle ferma le magasin et se dirigea vers l'arrêt de bus. *La journée avait été productive*, songea-t-elle. Tous les tiroirs avaient été vidés, et la marchandise répertoriée, et maintenant, elle allait pouvoir s'attaquer aux rayonnages de l'arrière-boutique, qui ployaient sous les vieux rouleaux de tissu.

On était jeudi soir et elle avait rendez-vous avec Elsie à l'église spiritualiste, pour une messe de guérison. Elle pressa le pas, impatiente de prendre un bon bain. Elle avait transpiré d'avoir remué toutes ces vieilleries poussiéreuses, et se sentait poisseuse.

Cela faisait six mois qu'elle avait rompu avec John, et Elsie lui avait suggéré d'offrir ses services à l'église. Il y avait deux autres guérisseuses, qui l'avaient chaleureusement accueillie et s'étaient proposées pour l'aider à développer ses dons psychiques.

Arrivée chez elle, elle franchit la porte, en lançant :

— Coucou, maman ! Qu'est-ce qu'il y a de bon à dîner ? Je meurs de faim !

Mais sitôt entrée dans la cuisine, elle devina que quelque chose de terrible était arrivé et son sourire s'évanouit.

Sa mère était assise au coin de la cheminée éteinte, Elsie en larmes face à elle.

— Que se passe-t-il ? demanda-t-elle, affolée.

— Arthur a reçu sa date de départ, sanglota Elsie. Il s'en va dans trois mois.

— Je suis désolée, dit-elle en comprenant qu'elle aussi était atterrée par la nouvelle.

— Il faut que je me fasse une raison, n'est-ce pas ? se désola Elsie en essuyant ses yeux avec son mouchoir trempé. Il s'en va pour de bon, et il ne sera pas là à Noël. Ça t'ennuie d'aller à l'église sans moi, Nelly ? Je n'ai pas envie qu'on me voie là-bas dans cet état.

— Non, non, bien sûr, dit Nelly.

Passant un bras autour de ses épaules, elle l'étreignit brièvement, puis fila prendre un bain.

*

Quelques semaines plus tard, un dimanche matin, tandis qu'elle et Ruth essayaient de tirer leur voisine de son vague à l'âme, Nelly dit :

— Elsie, tu sais qu'il m'est arrivé deux choses étonnantes récemment ?

— Comment cela ? demanda Elsie d'une voix distraite.

— J'ai tenu un bijou dans ma main et j'ai eu une vision de la personne à laquelle il appartenait.

— Cela s'appelle la clairsentience, murmura-t-elle.

— Comment est-ce que ça marche ? voulut savoir Nelly.

— C'est une forme de divination, répondit la femme d'une voix morne. Je ne suis pas étonnée que tu possèdes cette faculté.

— Je devrais peut-être la développer et m'en servir plus souvent. Tu peux m'y aider ?

— Oh, non, pas maintenant, Nelly. Je ne suis pas d'humeur. Et de toute façon, je pense que tu devrais te concentrer sur tes pouvoirs de guérison. (Elle se leva.) Il faut que j'y aille. J'ai dit à Bert que je ne m'absentais pas longtemps. Mais j'ai la hantise de rentrer. Je sais qu'il a du mal à accepter le départ d'Arthur, mais il refuse d'en parler, et ça me rend folle. Si j'ai le malheur d'aborder le sujet, il quitte la pièce.

— Les hommes ont du mal à extérioriser leurs sentiments, dit Sadie.

— Oui, mais il n'y a pas que ça. Je lui en veux de ne pas avoir essayé ne serait-ce qu'une fois de dissuader Arthur d'émigrer en Australie. (Elle poussa un gros soupir.) Je ferais mieux d'y aller. À plus tard.

— La pauvre, dit Ruth quand elle fut partie. Je ne sais pas quoi lui dire pour la réconforter.

— Qu'est-ce que tu veux lui dire ? dit Sadie en haussant les épaules. La seule chose qu'elle veut entendre c'est qu'Arthur ne va pas partir. Et je ne vois pas comment ça pourrait arriver.

Deux heures plus tard, elles eurent la surprise de voir revenir Elsie, une expression déterminée sur le visage.

— J'ai réfléchi et j'ai décidé d'organiser une fête de départ pour Arthur. Je sais que c'est un peu à la dernière minute, mais j'ai besoin d'aide. Il y a des volontaires ?

— Pourquoi ce changement soudain ? voulut savoir Ruth.

— Une dispute. J'étais en train de me prendre le bec avec Bert quand Arthur est entré. Si vous aviez vu sa tête, il avait l'air au quatrième dessous. Mon grand gaillard de fils avait les larmes aux yeux et j'ai subitement compris que je me comportais en égoïste. Pire que ça même : à cause de moi les dernières semaines qu'il passe à la maison sont un enfer.

Voyant qu'Elsie allait fondre en larmes, Nelly intervint.

— Je pense qu'une fête serait une excellente idée. Qu'en dis-tu, maman, on lui donne un coup de main ?

— Tout dépend du salaire horaire. Combien tu paies, Elsie ? lança Ruth, pince-sans-rire.

— Arrêtez ! dit Elsie, qui avait presque retrouvé le sourire. Vous allez m'aider, oui ou non ?

Nelly et Ruth échangèrent un rapide coup d'œil, soulagées de voir qu'Elsie recouvrait un peu de sa joie de vivre.

— Évidemment qu'on va t'aider. On ferait bien de s'y mettre tout de suite. Il s'embarque dans huit semaines, c'est ça ?

— Oui, dit Elsie en baissant la tête, puis, reprenant contenance, elle lança, un sourire forcé aux lèvres : Je vais faire une liste. Je veux que ce soit une fête qu'Arthur n'oubliera jamais.

La liste des plats ne cessait de s'allonger : sandwichs, pâtés en croûte, roulés à la saucisse, et, entre autres choses, Elsie insista pour qu'il y ait des fruits de mer – coques, bulots, moules et bigorneaux.

— C'est les préférés d'Arthur, et je parie qu'il n'y en a pas en Australie.

— On va jamais pouvoir préparer tout ça toutes seules, dit Ruth. Il faut qu'on trouve à se faire aider.

— Pourquoi pas demander à tante Mary ? suggéra Nelly. Je suis sûre qu'elle sera ravie de participer.

— Bonne idée ! Et aussi Nelly Cox, Peggy Green et quelques autres qui seront partantes. Et pourquoi pas ce vieux dragon de Joan Mason.

— Oh, non, par pitié, supplia Elsie. Cette femme aurait dû faire l'armée. Vous avez vu sa façon de marcher au pas, droite comme si elle avait avalé un manche à balai, en balançant les bras le long du corps ? Elle doit porter un corset, ma parole.

— Oui, je vois ce que tu veux dire, s'esclaffa Ruth. Mais n'empêche qu'elle est très organisée. Souviens-toi de la fête du couronnement en 1953.

— Mon Dieu, mais tu as une mémoire d'éléphant. C'était il y a plus de sept ans. (Elsie sourit.) Ce sont ses jumeaux qui ont gagné le premier prix au concours de déguisement. Je crois bien que le jury n'a pas osé le décerner à quelqu'un d'autre. Et tu te souviens de son mari, complètement ivre, qui flirtait avec la blonde qui vit en face de chez Nelly ?

— Et comment, rit Ruth. C'est la seule et unique fois que j'ai vu une femme mettre son mari KO d'un seul coup de poing.

— Flûte alors, Ann et moi on a raté le meilleur, se plaignit Nelly. Si j'ai bonne mémoire, on n'était pas autorisées à rester à la fête des adultes.

— Vous étiez trop jeunes, et ce n'est pas plus mal. Joan a proféré des jurons à faire rougir un grognard.

Elles riaient toutes à gorge déployée quand Sadie entra.

— On peut savoir ce que vous mijotez ? demanda-t-elle, l'air renfrogné.

Nelly sourit. Sa grand-mère n'aimait pas se sentir laissée de côté.

— On va organiser une fête, maman, lui dit Ruth.

— Ah oui, et qu'est-ce qu'on va fêter ?

Le sourire d'Elsie s'effaça d'un coup et un silence pesant s'installa.

— Le départ d'Arthur. Mais je ne crois pas que je vais avoir le cœur joyeux.

— Il faut le laisser vivre sa vie, dit gentiment Sadie. Il reviendra un jour, tu verras.

Elsie lui lança un regard triste.

— Ne le prenez pas mal, Sadie, mais j'aurais préféré que ce soit Nelly qui prononce ces mots. Parce qu'alors, je saurais pour sûr que mon fils reviendrait au bercail.

Quand elles eurent fini de tout planifier, Nelly les laissa pour aller voir Ann. Elle passa la tête par la porte de derrière et fut surprise de trouver Arthur assis au coin du feu, le regard perdu dans les flammes.

— Coucou, dit-elle. Ann est à la maison ?

Il sursauta et leva les yeux.

— Elle est en haut. Comment ça va, Nelly ?

— Bien, merci. J'ai appris que tu partais bientôt.

— Oui, bientôt. (Il se rembrunit et fronça les sourcils.) J'étais justement en train d'y penser, Nelly. J'espère que je ne suis pas en train de faire une grosse bêtise.

Elle pénétra plus avant dans la pièce.

— Tu n'es pas sûr de toi ?

— Pas exactement. Mais ça me fend le cœur de voir ma mère dans cet état. Tu as remarqué comme elle a maigri ?

— Oui, mais ne t'inquiète pas. Elle est en train de remonter la pente, et je crois qu'elle a fini par accepter de te voir partir.

— Tu crois ? demanda-t-il plein d'espoir.

— Oui, murmura-t-elle.

Le soulagement d'Arthur sautait aux yeux, et soudain elle fut certaine qu'il devait follement aimer Jenny pour vouloir la suivre à l'autre bout du monde.

— C'est bizarre, toi et moi on est voisins, mais on ne se parle pour ainsi dire jamais.

— Non, c'est vrai, concéda-t-elle.

— Tu t'es remise de ta rupture avec ton fiancé ?

— Oui, ça va bientôt faire six mois, et je suis remise, dit-elle en sentant le feu lui monter aux joues.

À sa connaissance, Arthur ignorait que John était homosexuel. Que lui dirait-elle s'il lui demandait pourquoi ils avaient rompu ?

Il se leva, s'approcha d'elle, et sentit son cœur s'emballer quand il la regarda. Il lui toucha le bras, et dit d'une voix douce :

— Nelly, je…

— Salut ! Il me semblait bien avoir entendu ta voix, dit Ann en déboulant dans la pièce. Viens dans ma chambre, Nelly, il faut que je te raconte quelque chose.

Nelly détacha son regard de celui d'Arthur et suivit Ann à l'étage, sans comprendre pourquoi ses genoux tremblaient.

— Bien, et qu'est-ce tu as de si important à me raconter ? dit-elle en chassant au loin l'étrange sensation qui s'était emparée d'elle.

— Billy m'a invitée à sortir, lui dit Ann, un grand sourire aux lèvres.

— Alors tu as finalement réussi.

— Ouais. (Ann se tortillait de joie.) Tu te souviens la première fois que je l'ai vu, Nelly ? Il était en train de choisir un disque quand on est entrées dans la maison de la jeunesse. On avait quel âge à l'époque – quatorze, quinze ans ?

— Pas loin de quinze ans, je dirais. Et bien sûr que je m'en souviens. Tu n'arrêtais pas de me parler de lui.

Nelly s'assit au bord du lit, assaillie par ses propres souvenirs. Elle rougit. Elle n'avait pas oublié qu'elle s'était enfuie quand Arthur lui avait passé un bras autour des épaules, ni sa façon de la regarder qui la terrorisait.

— On va au ciné ce soir. Tu n'as pas idée comme j'ai hâte, dit Ann.

C'est à peine si Nelly l'écoutait. Elle se rappelait l'expression d'Arthur quand ils s'étaient regardés tout à l'heure. C'était le même regard, mais cette fois elle n'avait pas eu peur. Elle avait ressenti autre chose. Les sentiments qu'Arthur éveillait en elle n'étaient pas les mêmes que ceux qu'elle avait ressentis pour John. Leur relation s'était bâtie sur une espèce de béguin infantile. Elle s'en rendait compte à présent.

31

Nelly évitait Arthur au maximum. À présent qu'Ann avait un petit ami et qu'elle sortait presque chaque soir avec Billy, elle n'allait que rarement chez Elsie.

Elle était à la mercerie, en train de passer un coup de chiffon, quand le carillon tinta et qu'une femme entra.

— Je n'arrive pas à croire que c'est le même magasin, dit celle-ci en jetant des coups d'œil admiratifs autour d'elle. Vous avez repris l'affaire de Sidney Jacob ?

— Non, je ne suis que la vendeuse, l'informa Nelly, ravie de constater qu'elle ne s'était pas donné tout ce mal pour rien.

Le fait est que la boutique avait retrouvé un air pimpant. Parfaitement astiqués, les tiroirs en acajou garnis de poignées en laiton avaient retrouvé leur gloire d'antan, révélant la superbe patine du bois.

Nelly se tenait derrière le comptoir-vitrine à l'intérieur duquel les pelotes de laine étaient joliment disposées par couleurs sur des étagères. Dessus, elle avait posé les catalogues de modèles de tricots, ainsi qu'une belle sélection de boutons sur un présentoir rotatif.

— C'est un régal pour les yeux. Comme du temps où Mme Jacobs était encore vie, dit la cliente en s'approchant lentement du comptoir. Ma fille attend un bébé, et j'aimerais de la laine pour layette – du quatre fils, si vous avez.

Nelly s'empressa de lui présenter une sélection de laines et parvint à lui vendre un patron de layette ainsi que des boutons et des rubans pour chaussons assortis au nid d'ange qu'elle avait choisi.

Lorsqu'elle ressortit de la boutique, Sid entra par l'arrière-boutique.

— Tu as assez fait grimper les ventes, Nelly, la félicita-t-il. Et maintenant, zou ! Rentre chez toi. Je crois savoir que tu vas faire la fête ce soir, pour célébrer le départ d'un voisin, c'est bien ça ?

— Oui, mais il n'est que 16 heures, protesta Nelly, surprise par sa proposition.

— Ce n'est pas grave. Après tout le mal que tu t'es donné, c'est bien mérité, et puis je peux me débrouiller seul jusqu'à l'heure de la fermeture.

— Faites bien attention si vous montez à l'échelle, surtout, s'inquiéta Nelly.

— Étant donné que tu n'as rangé là-haut que le surplus de marchandises, je n'ai pas besoin de l'échelle. Tout ce dont j'ai besoin se trouve à portée de main. C'est une bonne idée, soit dit en passant – je me demande comment je n'y ai pas pensé moi-même. Et maintenant, file avant que je ne change d'avis.

Nelly enfila son manteau et noua sa grosse écharpe de laine autour de son cou.

— Si vous insistez, dit-elle sans conviction. À lundi, Sid.

— À lundi. Et amuse-toi bien !

Elle remonta en hâte Wandsworth High Street, les mains enfoncées dans ses poches et la tête baissée pour se protéger du vent glacial. Sid lui avait dit « Amuse-toi bien », mais elle savait que c'était impossible.

*

Plus tard ce soir-là, Nelly alla s'asseoir sur un des bancs de bois qu'on avait disposés dans la salle des fêtes. Un verre de gin citron à la main, elle regardait Arthur danser avec sa fiancée. Quand la musique s'arrêta et qu'ils quittèrent la piste de danse, elle remarqua que Jenny était toute pâle et qu'elle titubait légèrement, bien qu'Arthur la tînt par la taille. Soudain, une main plaquée sur la bouche, elle courut aux toilettes. Resté seul, Arthur s'approcha de Nelly, un sourire désolé aux lèvres.

— Jenny se sent mal ? demanda-t-elle quand il s'assit à côté d'elle.

— Elle a trop bu, dit-il, avant de proposer : Je peux t'inviter à danser ?

— Non, non, merci, répondit-elle, une pointe de panique dans la voix.

— Mais enfin, Nelly, pourquoi prends-tu toujours cet air affolé quand je m'approche de toi ? Je n'ai fait que t'inviter à danser, mais à voir ta réaction, on dirait que je vais te violer.

— Je te demande pardon, murmura-t-elle, incapable de lui dire que ce n'était pas la peur qui la faisait réagir ainsi.

Elle leva les yeux et aperçut Jenny qui revenait des toilettes, des coulures de mascara sur les joues et un sourire niais aux lèvres, elle vint dans leur direction d'un pas titubant.

— Je ferais mieux de la ramener chez elle, dit Arthur en riant. À plus tard, Nelly. Si tu vois maman, dis-lui que je reviens bientôt.

Elle hocha la tête, puis se dirigea vers le bar installé à l'autre bout de la salle. Pour la première fois de sa vie, elle avait besoin de noyer son chagrin dans l'alcool.

Plus la soirée avançait et plus elle avait la tête qui tournait. La musique beuglait, montée à plein volume, et les couples se déhanchaient dans un tourbillon de jupons multicolores qui laissaient voir par instants un bout de porte-jarretelles. Elle se leva en vacillant et se dirigea vers la sortie. Elle se sentait pompette et avait besoin de prendre un peu l'air.

Elle était adossée au mur quand Arthur s'approcha.

— Ça va ? s'enquit-il.

Elle sentit les larmes lui piquer les yeux. Comment pouvait-elle lui dire la vérité ? C'était trop tard. Elle était à bout, sur le point de craquer, et savait qu'il aurait suffi d'un rien pour qu'elle se jette dans ses bras. Elle ferma les paupières en s'efforçant de se ressaisir et de résister à l'envie de lui avouer ses sentiments. *Pourquoi, mais pourquoi m'a-t-il fallu aussi longtemps pour comprendre que je l'aimais ?* songea-t-elle.

— Nelly, s'il te plaît, dis-moi ce qui ne va pas, demanda-t-il, inquiet.

Incapable de résister, elle se pencha vers lui et enfouit sa tête dans son blazer.

— Allons, viens, lui dit-il en la prenant par les épaules. Tu es frigorifiée. Je vais te raccompagner.

La tête lui tournait toujours quand ils arrivèrent devant chez elle, et Arthur dut lui prendre la clé des mains pour ouvrir la porte. Ils pénétrèrent dans le petit vestibule et quand leurs regards se croisèrent, Nelly fit involontairement un pas en avant. Arthur retint son souffle, puis l'entoura de ses bras en murmurant son nom.

Nelly savait qu'elle était ivre, mais que c'était précisément cet état second qui l'avait débarrassée de ses inhibitions. Prenant Arthur par la main, elle l'entraîna dans sa chambre à coucher.

*

C'était arrivé – la chose qu'elle redoutait depuis des années – et tout s'était passé merveilleusement. À présent, elle était dégrisée et regardait Arthur étendu à ses côtés, les paupières closes. Elle contempla sa poitrine nue et ne put résister à l'envie de faire courir ses doigts dans ses cheveux bruns. Sans ouvrir les yeux, il lui attrapa la main et la porta à ses lèvres pour l'embrasser.

— Comment te sens-tu ? lui demanda-t-il doucement.

— Bien. Merci d'avoir été aussi patient avec moi, Arthur.

— Je regrette de ne pas l'avoir su avant, Nelly. Je me suis toujours demandé pourquoi tu te refermais sur toi-même chaque fois que je t'approchais. Bon sang, j'aimerais bien prendre ton oncle entre quat'z'yeux.

— Je suis désolée si j'étais un peu nerveuse au début.

— C'est compréhensible, et au moins, maintenant, je sais pourquoi.

Soudain son regard tomba sur le réveil, et elle s'écria :

— Arthur, la fête va bientôt se finir. Il faut que tu partes, vite.

Il tourna paresseusement la tête pour regarder la pendule.

— Nom d'un chien ! fit-il en bondissant hors du lit et en enfilant une jambe de pantalon, puis la seconde en sautant à cloche-pied.

Il passa sa chemise par-dessus sa tête tout en fourrant ses pieds dans ses chaussures.

— Il faut qu'on parle, Nelly, lui dit-il en effleurant ses lèvres d'un baiser. Je passerai dans la matinée.

La porte d'entrée venait de claquer derrière lui quand elle entendit des voix qui chantaient dans la rue. C'étaient sa mère et sa grand-mère ! Vite, elle sauta du lit, et apercevant la cravate d'Arthur sur le dos d'une chaise, la roula et la jeta au fond d'un tiroir. Puis passant précipitamment une chemise de nuit, elle se remit au lit et rabattit les couvertures par-dessus sa tête.

Peu après, la porte de sa chambre s'ouvrit.

— Déjà en train de roupiller… Shal-ly ? demanda sa mère d'une voix pâteuse.

Elle ne répondit pas, gardant les paupières closes.

Quand Ruth fut ressortie, Nelly se pelotonna au fond du lit, un sourire béat aux lèvres en songeant à Arthur, si doux et attentionné.

Soudain elle pensa à Jenny et ressentit un pincement de culpabilité. Comment allait-elle accueillir la nouvelle quand Arthur lui annoncerait qu'il ne voulait plus aller en Australie parce qu'il l'aimait et qu'elle l'aimait ?

*

Nelly fut réveillée par de grands coups frappés à la porte. Elle jeta un rapide coup d'œil à la pendulette. Il était à peine 7 heures. Qui cela pouvait-il être de si bonne heure un dimanche matin ?

Elle s'extirpa du lit, enfila sa robe de chambre et descendit sans bruit au rez-de-chaussée. Sa mère et sa grand-mère n'avaient pas bronché, ce qui n'avait rien de surprenant. Qu'est-ce qu'elles chantaient déjà, hier soir à tue-tête, quand elles étaient rentrées ? Ah oui, une des chansons préférées de Sadi – « My Old Man Said Follow the Van ».

La rengaine s'interrompit brusquement dans sa tête lorsqu'elle ouvrit la porte et se retrouva nez à nez avec Jenny Jackson, les cheveux en bataille et les lèvres pincées. Elle entra sans y être invitée et se dirigea vers la cuisine d'un pas martial, Nelly à sa suite.

— J'étais peut-être un peu grise, hier, Nelly Marchant, mais pas aveugle, cracha-t-elle en se plantant au centre de la pièce, les bras croisés sur sa poitrine. J'étais dans le salon, chez moi, et je vous ai aperçus par la fenêtre, Arthur et toi. Qu'est-ce qui se passe ?

— Je... je ne me sentais pas bien, bredouilla Nelly, incapable de mettre de l'ordre dans ses pensées, et Arthur a proposé de me raccompagner.

— Ah ouais ? C'est bizarre, il m'a semblé le voir entrer avec toi... par contre, je l'ai pas vu ressortir.

Nelly regarda un instant Jenny sans réagir jusqu'à ce qu'une réponse lui vienne subitement.

— C'est parce qu'il est ressorti par la porte de derrière.

Jenny plissa les yeux et commença à faire les cent pas dans la pièce.

— Je sais qu'Arthur en pince pour toi, Nelly. Je vois bien comment il te regarde. Mais tu ne l'auras pas ! (Elle se figea soudain, un regard triomphant dans les yeux.) Il y a une chose qu'il ne sait pas encore et que je vais lui annoncer aujourd'hui.

— Qu'est-ce qu'il ne sait pas ? demanda Nelly, bien qu'ayant deviné ce que Jenny allait dire.

— Je suis enceinte ! lança-t-elle en fixant Nelly de ses yeux bleus. J'attends l'enfant d'Arthur.

Nelly baissa la tête pour cacher son désarroi, puis, prenant un air dégagé, haussa les épaules.

— Bah, dit-elle, tu n'as pas de souci à te faire de ce côté-là. Et maintenant, si ça ne t'ennuie pas, j'aimerais aller m'habiller.

— C'est bon, mademoiselle Pimbêche, je m'en vais. J'ai hâte de voir la tête d'Arthur quand il l'apprendra, gloussa-t-elle.

Nelly avait l'estomac noué quand elle regagna sa chambre.

La veille au soir, elle nageait dans le bonheur, et voilà que ce matin son bonheur s'était envolé. Tout était fini avant même d'avoir commencé. Il n'y avait rien qu'elle puisse faire pour séparer Arthur et Jenny. Un bébé avait besoin de ses deux parents. Elle savait ce que c'était que d'être privée d'amour paternel, et pour rien au monde elle n'aurait voulu infliger cela à un enfant innocent.

Mais pourquoi n'avait-elle eu aucune prémonition ? *Pourquoi suis-je capable de prédire l'avenir des autres mais pas le mien ?* se lamenta-t-elle en se jetant sur son lit.

*

Il était 15 heures quand Arthur vint frapper doucement à la porte de derrière. Nelly jeta un rapide coup d'œil à sa mère et sa grand-mère qui somnolaient chacune dans son fauteuil, comme chaque dimanche après déjeuner. Décrochant en vitesse son manteau, elle sortit sur l'arrière, un doigt posé sur ses lèvres.

Arthur était pâle et avait les traits tirés. Il se passait nerveusement les mains dans les cheveux, et la regardait en secouant la tête, comme s'il ne pouvait pas parler.

Nelly ressentit un immense élan d'amour pour lui. Elle avait longuement réfléchi à ce qu'elle allait faire. C'était terrible, mais elle n'avait pas le choix. Si elle ne laissait rien paraître de ses sentiments, Arthur irait en Australie sans savoir combien elle l'aimait.

Rejetant les épaules en arrière et feignant la mauvaise humeur, elle dit :

— Je suis occupée, Arthur. Il y a quelque chose que tu voulais me dire ?

Son attitude le prit de court, mais il secoua la tête comme pour s'éclaircir les idées et dit :

— C'est au sujet d'hier soir, Nelly. Il s'est passé quelque chose. Ce matin, Jenny est venue me dire…

— Je suis au courant, le coupa-t-elle. Jenny est venue me trouver moi aussi. Elle nous a vus ensemble et elle était un peu jalouse. (Elle haussa nonchalamment les épaules.) Je lui ai dit que tu n'avais fait que me raccompagner et que l'affaire est close. Pas besoin de faire tout un pataquès d'une simple passade d'un soir de beuverie.

— Une passade ? murmura-t-il. C'est tout ce que c'était pour toi ?

— Oui, et c'est la même chose pour toi, j'en suis sûre. Ça nous apprendra à picoler comme des trous.

Elle s'obligea à tourner la tête pour ne pas voir le chagrin dans ses yeux.

Il y eut un silence consterné durant lequel le visage d'Arthur s'empourpra.

— Bon sang, quel idiot j'ai été ! J'aurais dû m'en douter, après toutes ces années passées à m'éviter. (Il lui agrippa le bras.) Jenny t'a parlé du bébé ?

— Oui, félicitations, répondit Nelly sur un ton qui se voulait léger.

Il eut un regard écœuré.

— Nom d'un chien ! Et dire que je me demandais comment j'allais te l'annoncer. (Il la relâcha.) Je me suis monté le bourrichon tout seul en fin de compte. Dieu merci, je n'ai rien dit à Jenny de ce qui s'est passé entre nous.

— Il n'y a pas de *nous*, Arthur.

— Oui, tu as été on ne peut plus claire à ce sujet, dit-il, avant d'ajouter d'une voix plus ferme : J'ai dit à Jenny de ne parler à personne du bébé. Maman est déjà bien assez triste de me voir partir, si elle apprend en plus que Jenny est enceinte, ça va lui briser le cœur de ne pas voir naître son premier petit-enfant. Je lui écrirai pour la mettre au courant dès que nous serons en Australie. Je peux compter sur ton silence ?

— Évidemment. Et maintenant, il faut que j'y aille, dit-elle sentant ses jambes flancher.

Incapable de jouer la comédie plus longtemps, elle tourna les talons.

— Attends, Nelly. Laisse-moi au moins une dernière chance de…

— À plus tard, parvint-elle à articuler avant de se précipiter à l'intérieur de la maison.

Cette fois, les dés sont jetés, songea-t-elle. *Il part dans cinq jours et je ne le reverrai plus jamais.*

32

Nelly avait eu du mal à cacher ses sentiments et son masque d'indifférence commençait à se craqueler. Jusqu'ici, elle avait tant bien que mal réussi à l'éviter, tout en souffrant le martyre intérieurement. Et voilà que le jour fatidique du départ pour l'Australie était arrivé.

Debout à la fenêtre de sa chambre, elle les regarda tous s'entasser dans la voiture. Elsie, complètement défaite, Bert avec un visage de marbre, et Ann déjà en train de tremper son mouchoir. Son estomac chavira quand elle le vit, sa valise à la main. *Arthur, oh, Arthur !*

— Nelly ! lui cria sa mère. Tu ne descends pas dire au revoir ?

Oh, mon Dieu, non, je ne peux pas. Je ne peux pas. Je vais m'effondrer.

— Nelly ! insista sa mère.

Elle inspira profondément plusieurs fois, comprenant que son absence risquait d'éveiller les soupçons, puis rejetant les épaules en arrière, descendit lentement l'escalier.

— Ça ne va pas ? lui demanda sa grand-mère inquiète. Tu es toute pâle.

Elle ne répondit pas. Elle en était incapable. Ses jambes tremblaient tellement qu'elle avait de la peine à mettre un pied devant l'autre. Une fois sur le trottoir, elle baissa la tête quand Arthur se tourna vers elle, consciente qu'il risquait de voir son chagrin si leurs regards se croisaient.

Dieu merci, sa mère s'élança vers Arthur, lui laissant quelques instants de répit.

— Au revoir, mon grand, lui dit-elle en le prenant dans ses bras. Et bon voyage. N'oublie pas d'écrire.

— Je n'oublierai pas, Ruth. Et toi, garde un œil sur maman, d'accord ?

— Bien sûr, on sera tous là pour elle, dit-elle en désignant la rue d'un geste circulaire.

— Merci, vous allez me manquer, dit-il la gorge serrée par l'émotion.

Nelly sentit l'air lui manquer. Il s'était détaché du groupe et arrivait dans sa direction. Il fallait qu'elle reste calme. Trop de gens étaient présents et les regardaient.

— Au revoir, Nelly, dit-il doucement.

Il fallait qu'elle relève la tête et prenne l'air naturel. Elle fixa son menton.

— Au revoir, Arthur, et bonne chance, dit-elle, la voix tremblante.

— Nelly, murmura-t-il.

— Prends soin de toi, Arthur, dit Sadie, qui s'était approchée et avait posé une main sur son bras.

Profitant de cet instant de distraction, Nelly se détourna prestement en retenant ses larmes. Voyant qu'Ann l'observait depuis l'arrière de la voiture, Nelly agita la main dans sa direction, puis se dépêcha de rentrer.

*

Assis sur la banquette avant à côté de son père, Arthur avait l'esprit ailleurs. C'est à peine s'il avait vu

Nelly ces derniers jours. À l'évidence, elle cherchait par tous les moyens à l'éviter. Mais pourquoi ? Il avait essayé de lui parler quand elle était sortie pour lui dire au revoir, mais sa grand-mère les avait interrompus. Comment avait-il pu se fourvoyer à ce point ? Le soir où ils avaient fait l'amour, il était certain que leurs sentiments avaient été réciproques et il avait décidé de ne pas partir en Australie.

Et puis le lendemain, Jenny lui avait annoncé qu'elle était enceinte, et le ciel lui était tombé sur la tête. Il avait écarquillé des yeux effarés, incapable d'en croire ses oreilles. Il était pourtant certain de s'être retiré à chaque fois au bon moment. Jenny s'était mise à babiller à tort et à travers au sujet du bébé, en se demandant s'ils devraient annoncer publiquement la nouvelle avant leur départ, mais il lui avait dit de garder la nouvelle secrète pour le moment, et quand elle était partie, il était resté enfermé pendant des heures dans sa chambre à ruminer.

Que pouvait-il faire ? Rien. Il ne pouvait pas rompre avec Jenny alors qu'elle portait son enfant !

Lorsqu'il était allé annoncer la chose à Nelly, la mort dans l'âme, il s'était senti complètement floué quand elle lui avait dit qu'elle n'éprouvait rien de spécial pour lui. Comment était-ce possible ? Elle était vierge, de cela il était certain, mais alors comment pouvait-elle prendre ce qui s'était passé entre eux avec une telle désinvolture ?

— Jenny et ses parents ne sont partis qu'un quart d'heure avant nous, dit soudain son père, interrompant ses pensées. On devrait pouvoir les rattraper.

— Oui, répondit-il en essayant d'ignorer les sanglots qui lui parvenaient de la banquette arrière.

Il n'avait pas voulu que sa famille l'accompagne jusqu'au port, mais ils avaient insisté et maintenant, il regrettait de ne pas avoir été plus ferme.

Ils n'échangèrent que quelques mots durant le trajet et c'est avec soulagement qu'ils atteignirent Southampton. Il leur fallut un certain temps avant de repérer Jenny et ses parents dans la foule. Et quand ils les retrouvèrent, les Jackson semblaient impatients de monter à bord.

Arthur se tourna vers sa mère et quand son regard croisa le sien, son cœur se serra douloureusement.

— Au revoir, maman, murmura-t-il en serrant la petite femme grassouillette contre son cœur.

— Oh, mon fils, mon fils, sanglota-t-elle.

Il relâcha son étreinte, embrassa Ann dont les joues ruisselaient de larmes, et après avoir échangé une poignée de main avec son père, il tourna les talons. Mais son père le rattrapa, et Arthur se sentit soudain happé par les deux immenses bras de Bert.

— Au revoir, fiston. Si jamais ça ne va pas comme tu veux là-bas, ou si tu changes d'avis, n'hésite pas à écrire. Tu sais que tu peux revenir à la maison.

— Je dois partir, dit-il en s'engageant sur la passerelle, en route pour une nouvelle vie.

33

— On peut savoir ce qui te tracasse ? demanda Sid en venant rejoindre Nelly derrière le comptoir. Tu n'es pas dans ton assiette ces derniers temps.

— Si, si, tout va bien, lui assura-t-elle en se mettant à fouiller dans les tiroirs.

Il alla verrouiller la porte.

— Bien, c'est l'heure de la pause de midi. Suis-moi à l'étage, s'il te plaît.

Elle lui lança un regard nerveux. Il avait l'air contrarié. Allait-il la renvoyer ? Depuis le départ d'Arthur, il avait dû remarquer qu'elle ne mettait plus autant de cœur à l'ouvrage.

Il était évident qu'elle avait perdu goût à tout ces temps-ci, et pas seulement à son travail. Elle pensait sans cesse à Arthur ; le soir quand elle s'endormait, et le matin, quand elle se réveillait. Et elle avait l'estomac noué par le chagrin.

— Il faut qu'on parle, Nelly, lui dit Sid en lui faisant signe de s'asseoir.

Il n'y avait aucune colère dans les yeux du vieil homme, juste de la commisération, et soudain, toutes les émotions qu'elle gardait enfouies en elle remontèrent à la surface et elle éclata en sanglots.

Le silence se fit dans la pièce quand elle parvint enfin à se calmer. Sid ne dit rien. Il s'approcha du vieil évier en zinc et remplit la bouilloire, qu'il posa ensuite sur le feu, puis revint s'asseoir, les coudes sur la table.

— Tu sais, Nelly, quand mon épouse est morte, j'ai eu envie de la suivre dans la tombe. C'était une femme merveilleuse, ma Rachel, et on était ensemble depuis plus de quarante ans.

Nelly le regarda et il lui sourit gentiment.

— Tu te demandes sans doute où ce vieux radoteur cherche à en venir ? J'essaie simplement de te dire que le temps finit par tout arranger et que tu te remettras de la perte de ton amoureux. Tu verras.

Elle secoua la tête pour nier. Mais il reprit :

— Laisse le temps faire son œuvre. Ma Rachel, qui était pleine de bon sens, disait que les larmes sont le meilleur remède contre le malheur. Et c'est vrai.

Sid pense que je suis brave, songea Nelly, *alors qu'en réalité je suis lâche. Je n'ai pas eu le courage de dire ce que je ressentais pour Arthur, en particulier à Elsie. Elle ne me pardonnera jamais si elle découvrait que j'aurais pu le dissuader de partir et que je ne l'ai pas fait.*

Noël avait été un vrai fiasco. Elsie les avait invitées au repas de famille, et malgré les efforts de Ruth et de Sadie pour détendre l'atmosphère, l'absence d'Arthur s'était cruellement fait sentir et cela n'avait fait que décupler son sentiment de culpabilité.

Parler avec Sid l'avait obligée à regarder la situation en face et à analyser ses sentiments. Pleurer avait dû lui faire du bien, car elle comprenait à présent qu'Arthur était parti pour de bon – pour toujours – et qu'elle allait devoir faire sa vie sans lui.

Elle se leva, déterminée à se ressaisir.

— Vous avez raison. Je vais faire un saut à la boulangerie et acheter des petits pains bien croustillants.

— Et que dirais-tu d'une bonne soupe de poulet pour aller avec, Nelly ?

Quand il eut mangé tout son content, il se renversa sur sa chaise et se tapota le ventre avec satisfaction.

— Les affaires marchent du tonnerre, Nelly. Les articles spécial Noël que tu as commandés se sont presque tous vendus, en particulier les nécessaires à couture. Et nous n'aurons quasiment rien à solder en janvier. Mais ce n'est pas le moment d'en parler. Rentre chez toi, tu ne voudrais pas gâcher ta demi-journée de congé.

Quand elle redescendit à la boutique, un rapide coup d'œil circulaire lui indiqua que tout était en place et parfaitement rangé. Rassurée, elle enfila son manteau et sortit.

Dehors, le ciel était couvert et la pluie menaçait. Elle sentit son moral s'effondrer et sa détermination s'étioler, tandis que ses pensées se tournaient à nouveau vers Arthur.

*

Elsie contemplait les cartes de tarot, incapable de les interpréter. La seule chose qui lui sautait aux yeux était qu'elle allait recevoir une lettre. Elle secoua la tête avec humeur. Elle n'avait pas besoin des cartes pour cela. Arthur avait pris la mer depuis six semaines et allait bientôt débarquer en Australie.

Quelque chose allait se passer, elle le sentait – mais quoi ? Elle ramassa ses cartes, les enveloppa dans un carré de soie et les rangea dans leur coffret. La pièce semblait vide sans les décorations de Noël, et pourtant elle était contente de les avoir ôtées. Leur premier Noël sans Arthur avait été un supplice, Bert refusant de parler, se contentant de dire que dorénavant ses camions de déménagement ne porteraient plus le logo *Jones & Fils*.

Elle avait invité Ruth, Nelly et Sadie à se joindre au repas de famille. Une mauvaise idée, car ils s'étaient retrouvés à broyer du noir tous ensemble. La pauvre Nelly n'avait quasiment pas décroché un mot, leur chagrin à tous déteignant sur elle.

La porte s'ouvrit, et Bert entra, comme si le fait de penser à lui l'avait fait se matérialiser.

— Bonjour, mon chéri, comment se fait-il que tu sois à la maison d'aussi bonne heure ? s'étonna-t-elle.

Il ôta sa casquette, tira une chaise et s'assit en la regardant droit dans les yeux. Elsie fut parcourue d'un frisson. Qu'allait-il lui annoncer ? Une chose importante, certainement.

— On a trois camions maintenant, ma chérie, et on va peut-être devoir en acheter un quatrième bientôt. Je ne peux plus porter de poids, comme tu le sais, et je passe le plus clair de mon temps au bureau à m'occuper de la paperasse et des devis. La semaine dernière, j'ai jeté un coup d'œil à la comptabilité et j'en suis venu à la conclusion que les affaires étaient florissantes.

— C'est vrai, qu'on s'en sort bien. Mais pourquoi est-ce que tu me dis tout ça ?

— Tu te souviens de ce que je t'ai promis le jour où on a emménagé ici ?

— Comment veux-tu que je m'en souvienne, c'était il y a presque huit ans.

— Eh bien, moi, je n'ai pas oublié. Je n'ai pas oublié la tête que tu as faite quand tu as vu cette maison. J'ai tout de suite compris que tu la détestais même si tu faisais semblant de rien.

— Il est vrai qu'elle ne me plaisait guère au début, mais on a connu des jours heureux ici, dit-elle en s'emparant d'un torchon, avant d'ajouter: Jusqu'à récemment.

Bert hocha la tête.

— Le jour où on a emménagé, je t'ai dit qu'on ne resterait pas ici pour toujours.

— Oui, c'est vrai que tu as dit ça, sourit Elsie. Et je ne t'ai pas pris au mot, heureusement.

Il lui rendit son sourire.

— Mais maintenant, tu le peux. C'est pour ça que je suis rentré de bonne heure. J'ai établi un devis pour un couple qui va partir s'installer dans un logement plus petit, et dès que je suis entré dans leur maison, j'en suis tombé amoureux. Viens, mets ton manteau pour que je te la montre. Et si elle te plaît, on l'achète.

La mâchoire d'Elsie s'affaissa. Elle n'en croyait pas ses oreilles.

— Attends une seconde, Bert. Laisse-moi digérer la nouvelle, tu veux bien ?

— Il faut qu'on y aille tout de suite, Elsie. J'ai dit au couple que j'allais revenir avec toi et ils nous attendent.

Elle se leva. Les pensées se bousculaient dans sa tête. Elle savait que les affaires marchaient bien, mais de là à pouvoir acheter leur propre maison ! Elle n'osait pas y croire. Elle se donna un rapide coup de peigne, mit une touche de rouge à lèvres et décrocha son plus beau manteau.

— Je suis prête, dit-elle en suivant son mari.

*

Elle est magnifique ! songea Elsie lorsqu'ils se garèrent devant la maison. Bert avait raison, et sans même l'avoir visitée, elle savait qu'elle allait l'adorer. Pendant le trajet, elle avait senti l'excitation la gagner en comprenant qu'ils prenaient la direction de Wimbledon.

Quand ils descendirent de voiture, elle admira l'avenue bordée de grands arbres. À cette saison ils étaient dénudés, mais au printemps, quand ils refleuriraient, une nuée de fleurs roses et blanches prendrait possession de la rue. Elle se tourna pour admirer à nouveau la villa, avec sa façade de brique rouge, ses fenêtres à meneaux et son toit à pignon, comprenant qu'elle serait encore plus belle en été quand la glycine serait en fleur.

— Oh, Bert, c'est merveilleux, murmura-t-elle.

Il la prit par le bras et, ensemble, ils franchirent le portail. Une haie de buissons, feuillus et rosiers soigneusement taillés, bordait l'allée.

— J'ai hâte de voir l'intérieur, dit-elle en frissonnant d'excitation.

À mesure que le vieux couple leur faisait visiter le rez-de-chaussée, Elsie était de plus en plus conquise. Depuis le hall d'entrée lambrissé de chêne massif jusqu'à la cuisine dallée de terre cuite, tout était parfait.

— Ann va l'adorer, elle aussi, dit-elle à Bert.

— Mon mari va vous montrer les chambres. J'ai du mal à monter les escaliers, s'excusa gentiment la vieille dame.

— Oh, c'est pour cela que vous déménagez ? demanda Elsie.

— Oui, nous avons trouvé un joli petit pavillon de plain-pied à Bournemouth et vivre sur la côte nous consolera de quitter notre chère maison.

Elsie lui sourit et suivit son mari au premier. Les chambres étaient spacieuses, et lorsqu'elle jeta un coup d'œil par la fenêtre de l'une d'elles, elle eut la surprise de découvrir un grand jardin de près de cent pieds de long sur l'arrière, presque entièrement engazonné. Elle se voyait déjà y plantant une profusion de fleurs d'été.

— Alors, qu'en dis-tu, ma chérie ? Je fais une offre ?

— Oui, oh oui, c'est tout simplement parfait ! s'écria-t-elle en serrant Bert dans ses bras.

De retour au rez-de-chaussée, Elsie admira à nouveau le grand séjour tandis que Bert négociait avec le vieux couple, qui, presque immédiatement, accepta son offre.

— J'ai hâte ! lui dit-elle tandis qu'ils regagnaient la voiture.

— Si je trouve un bon notaire et que tout marche comme je l'espère, on pourra emménager dans un mois environ.

Ce n'est que lorsqu'ils reprirent le chemin de Battersea qu'Elsie se mit à penser à ses amies. Les Marchant allaient beaucoup lui manquer. Elles étaient devenues des membres de la famille à part entière, et à l'idée de les quitter son humeur s'assombrit.

— Qu'est-ce qui t'arrive, tu ne dis plus rien tout d'un coup ? s'étonna Bert.

— J'étais en train de penser à Ruth et Nelly, et à Sadie aussi.

— Elsie, on part s'installer à Wimbledon. Ce n'est pas le bout du monde. Tu pourras continuer de les voir.

— Mais ce ne sera plus comme avant, dit-elle, songeuse.

— Tu vas faire la connaissance de nouvelles voisines, répondit-il.

Oui, mais est-ce qu'elles seront aussi chaleureuses ? se demanda-t-elle. L'avenue était quasi déserte. Personne aux fenêtres, pas d'enfants en train de jouer dans la rue, et Elsie se voyait mal aller frapper chez ses nouvelles voisines pour leur demander si la bouilloire était en route.

Elle se retourna sur son siège pour jeter un dernier coup d'œil à la maison. Elle était si belle, pour ne pas dire magnifique, à côté de celle de Candle Lane. Bert avait raison, elle allait se faire de nouvelles amies. Cela prendrait un peu plus de temps, voilà tout.

— Je retourne au dépôt, lui dit Bert en s'arrêtant devant chez eux.

— Entendu, mon chéri, dit Elsie encore perdue dans ses pensées. À ce soir.

Elle venait juste d'ôter son manteau et de mettre la bouilloire sur le feu quand la porte de derrière s'ouvrit.

— Eh ! Où es-tu allée, toute pomponnée comme ça ? demanda Ruth, en souriant.

— Rien ne t'échappe, ma parole, dit Elsie. J'allais faire du thé, ça te dit ?

— À ton avis ?

Elsie sourit et commença à verser l'eau frémissante dans la théière. Inspirant soudain profondément, elle lança de but en blanc :

— Bert m'a emmenée visiter une maison.

— Et pourquoi cela ?

— Il veut l'acheter, dit-elle en se retournant vers Ruth, dont le visage s'était figé.

— Tu veux dire que vous allez partir ?

— Oui, dans un mois environ. Écoute, Ruth, ce n'est qu'à Wimbledon, on pourra continuer de se voir. Je viendrai te rendre visite chaque semaine, et réciproquement. Il n'y a pas de raison pour qu'on perde le contact.

Ruth hocha la tête, un sourire tremblant aux lèvres.

— Je suis contente pour toi, tu sais. Simplement, ça m'a fait un choc. Je comprends que tu aies envie de quitter ce quartier. Beaucoup de gens ont déjà déménagé et ce n'est plus comme avant. Joan Mason va aller s'installer dans une de ces nouvelles barres d'immeubles. (Elle grimaça.) Je ne sais pas ce qui lui a pris de vouloir aller croupir dans une cage à poules.

Elsie voyait bien que Ruth s'efforçait de cacher sa déception ; elle se tordait nerveusement les mains. Elle lui décrivit brièvement sa nouvelle maison, sa propre joie diminuant à mesure que le désarroi de son amie allait croissant.

Plus tard, quand Ann rentra, sa réaction ne fut pas non plus celle à laquelle Elsie s'attendait. Elle se dit catastrophée à l'idée de quitter Battersea, sans parler du temps passé dans les transports pour se rendre au travail, et alla s'enfermer dans sa chambre en boudant. Ce qui ne lui ressemblait pas.

Quand Bert rentra à son tour, l'atmosphère qui régnait autour de la table du dîner ne manqua pas de le surprendre.

— Qu'est-ce qui se passe ? voulut-il savoir. Pourquoi vous tirez toutes les deux des têtes de six pieds de long ?

Ann se renfrogna, délaissant sa côte de porc.

— Je n'ai pas envie de déménager, papa.

Voyant qu'il se raidissait, Elsie adressa un regard de reproche à sa fille.

— Tant pis pour toi, Ann, il va falloir que tu t'y fasses, lui dit son père. C'est une maison charmante et nous avons déjà fait une offre.

— Dans ce cas, je vais louer une chambre dans le quartier, répliqua-t-elle avec humeur.

— Il n'en est pas question, grogna Bert. Tu n'es pas encore en âge de partir vivre seule de ton côté.

— Je vais avoir dix-huit ans en mars. Tu ne peux pas m'en empêcher.

Elsie sursauta en voyant sa bonne pâte de mari se lever brusquement de sa chaise.

— Si tu t'en vas, sache que tu ne pourras plus revenir ! rugit-il, sa voix faisant trembler les murs. Je m'en lave les mains. D'abord mon fils part en Australie, et maintenant, tu menaces de t'en aller. As-tu seulement pensé à ta mère et moi ? On a besoin d'un nouveau départ, loin de ce quartier nauséabond.

Les traits d'Ann se crispèrent et elle se leva d'un bond.

— Attends, lui cria sa mère en lui attrapant le bras. Ton père ne le pensait pas.

S'arrachant à son étreinte, elle se précipita vers l'escalier tandis que Bert s'affalait sur sa chaise, dépité.

— Je suis désolé, Elsie, je ne sais pas ce qui m'a pris. Je ferais peut-être bien de monter lui parler.

Elle secoua la tête.

— Mieux vaut la laisser tranquille, mon chéri. Elle va se calmer. Depuis le départ d'Arthur, on est tous un peu sur les nerfs.

Comme prédit par Elsie, Ann revint la tête basse un quart d'heure plus tard. Elle avait les yeux rouges d'avoir pleuré.

— Désolée, papa, murmura-t-elle. Je ne sais pas ce qui m'a pris. Bien sûr que je ne partirai pas de la maison.

Elsie sourit et son mari prit la main d'Ann dans la sienne, soulagé.

— Je suis désolé aussi, ma grande. De toute façon, tu n'aurais jamais abandonné ton vieux papa.

— Comment le pourrais-je ? Si tu es vieux, je dois m'occuper de toi, répondit-elle en riant et en pleurant à la fois.

Elsie soupira. Bert avait sans doute raison : ils avaient besoin d'un nouveau départ.

34

Une semaine plus tard, Nelly s'apprêtait à partir travailler quand Elsie arriva en courant, une lettre à la main.

— C'est Arthur ! s'écria-t-elle tout excitée.

— Comment va-t-il ? s'enquit Ruth.

— Il dit qu'il fait très chaud et qu'ils sont logés dans une pension de famille en attendant d'avoir trouvé leur propre logement. Il n'est pas mécontent de son travail, mais il pense pouvoir trouver mieux. (Elle se gratta la tête et fronça les sourcils.) J'ai l'impression que c'est pas la grande joie là-bas.

— Bah, donne-lui le temps de se retourner, dit Ruth. Il vient juste d'arriver.

Nelly écoutait la conversation, s'attendant à entendre quelques mots au sujet de Jenny, mais Elsie ne faisait que parler d'Arthur, qui avait eu le mal de mer, et patati et patata, et qui était content d'être sur la terre ferme.

— C'est tout ce qu'il raconte ? demanda-t-elle avec un coup d'œil nerveux à la pendule.

— En gros, oui. Il dit que nous lui manquons et qu'il espère qu'on va tous bien. Tu pars travailler, Nelly ?

— Oui, répondit-elle d'une voix distraite. J'étais sur le point de sortir. À plus tard.

Tout en se hâtant de gagner l'arrêt de bus, elle se demandait pourquoi il n'avait pas dit à sa mère que Jenny attendait un enfant. Était-ce parce qu'il attendait qu'ils soient mariés ?

Ses pensées se tournèrent ensuite vers Ann, qui allait partir vivre à Wimbledon. Elle allait lui manquer, et Elsie aussi. Elles étaient voisines depuis plus de sept ans, et Ann et elle étaient devenues comme des sœurs, et bien qu'elles se soient juré de continuer de se voir le plus possible, ce ne serait plus jamais pareil.

Il était 9 heures quand elle atteignit la boutique. Elle se précipita à l'intérieur. Sid n'était nulle part visible, si bien qu'elle alla accrocher son manteau dans la remise et revint sur le devant et se mit aussitôt à astiquer le comptoir.

— Si tu passes trop souvent le chiffon, il va finir par disparaître, plaisanta-t-il en entrant avec deux tasses de thé. (Il lui en tendit une.) J'ai mis deux sucres, Nelly. Bois-le pendant qu'il est chaud, ça te fera du bien.

Elle prit la tasse avec gratitude et but une gorgée de thé bien infusé. Presque aussitôt, elle devint toute blanche et fut prise de haut-le-cœur.

— Oh, mon Dieu, Sid, je vais vomir, s'écria-t-elle en filant aux toilettes.

Après avoir vomi, elle regarda son reflet déformé dans la glace au-dessus du lavabo tout en se demandant pourquoi elle avait eu la nausée. Elle était en train de s'asperger la figure d'eau froide, quand elle comprit pourquoi. Elle n'avait pas eu ses règles le mois dernier et ce mois-ci non plus. *Oh, mon Dieu*, songea-t-elle. *Je suis enceinte*. Elle se mit à vaciller, le cœur battant à tout rompre. Qu'allait dire sa mère quand elle allait lui annoncer ?

Quand elle revint dans la boutique, Sid la regarda d'un drôle d'air.

— Tu n'as pas l'air dans ton assiette, Nelly, tu ferais peut-être mieux de rentrer chez toi.

— Non, non, tout va bien, je vous assure, dit-elle, une pointe de panique dans la voix.

Si elle rentrait, sa mère lui demanderait ce qui n'allait pas.

— Nelly, tu sais pourquoi tu as vomi ?

Elle le regarda, prise de court, et rougit. Puis elle s'empara à nouveau du chiffon et recommença à astiquer le comptoir en marmonnant :

— J'ai dû manger quelque chose qui n'est pas passé.

— Non, ma grande, ça fait trois matins de suite que tu es malade, et je pense que tu sais pourquoi.

Elle ignora sa question, mais il la saisit par le bras et l'obligea gentiment à le regarder dans les yeux.

— Tu attends un bébé, Nelly. Rachel aussi vomissait le matin.

Ses épaules s'affaissèrent.

— Vous allez me renvoyer ? murmura-t-elle.

— Non, bien sûr que non ! Mais je suppose que tu vas démissionner quand tu te marieras.

— Je ne vais pas me marier. Le père du bébé est en Australie.

— Oh, mon Dieu ! Qu'est-ce que tu vas faire ?

— Je n'en sais rien. Ma mère va être furieuse quand elle l'apprendra.

Sid secoua la tête, visiblement préoccupé.

— Tu ne pourras pas le lui cacher éternellement, Nelly.

*

Ce soir-là, quand Nelly rentra à la maison, elle trouva sa mère et sa grand-mère en train de discuter du départ d'Elsie. Toutes deux étaient visiblement affectées.

— Ah, Nelly ! dit sa mère. Tu as l'air frigorifiée. Le dîner est bientôt prêt.

Sadie sourit à sa petite-fille en lui faisant signe de s'approcher du feu.

— Viens donc te réchauffer, ma poulette.

Nelly s'assit et se perdit dans ses pensées, ne suivant que de loin la conversation de Ruth et de Sadie. Il fallait qu'elle leur dise, elle n'avait pas le choix, mais elle était morte de peur.

Elle avait les yeux fixés sur les flammes qui dansaient dans l'âtre quand une image commença à se former devant ses yeux. Était-ce son imagination ? Elle voyait Arthur debout à la proue d'un navire contemplant l'océan. Elle battit des paupières, et la vision s'évanouit quand sa mère lui dit :

— Allons, à table, Nelly. Ma parole, tu es dans la lune, ce soir.

Elle s'attabla et regarda son assiette pleine à ras bord de bœuf braisé et de purée de pommes de terre. La gorge sèche, elle prit sa fourchette et la planta sans conviction dans la viande.

— Ça n'a pas l'air d'aller, ma chérie. Tu es toute pâle, s'inquiéta soudain sa mère.

Reposant sa fourchette avec le morceau de bœuf intact, Nelly rassembla son courage et déclara :

— Il y a quelque chose que je dois vous dire.

— Eh bien, vas-y, qu'attends-tu ?

La gorge serrée et incapable de prononcer un mot, elle regarda sa mère et sa grand-mère, puis secoua la tête.

— Tu as été virée ? demanda Ruth, compatissante. T'en fais pas, tu retrouveras vite du boulot.

— Oh, maman, je… je…, bredouilla-t-elle, les larmes aux yeux.

— Qu'est-ce qui se passe, enfin ?

Elle se tourna vers sa grand-mère, mais les mots ne lui vinrent pas davantage et elle baissa la tête.

Une vieille main déformée par l'arthrose et piquetée de taches brunes se posa sur la sienne.

— Allons, Nelly, dis-nous ce qui ne va pas. Un problème partagé est un problème à moitié résolu, l'encouragea Sadie.

Oh, mamie, songea-t-elle, *tu vas avoir si honte de moi.*

Mais elle n'avait pas le choix, il fallait qu'elle leur dise.

— J'attends un enfant, cracha-t-elle d'un coup, sentant son visage s'enflammer.

Un silence terrible se fit dans la pièce. Levant les yeux, elle vit que sa mère et sa grand-mère s'étaient figées comme des statues de marbre.

— Non, c'est impossible, finit par dire sa mère. Il faut être deux pour cela, Nelly, et tu n'as pas de petit ami. Comment pourrais-tu être enceinte ?

— Tu es certaine, Nelly ? Je veux dire, enceinte de combien ? demanda sa grand-mère.

— Il y a deux mois que je n'ai pas eu mes règles, murmura-t-elle.

Sa mère plissa les paupières, fit un rapide calcul mental.

— C'est-à-dire plus ou moins quand on a fêté le départ d'Arthur. Si tu as rencontré un garçon à ce moment-là, tu l'as bien caché.

Nelly sursauta quand sa mère abattit son poing sur la table en hurlant :

— Qui qu'il soit, il faut qu'il t'épouse, ma fille, et vite !

— Calme-toi, intervint Sadie. Nelly, s'il te plaît, dis-nous qui tu fréquentes.

Elle secoua la tête.

— Je ne fréquente personne. Je ne sais pas qui est le père, mentit-elle.

— Quoi ! explosa sa mère. Tu le sais forcément. Tu ne vas pas nous faire croire que tu es la Sainte Vierge ? ajouta-t-elle sarcastique.

— Attends une minute, Ruth, insista Sadie. Il y a forcément une explication. Nelly, demanda-t-elle en se penchant vers sa petite-fille, est-ce qu'un homme a abusé de toi ? C'est ça ? Tu as été violée ?

— Non, non ! se récria-t-elle. Ça s'est passé pendant la soirée. J'avais trop bu. Mais je ne me rappelle pas qui c'était.

Sa mère s'approcha de Nelly et l'agrippa violemment par le bras.

— Tu es en train de me dire que tu as bu, que tu as couché avec un homme et que tu ne sais plus qui c'était ? Tu n'es qu'une traînée, Nelly Marchant, une dégoûtante petite traînée !

— Ça suffit ! cria Sadie. Brailler des insultes ne va rien arranger. Il faut qu'on décide quoi faire.

Les yeux de Ruth s'étaient réduits à deux fentes venimeuses.

— Eh bien, pour commencer, elle va devoir partir d'ici. Non, mais tu imagines ce que vont dire les voisins ? Bon sang de bonsoir, comme s'il n'y avait pas déjà assez de scandales à Candle Lane. Tu te souviens comment ils ont tous réagi quand Judy Wilson s'est retrouvée enceinte ! Sa mère a rasé les murs pendant des mois, tellement elle avait honte.

Avec un regard dégoûté à Nelly, elle éructa :

— Nom de Dieu, comment as-tu pu me faire une chose pareille ?

— Je suis désolée, maman.

— Tu es désolée ? Tu me donnes des envies de meurtre !

— Ruth, ça suffit ! s'emporta Sadie. Et d'abord, qui es-tu pour lui jeter la pierre ? Tu as oublié ce que tu as fait pendant la guerre ? Tu ne t'es pas comportée comme une traînée peut-être ?

Avec un râle déchirant, Ruth se laissa tomber sur une chaise, puis posant sa tête sur ses bras croisés, éclata en sanglots.

Sadie se leva et lui caressa doucement les cheveux.

— Désolée, mais il fallait que ça sorte. Ça ne fait jamais plaisir de voir sa propre fille tomber de son piédestal. Et maintenant, calme-toi, ce n'est pas la fin du monde. Ce n'est pas la première fille à se mettre dans le pétrin, ni la dernière. On va trouver une solution.

Après cela, elles se turent, et pendant que le dîner refroidissait dans les assiettes, Nelly ruminait, tête baissée. Sa mère lui avait dit qu'elle allait devoir partir. Mais où irait-elle ?

Ce fut sa grand-mère qui trouva la solution.

— J'ai une idée, dit-elle. Elle pourrait aller vivre chez Mary.

Ruth releva le nez, essuyant ses larmes.

— Oui, elle pourrait faire ça, et on dirait qu'elle a trouvé un travail à demeure chez quelqu'un. Mais ensuite, quand le bébé sera né, qu'est-ce qu'on va faire ?

— On y songera en temps voulu, mais en attendant, je vais passer un coup de fil à Mary pour lui demander de passer. Je suis sûre qu'Elsie sera d'accord pour que j'utilise son téléphone.

Nelly se leva ; elles parlaient d'elle comme si elle n'avait pas son mot à dire.

— Je monte dans ma chambre, dit-elle, puis elle sortit sans bruit de la pièce.

*

Mary arriva une heure plus tard et resta sans voix quand Sadie lui expliqua la situation.

— Je n'arrive pas à y croire, dit-elle. Quand tu as appelé pour me demander de passer, j'étais à mille lieues de me douter que c'était pour m'annoncer ça. Qui est le père ?

— On ne sait pas, et c'est pour ça qu'on avait besoin de te parler, expliqua Sadie à sa fille.

— Comment cela, vous ne savez pas ? Nelly ne vous l'a pas dit ?

— Non, répondit Sadie d'un ton sec.

— Mais je ne comprends pas. Ça ne lui ressemble pas. Il y a certainement une raison.

Ruth répondit avec une grimace de désapprobation :

— Oh, mais oui, il y a une raison. Elle a picolé et s'est retrouvée à fricoter avec un garçon dont elle ne sait plus qui c'était.

Mary écarquilla des yeux éberlués.

— Désolée, mais je n'en crois pas un mot. Je connais Nelly, elle ne ferait jamais une chose pareille.

— Eh bien, moi je te garantis que si. Ta chère nièce a écarté les jambes pour le premier venu et il l'a mise en cloque.

— Ruth, tu n'es pas obligée d'être vulgaire, la reprit Mary avec une moue dégoûtée.

— Oh, désolée, je ne voulais pas heurter tes chastes oreilles.

Mary bondit sur ses pieds et enfila ses gants.

— En voilà assez. Je suis venue parce que maman m'a dit que tu voulais me voir, pas pour me faire insulter.

— Attends, ma chérie, dit Sadie. Ignore Ruth, elle est dans tous ses états, tu imagines aisément pourquoi.

Mary soupira, excédée.

— Entendu, maman. Je comprends. (Elle se rassit, jambes croisées.) Et vous comptez faire quoi ?

— On se demandait si tu accepterais de prendre Nelly avec toi ? dit Sadie.

Mary battit des paupières, décontenancée, puis après une courte pause, déclara :

— Je veux bien, mais est-ce qu'elle est d'accord ?

— Elle fera ce qu'on lui ordonne ! glapit Ruth.

— Attends une minute. As-tu pensé à la suite ? Elle peut venir vivre avec moi pour cacher sa grossesse, mais quand le bébé naîtra, qu'est-ce que vous allez faire ?

— Je sais pas. J'ai l'impression d'avoir reçu un coup de massue sur la tête et j'arrive pas à penser.

— C'est à Nelly de décider, Ruth, pas à toi, assena Sadie, catégorique.

— Ce qui est sûr, c'est qu'elle ne va pas le ramener ici. Ce qui ne lui laissera guère de choix.

Se levant de sa chaise, Ruth s'approcha du pied des escaliers et cria :

— Nelly, rapplique ici tout de suite !

Nelly approuva leurs arrangements, heureuse de partir vivre chez sa tante. Elles avaient décidé qu'elle continuerait à aller travailler en bus chaque matin, mais le ton recommença à monter quand elles soulevèrent le problème du bébé.

— Tu vas devoir le donner à l'adoption, cracha sa mère.

— Non, jamais. Je vais l'élever. Je vais mettre le plus possible d'argent de côté et ensuite…

— Et ensuite quoi ? Tu n'as pas le choix. Tu ne peux pas le garder. L'adoption est la seule solution.

— Il y a sûrement une autre solution ! s'écria Nelly, désespérée.

— Tu ne le ramèneras pas à Candle Lane en tout cas. Comment va-t-on expliquer aux gens que tu as un bébé et pas de mari, hein ?

Le fiel dans la voix de sa mère eut raison de Nelly, qui fondit en larmes. Ce fut sa tante qui vola à son secours.

— Je crois qu'il est trop tôt pour en parler, Ruth, intervint-elle. Chaque chose en son temps.

— Ouais, assez jacassé pour aujourd'hui, j'ai la tête qui va exploser, répondit celle-ci en fusillant Nelly du regard.

— Je peux remonter dans ma chambre ? murmura Nelly.

— Oui, c'est ça. Hors de ma vue, grinça sa mère.

*

Le lendemain, Nelly décida de mettre Elsie et Ann au courant. L'atmosphère exécrable qui régnait à la maison finirait par leur mettre la puce à l'oreille de toute façon. Sa mère bouillait de colère rentrée et lui adressait à peine la parole.

La tête basse, elle leur annonça la nouvelle, mais bien que sidérées, elles réagirent avec humanité. Le plus dur fut de leur mentir au sujet du père. Elles eurent l'air horrifiées quand elle leur dit qu'elle ne savait pas qui c'était, mais n'en demeurèrent pas moins compréhensives, contrairement à sa mère.

— L'alcool peut vous pousser à faire ce genre de choses, dit Elsie. J'ai bien vu que tu n'étais pas dans ton assiette pendant la soirée, et j'ai supposé que tu n'étais pas remise de ta rupture avec John.

Nelly se mordit la lèvre. Elsie croyait qu'elle était triste à cause de sa rupture. Mais elle aurait voulu lui crier : C'est Arthur que j'aime, pas John !

— Tu es sûre que tu veux aller vivre avec ta tante ? demanda Elsie. Tu pourrais venir vivre avec nous à Wimbledon.

— Oh oui ! renchérit Ann.

Tant de gentillesse la bouleversait.

— Merci, ce n'est pas que je ne voudrais pas, mais on s'est déjà mises d'accord. Je vais aller vivre à Tooting dans un mois. M. Jacob est d'accord pour que je travaille jusqu'au bout, et il est prêt à me reprendre ensuite.

— C'est un brave homme, dit Elsie. Mais je vois mal comment tu vas pouvoir continuer à travailler avec un bébé sur les bras.

— M. Jacob a dit que je pourrai l'emmener au travail.

Elsie secoua la tête, dubitative.

— Je suppose que c'est possible, mais ça ne sera pas facile.

Non, c'est vrai, songea Nelly, *et puis où est-ce que je vais habiter?* Sa mère avait catégoriquement refusé de la reprendre avec le bébé.

— C'est drôle, j'ai lu dans les cartes qu'un bébé allait naître, mais j'ai pensé que ce serait le bébé d'Arthur, dit Elsie, interrompant ses réflexions.

— Maman, voyons, ils ne sont même pas encore mariés, dit Ann.

Nelly dut prendre sur elle pour ne pas annoncer à Elsie qu'elle allait recevoir bientôt des nouvelles d'un autre bébé, celui de Jenny. Elle se leva précipitamment, de crainte de flancher.

— Il faut que j'y aille, mais quand vous irez vivre à Wimbledon, je pourrai venir vous voir? demanda-t-elle.

— Oh, mais bien sûr, Nelly, ma grande. Attendre un bébé ne fait pas de toi une pestiférée, lui dit Elsie en lui prenant la main. Si tu as besoin de quoi que ce soit, n'hésite pas.

Ann lui passa un bras autour des épaules et la raccompagna jusqu'à la porte.

— Je suis désolée, Nelly. Ce doit être très dur pour toi.

— Ne t'en fais pas pour moi. Au revoir, Ann, au revoir Elsie, dit-elle, la gorge serrée, avant de sortir précipitamment.

35

Quand arriva le mois de février, le dix-huitième anniversaire de Nelly ne donna lieu à aucune célébration. Elsie devait déménager le samedi suivant et Ruth, déjà contrariée par la grossesse de sa fille, était dans tous ses états à l'idée de ne plus voir son amie.

— Je crois qu'il est temps que tu ailles chez ta tante, Nelly, grommela-t-elle en fixant du regard le ventre de Nelly.

— Mais ça ne se voit pas encore.

— Si, ça se voit.

— Bon sang, Ruth, s'agaça Sadie, il n'y a pas d'urgence à ce qu'elle parte.

— Je n'ai pas envie que les gens se mettent à causer, maman. Si, moi, je le vois, les autres aussi. Dimanche, tu pars t'installer chez Mary.

— D'accord, répondit Nelly d'une voix morne.

Après tout, qu'est-ce que ça change, songea-t-elle. *Et puis ce sera toujours mieux que de me faire houspiller en permanence par maman.*

— Je peux passer voir Ann ? demanda-t-elle. J'aimerais l'aider à débarrasser ses affaires.

— Oui. Moins je te vois, mieux je me porte, cracha Ruth d'une voix fielleuse.

— Arrête de lui parler comme à un chien, intervint Sadie. Tu es contrariée par le départ d'Elsie, mais ce n'est pas une raison pour t'en prendre à Nelly.

— Je lui parle comme je veux, rugit Ruth. C'est ma fille, pas la tienne, et j'aurais préféré qu'elle soit jamais née.

— Tais-toi ! s'emporta Sadie. J'en ai par-dessus la tête de tes humeurs. Cette fois la coupe est pleine.

Avec un regard furieux à sa fille, elle se leva de son fauteuil et lança :

— Je vais dans ma chambre, et je ne crois pas que je vais rester ici bien longtemps.

Elles passent leur temps à se disputer à cause de moi, songea Nelly consternée.

*

— Ça va ? lui demanda Elsie quand elle entra dans sa cuisine.

— Oui, dit-elle en battant des paupières pour retenir ses larmes.

— Il faut lui laisser le temps, Nelly, ta mère finira par se faire une raison.

— Non, je crois qu'elle ne me pardonnera jamais.

— Oh, si. Quand le bébé sera né, elle va l'adorer. Elle ne pourra pas résister.

— Tu crois vraiment ? demanda Nelly, retrouvant un peu d'espoir.

— Sois patiente et tu verras. Quelque part, j'ai le sentiment que tout va finir par s'arranger pour toi.

— Je l'espère, murmura-t-elle.

— J'ai écrit à Arthur pour lui donner notre nouvelle adresse, dit Elsie, changeant soudain de sujet. Mais je me fais du souci pour lui. Nous n'avons reçu qu'une seule lettre de lui, et c'était à son arrivée en Australie.

Nelly fronça les sourcils. Arthur et Jenny devaient être mariés ; après tout, elle en était à son sixième mois de grossesse. Pourquoi n'écrivait-il pas à sa mère ?

— Peut-être qu'il continue de chercher un logement et qu'il attend d'avoir une adresse permanente, suggéra-t-elle.

— Peut-être, dit Elsie, dubitative, mais quelque chose me dit que ce n'est pas tout.

Voyant qu'Elsie était au bord des larmes, Nelly tenta de passer à autre chose et lança :

— À voir toutes les caisses empilées partout, je suppose que vous avez presque fini de tout emballer. J'étais venue pour donner un coup de main à Ann.

— Oh, mais elle n'est pas là, elle est sortie voir Billy. Elle a la tête dans les nuages ces jours-ci. Elle a dû oublier que tu devais passer la voir.

— Ce n'est pas grave, la rassura Nelly, qui n'avait aucune envie de rentrer chez elle. Je pars m'installer chez ma tante dimanche, et comme elle a le téléphone, je pourrai rester en contact.

— J'espère que tu ne vas pas te contenter de nous appeler, Nelly. Il faut que tu passes nous voir souvent à Wimbledon. Tu vas me manquer, ma poulette.

— Merci, Elsie. Toi aussi, tu vas me manquer. Bon, il faut que j'y aille, dit-elle, la gorge serrée. Je te dis à demain.

— Au revoir, ma grande. Et haut les cœurs !

Quand Nelly ressortit dans le jardin, elle prit le temps de contempler le ciel. La fumée des usines empêchait de voir les étoiles, mais on devinait un mince croissant de lune, et elle ne put s'empêcher de penser à Arthur. Son ciel à lui était-il bleu et son soleil éclatant ? Elle se représenta son visage, son sourire caressant, ses yeux pleins d'amour quand il la regardait. Un chien aboya brusquement, l'arrachant à sa rêverie. *Arrête*, se semonça-t-elle. *Ne pense plus à lui. Il est partout pour toujours.*

*

Les adieux, le samedi matin, n'avaient pas été faciles. Le camion de déménagement, conduit par l'associé de Bert, était déjà parti, et Elsie et Ann, debout sur le trottoir, contemplaient leur maison vide et leurs chères voisines d'un air désolé.

D'autres voisines étaient venues leur souhaiter bonne chance, comme Peggy Green et Nelly Cox – et même cette vieille commandeuse de Joan Mason avait l'air triste quand elle leur avait dit au revoir.

Les étreintes larmoyantes s'étaient éternisées, jusqu'à ce que, perdant patience, Bert pousse sa femme et sa fille à l'intérieur de la voiture.

Et maintenant c'est à mon tour de m'en aller, songea Nelly en chargeant ses valises dans le taxi. Elle monta à bord, referma la portière et salua brièvement sa mère et sa grand-mère de la main. Candle Lane était déserte, et tout semblait gris et froid dans la lumière du petit jour.

*

Après les adieux plus que froids avec sa mère, l'accueil chaleureux de sa tante lui mit du baume au cœur.

Elle ne tarda pas à devenir accro à la télévision, qu'elle n'avait regardée qu'à une seule occasion jusqu'ici. À présent, elle la regardait chaque soir. Les programmes comme *Dixon of Dock Green*, *Emergency Ward* et le show de Lucille Ball l'emportaient dans un autre monde qui l'aidait temporairement à oublier ses soucis.

Sa mère était moins revêche quand elle venait lui rendre visite, et semblait même un peu jalouse des liens que sa fille avait noués avec sa sœur.

À présent, Nelly se tenait devant la fenêtre et scrutait la rue. On était dimanche et elle attendait la visite de sa mère et de sa grand-mère. Ah ! Elles arrivaient, marchant côte à côte, Sadie claudiquant légèrement à côté de sa fille. Il était temps qu'elle lui fasse une séance d'imposition des mains.

Sa mère, comme toujours, évita de regarder son ventre, mais sa grand-mère la salua avec un grand sourire.

— Comment ça va, ma mignonne ? On dirait que tu t'es un peu arrondie.

— Ça va, mais j'ai les jambes qui enflent. Sid m'a installé un tabouret derrière le comptoir pour que je puisse m'asseoir. C'est une vraie mère poule, dit-elle en riant.

— Salut, lui dit sa mère, sans rien ajouter.

Mary entra avec le plateau à thé et Sadie sourit à la vue des biscuits disposés sur une assiette.

Nelly réprima un gloussement. Depuis qu'elle vivait avec sa tante, elle avait découvert son sens de l'humour et savait qu'elle avait prévu de faire une farce à sa grand-mère.

— Tiens, maman, dit Mary en lui tendant une tasse de thé.

Puis avec un rapide clin d'œil à Nelly, elle s'assit et prit un biscuit qu'elle trempa dans son propre thé, avant de le porter à sa bouche et de le grignoter avec un petit bruit de succion.

La tête de Sadie était impayable. Ses yeux jaillirent de leurs orbites et sa mâchoire s'affaissa, puis elle dit à sa fille :

— Allons bon, si on m'avait dit qu'un jour je te verrais faire ça !

Pliée en deux de rire, Nelly se tenait le ventre à deux mains. Ce fut sa mère qui rompit le charme, tuant net le rire dans sa gorge quand elle dit d'une voix cassante :

— Bien, c'est pas tout ça, mais il faut qu'on parle du bébé. J'ai réfléchi et la seule solution c'est de le faire adopter.

— Non, maman. C'est mon bébé et je veux le garder.

— Ne sois pas idiote. Comment vas-tu l'élever ? En tout cas, tu ne le ramènes pas chez nous. Ça, non, alors.

— Une minute, intervint Mary. Moi aussi j'y ai beaucoup pensé et je crois que j'ai trouvé une solution.

— Ah ouais ? dit Ruth d'une voix glaciale.

— Pourquoi tu ne déménagerais pas de Candle Lane ? Comme ça, quand le bébé naîtra, vous pourrez dire que Nelly est veuve.

— C'est stupide. Elle est trop jeune pour être veuve. Personne n'y croira, rétorqua Ruth.

— Et pourquoi tu ne dirais pas que le bébé est à toi, dans ce cas ? suggéra Mary.

Ruth la regarda abasourdie.

— À moi ? Faire comme s'il était à *moi* ? s'étrangla-t-elle.

— Je trouve que c'est une bonne idée, dit Sadie. Tu es triste depuis qu'Elsie est partie. (Elle se tourna vers Mary.) Les nouveaux voisins sont insupportables, leurs quatre gosses sont de vrais gangsters.

Après un moment de réflexion, Ruth hocha la tête.

— Ouais, peut-être que ça pourrait marcher après tout. Je pourrais faire une demande de logement à la mairie. Mais bon, ça ne va pas se faire du jour au lendemain. Ça risque de prendre un certain temps avant qu'ils nous proposent quelque chose.

— Ce n'est pas grave. Nelly peut rester avec moi jusqu'à ce que tout soit réglé, dit Mary.

Voilà que ça recommence, songea Nelly. *Elles font comme si je n'existais pas.* Elle contempla ses chevilles enflées d'un air dépité. Que sa mère prétende que le bébé était le sien ne lui plaisait pas. Une pensée lui traversa soudain l'esprit, et elle s'écria :

— Non, non ! Ce n'est pas juste ! Mon bébé va grandir en pensant que je suis sa grande sœur.

Sa mère plissa les yeux et la fusilla du regard.

— Tu crois que je ne le sais pas ? On essaie de trouver une solution et tout ce que tu trouves à faire c'est geindre. Écoute-moi bien, petite ingrate. Je suis prête à dire que l'enfant est à moi, mais ne compte pas sur moi pour l'élever. J'ai déjà bien assez à faire à l'épicerie.

Les pensées tourbillonnaient dans la tête de Nelly. Peut-être que sa mère avait raison et que c'était la seule façon de garder le bébé, et puis au moins, ce serait elle qui s'en occuperait. Mais supporterait-elle d'avoir un enfant qui ne l'appellerait jamais maman ?

36

Arthur suait à grosses gouttes. Il rentrait du travail, et avec cette chaleur, il ne rêvait que d'une chose : boire une bonne bière bien fraîche. Ils étaient toujours logés à l'hôtel, mais d'ici un jour ou deux, Jenny et ses parents allaient partir s'installer de leur côté. Ils lui avaient proposé de le prendre avec eux, mais il avait refusé. Il espérait qu'en mettant un peu de distance entre lui et Jenny, les choses finiraient par s'arranger.

Car tout n'allait pas pour le mieux entre eux et ils n'arrêtaient pas de se chamailler. Tout avait commencé sur le bateau, une semaine avant leur arrivée à Sydney, quand Jenny lui avait annoncé qu'elle n'était en fin de compte pas enceinte. C'était une fausse alerte, lui avait-elle dit, avec ce qui ressemblait à une lueur de triomphe dans les yeux, qui l'avait profondément troublé.

Peu après leur arrivée, ils avaient fêté Noël en pique-niquant à Bondy Beach, et là encore, il s'était senti mal à l'aise. Il avait le mal du pays, mais Jenny ne semblait pas le comprendre et lui avait reproché de faire la tête.

Il fallait qu'il écrive encore une fois à sa mère, mais qu'allait-il lui dire ? Qu'il était heureux alors que ça n'était pas vrai ? Certes, l'Australie était un pays merveilleux, l'économie y était florissante et il y avait plein d'opportunités de travail pour ceux qui étaient prêts à se donner à fond. Les gens aussi étaient sympathiques et chaleureux, et mis à part une ou deux blagues idiotes entendues ici ou là à propos des Anglais, il s'entendait plutôt bien avec les gens du cru.

De retour à l'hôtel, il prit une douche fraîche, puis s'assit sur son lit, et se perdit dans ses pensées. Jenny et lui n'avaient pas prévu de se voir. Mais devait-il tout de même aller la trouver pour essayer de se réconcilier et de sauver leur relation ?

Je vais la surprendre, songea-t-il, *et l'inviter à dîner dehors. Elle aimera ça.* Sa décision prise, il se rendit dans la partie de l'hôtel réservée aux familles, et frappa doucement à la porte de sa chambre avant d'entrer.

— Coucou, ma chérie ! ça te dirait de dîner au… ?

Il se figea sans achever sa phrase : Jenny était dans les bras d'un autre garçon.

— Arthur ! s'écria-t-elle en sursautant, puis en reboutonnant son corsage en vitesse.

— Espèce de garce ! hurla-t-il, fou de rage.

Tournant les talons, il fit claquer la porte derrière lui et se dirigea vers le bar le plus proche. Il avait besoin d'un remontant, un tord-boyaux bien fort.

— Ça va pas, mon pote ? demanda une voix.

Arthur essaya de se concentrer, et se sentant tituber, se cramponna au bord du bar.

— Ouaich, marmonna-t-il d'une voix traînante.

— Ne me dis pas que t'es anglais, lança une voix sur un ton sarcastique. Qu'est-ce qui va pas ? On a le mal du pays ?

— Ouaich, répondit-il.

— Fiche-lui la paix, protesta quelqu'un. Il va s'y faire. C'est dur au début.

Sentant ses jambes se dérober, Arthur s'agrippa à nouveau au zinc. Autour de lui, des voix hargneuses et menaçantes lui parvenaient par vagues. Une espèce de bagarre semblait avoir éclaté, mais la tête lui tournait trop et il ne se sentait pas concerné.

Le brouhaha s'amplifia, et il y eut un bruit de chaises qu'on casse. Quelque part dans un coin de son cerveau, une alarme retentit, l'incitant à prendre ses jambes à son cou. S'obligeant à se redresser, il se dirigea vers la porte d'un pas hésitant.

Une fois dehors, son esprit embrumé comprit qu'il faisait nuit noire. Il vit des phares – puis plus rien.

*

Quand Arthur se réveilla, il était dans un lit d'hôpital. Voyant qu'il avait repris connaissance, une infirmière accourut à son chevet.

— Tout va bien, lui dit-elle. Vous avez eu un petit accident, mais les médecins vous ont examiné et vous n'avez rien de grave.

— Ça fait longtemps que je suis ici ?

— Depuis hier soir.

— Je pourrais avoir un peu d'eau ?

L'infirmière l'aida à s'asseoir et approcha un verre de ses lèvres. Il but sans se faire prier le liquide bien frais.

— Bonjour, comment va notre patient ?

— Il vient juste de se réveiller, docteur.

— Hum, voyons ça.

Les rideaux autour du lit d'Arthur furent tirés et il se laissa examiner docilement. Le médecin lui braqua un faisceau lumineux dans les yeux, lui posa quelques questions, puis griffonna quelques mots dans son calepin et passa au patient suivant.

Quand l'infirmière referma à nouveau les rideaux de séparation, Arthur eut la surprise de trouver la mère de Jenny debout au pied de son lit, une expression renfrognée sur le visage.

— Réveillé, enfin ? C'est pas trop tôt. Je peux pas rester longtemps. On emménage demain dans notre nouvelle maison et j'ai un tas de trucs à faire. Je suis venue pour Jenny, c'est tout.

— Jenny ? Je ne comprends pas.

— Elle m'a demandé de te donner ça, dit la femme en lui tendant une enveloppe.

— Mais comment a-t-elle su que j'étais ici ?

— Un type est venu frapper chez nous, hier soir. À 1 heure du matin ! Il a dit que t'avais eu un accident mais que c'était pas grave.

Arthur se retourna tout doucement dans le lit en grimaçant de douleur.

— Pourquoi Jenny n'est-elle pas venue elle-même ? demanda-t-il en regardant l'enveloppe.

— Parce qu'elle est pas d'humeur, voilà pourquoi ! Bon, il faut que j'y aille, dit sèchement Mme Jackson avant de tourner les talons.

Arthur tâta la lettre et sentit quelque chose de dur. Il déchira le rabat et jeta un rapide coup d'œil à l'intérieur, puis renversant l'enveloppe en fit glisser le contenu dans sa main : la bague de fiançailles.

Cette fois, c'était bel et bien terminé entre eux. Que ressentait-il ? Rien, à part de la colère – et un certain soulagement. Le plus incroyable c'est que Jenny rejetait la faute sur lui. C'est ce qu'elle écrivait dans sa lettre. À force de tirer la tête, disait-elle, il lui gâchait tout son plaisir de se trouver en Australie.

Il se laissa retomber parmi les oreillers et ferma les yeux. Il dut s'endormir au bout d'un moment, et fut tiré du sommeil par une voix:

— Salut, mon pote!

Arthur ouvrit les yeux et regarda l'homme qui se tenait au pied du lit. Un parfait inconnu.

— Tu me reconnais pas? Remarque, après ta cuite d'hier soir, ça n'a rien d'étonnant.

Arthur regarda le grand gaillard sans comprendre.

— Je suis désolé, je…

— Le bar – on a un peu causé au bar ensemble, juste avant que la bagarre éclate. Je t'ai suivi dehors et je venais de te remettre sur tes jambes, quand tu t'es rétamé de tout ton long sur la chaussée. J'ai pas été assez rapide, et l'aile de la voiture t'a rasé. Après quoi t'es tombé dans les pommes, alors je t'ai amené à l'hôpital pour plus de précautions, même si t'avais pas l'air d'être très amoché.

— Nom d'un chien, je ne me souviens de rien, lui dit Arthur. Mais merci en tout cas.

— Non, non, c'est normal. Avant de sortir du bar, t'as dit que t'avais le mal du pays, et j'en ai conclu que tu noyais ton blues dans l'alcool.

L'homme sourit et ajouta:

— Au fait, moi, c'est Joe.

Arthur se surprit à lui rendre son sourire. Il y avait quelque chose d'attachant chez ce type.

— Moi, c'est Arthur Jones. Enchanté.

— Il y a longtemps que t'es à Sydney? demanda Joe.

— Je suis arrivé juste avant Noël.

— Pas étonnant que t'aies le moral dans les chaussettes. Toute ta famille est restée au pays?

— Oui, je suis venu avec ma fiancée et ses parents, dit Arthur avec un sourire triste. Et en plus, je viens de me faire larguer, ajouta-t-il en désignant la lettre sur sa table de chevet.

— J'ai pas choisi le meilleur moment pour te rendre visite, on dirait. En tout cas, c'est la dernière fois que je viens parce que je m'en vais. Peut-être à Melbourne, faut voir.

— Ce n'est pourtant pas le boulot qui manque à Sydney ?

— Non, mais j'ai envie de changer. Ça fait un bail que je traîne dans le coin et j'ai des fourmis dans les jambes. J'ai envie de voir du pays.

— Je te comprends.

— Et toi, Arthur, tu comptes faire quoi ?

— Je ne sais pas, mais j'ai pas envie de rester à Sydney. Je suppose que je pourrais rentrer en Angleterre. Il faut que je me renseigne sur le prix du billet.

— Non, mon vieux, il faut pas rentrer si vite. Donne une chance à l'Australie, sinon tu vas le regretter. Qui sait si t'aurais pas pu faire fortune ici ?

Arthur se pinça la lèvre avec les doigts. Il s'était passé tant de choses qu'il avait la tête à l'envers. Il n'avait pas idée de quoi faire ou quelle direction prendre.

Il en était là de ses réflexions quand une infirmière entra et annonça :

— Le docteur a dit que vous pouviez partir, monsieur Jones.

Les yeux d'Arthur s'écarquillèrent. C'était un signe du destin ! Qu'avait-il à perdre ? Il ne connaissait personne ici, à part Jenny et ses parents. Il regarda

Joe et eut l'intuition que Joe et lui auraient pu devenir de bons amis. Sa décision était prise.

— Je viens avec toi ! annonça-t-il en souriant. À quelle heure pars-tu ?

— Dans environ deux heures. Je passe te prendre à ton hôtel ?

— Alors c'est toi qui as dit à Jenny que j'étais ici ?

— Ouais, j'ai trouvé ton adresse dans ta poche. J'ai pas fait de boulette au moins ?

— Non, non, pas du tout, le rassura Arthur, qui trouvait Joe de plus en plus sympathique.

Quand il fut parti, Arthur se leva et s'habilla à toute vitesse. Il avait un peu mal partout et une terrible gueule de bois, mais rien d'insurmontable.

Un peu plus tard, de retour à l'hôtel, il fourra l'enveloppe dans sa poche de valise et quand il entendit un coup de klaxon, il alla rejoindre son nouveau copain qui l'attendait en bas. Le sourire aux lèvres, il monta dans le camion et ils prirent la route sans jeter un regard en arrière.

37

— Nelly, j'ai un petit problème, dit Mary, l'air préoccupé. Sheila vient d'appeler. Harry est sorti de prison. Il est allé la voir et a exigé de voir son fils.

— Oh, non ! Elle a appelé la police ?

— Elle est terrorisée. D'après elle, Harry a beaucoup changé. Il est devenu très agressif, limite violent. Et, oui, elle a appelé la police, mais le temps qu'ils arrivent, il s'était volatilisé. Elle me demande si je peux aller vivre chez elle jusqu'à ce qu'elle ait réussi à vendre sa maison et à déménager.

— La maison est à elle ? Je croyais qu'elle était locataire.

— Elle l'a héritée de ses parents, et dès lors que Harry et elle n'étaient pas légalement mariés, il n'a aucun droit dessus.

— Quand est-ce que tu t'en vas, tatie ?

— Je ne peux pas te laisser seule ici.

— Vas-y, tatie. Ne t'inquiète pas pour moi, la rassura-t-elle.

— Tu es enceinte de sept mois, et je ne sais pas combien de temps je vais être partie. Il faut que quelqu'un vienne vivre ici avec toi. (Elle marqua une pause, les sourcils froncés, puis son regard s'éclaira.) J'ai une idée ! Pourquoi ne pas demander à Ann ?

— Oh, mais oui ! Je suis sûre qu'elle sera d'accord. Je vais l'appeler.

Quand Nelly revint dans le salon, elle annonça :

— Tout est arrangé. Bert va l'amener. Ils devraient être ici dans une heure.

Mary poussa un soupir de soulagement.

— Je vais appeler Sheila pour la prévenir que j'arrive, et je vais faire mes valises. Tu es sûre que ça ira, Nelly ?

— Mais oui. Sheila n'a personne vers qui se tourner, sans parler de Linda qui doit tout juste commencer à se remettre de ce que lui a fait subir Harry.

*

Ann était ravie de venir à Tooting, car ainsi, elle était plus près de Battersea, et Billy et elle pouvaient se voir deux fois par semaine. Ce soir, ils avaient prévu d'aller danser au Hammersmith Palais.

Ann entra dans le salon et demanda en virevoltant sur elle-même dans sa jolie robe neuve :

— Comment est-ce que tu me trouves ?

— Superbe ! s'exclama Nelly.

Toute guillerette, Ann se laissa tomber sur le canapé.

— Comment tu trouves mes cheveux ?

Nelly sourit. Le strabisme d'Ann avait complètement disparu à présent, hormis une très légère déviation quand elle était fatiguée, mais elle continuait malgré tout à douter d'elle-même. Elle avait crêpé ses cheveux châtain foncé pour leur donner du volume et de la hauteur.

— Le style bouffant te va comme un gant, dit Nelly, avant de demander à brûle-pourpoint : Au fait, tu sais si ta mère a reçu une autre lettre d'Arthur ?

Le visage d'Ann s'allongea d'un seul coup.

— Non, et elle est de plus en plus inquiète. Franchement, j'en veux à mort à mon frère de la laisser sans nouvelles. Elle a essayé d'écrire à Jenny, mais n'a pas reçu de réponse et… (Au même instant, quelqu'un frappa à la porte.) C'est Billy ! dit-elle en bondissant sur ses pieds.

— Tu es sûre que je peux te laisser seule, Nelly ? demanda Ann en laissant entrer Billy. On peut aussi passer la soirée ici, si tu préfères.

— Oh, mais non, ne t'inquiète pas pour moi. Je sais bien que j'ai l'air d'une bonbonne, mais il me reste encore huit semaines avant l'accouchement.

— Bon, dans ce cas, à plus tard.

La porte venait seulement de se refermer sur Billy et elle quand le téléphone sonna. Nelly s'extirpa péniblement du sofa et se dirigea clopin-clopant vers l'entrée pour décrocher.

— Allô ? dit sa tante.

— Allô, répondit-elle. Tout va bien ? Harry n'est pas revenu vous embêter ?

— Non, non. Il semblerait que l'injonction du tribunal l'ait calmé.

— Oh, tant mieux. Comment se passe la vente de la maison ? Sheila a trouvé un acquéreur ?

— Oui, un couple est venu hier et lui a fait une offre.

— Excellente nouvelle !

— Sheila et moi avons décidé de louer une maison ensemble. Elle voudrait placer l'argent de la vente pour en tirer une rente. Si on arrivait à trouver un logement pas trop cher, ça nous permettrait d'économiser.

— C'est une bonne idée, approuva Nelly. Et vous iriez où ?

— À Londres. Mais dans un quartier où Harry ne risque pas de nous retrouver. On va changer nos noms pour brouiller encore un peu plus les pistes.

Nelly rit.

— Eh, pas bête ! Tu sais quand tu vas rentrer ?

— Dès que la maison est vendue, je suppose. Mais dis-moi, comment ça va, toi ?

— J'ai toujours les chevilles qui enflent, mais c'était mon dernier jour de travail aujourd'hui. J'aurais bien voulu continuer un peu, mais ma tension artérielle est élevée et Sid a insisté pour que je reste à la maison. Il m'a payé un mois de salaire en plus et offert un trousseau complet de bébé. C'est un ange !

— Oui, il est très généreux. Tu vas lui manquer, Nelly.

— Je pense qu'il va se débrouiller. Il a repris goût à son travail, et j'ai réussi à le convaincre de prendre une nouvelle vendeuse.

— Mais imagine que tu veuilles reprendre ton poste quand tu auras accouché ?

— C'est exactement ce que m'a dit Sid. Mais je ne suis pas sûre qu'amener le bébé avec moi à la boutique soit une bonne idée. Et d'un autre côté, je n'ai pas les moyens de payer une nounou. De toute façon, Sid a besoin d'une vendeuse dans l'immédiat. Il ne peut pas s'occuper seul de la boutique.

— C'est vrai. Au fait, ta mère est passée te voir cette semaine ?

— Elle passe demain avec mamie.

— Très bien. Embrasse-les de ma part. Il faut que je raccroche maintenant, mais je te rappelle la semaine prochaine.

— Au revoir, tatie. Embrasse bien Sheila et les enfants pour moi.

Après avoir raccroché, Nelly se prépara une boisson chaude et alla s'installer devant la télévision. Elle contempla son gros ventre en se demandant si c'était un garçon ou une fille. Un terrible sentiment de solitude l'assaillit quand ses pensées se tournèrent vers Arthur. Jenny avait dû accoucher depuis un certain temps déjà. Pourquoi n'avait-il pas écrit à ses parents ? Cela n'avait aucun sens.

Était-il heureux ? Lui arrivait-il de penser à elle ?

Le bébé lui donna un coup de pied, la tirant de ses ruminations. Pivotant de côté, elle s'étendit sur le canapé avec les jambes surélevées.

C'est alors qu'elle entendit une clé tourner dans la serrure, puis un bruit de pas dans l'entrée.

— Tu as oublié quelque chose ? lança-t-elle, s'attendant à voir Ann entrer dans le salon.

Elle eut le souffle coupé en voyant qui se tenait sur le seuil.

— Salut ! lança Harry, en agitant un trousseau de clés, un sourire menaçant aux lèvres. Cette idiote de Mary a oublié de faire changer la serrure.

— Qu'est-ce que tu veux ? Pourquoi es-tu revenu ? murmura Nelly dont le cœur s'était mis à battre furieusement dans sa poitrine.

— Je suis venu te voir, bien sûr, dit-il en entrant dans la pièce.

— Tu ferais mieux de t'en aller. Mes amis vont arriver d'une minute à l'autre, s'écria-t-elle, paniquée.

— Inutile de gaspiller ta salive. Je les ai vus quitter la maison et monter dans le bus il y a dix minutes à peine.

Comme si elle se mouvait au ralenti, Nelly parvint à se mettre sur ses jambes flageolantes.

— Qu'est-ce que tu veux ? répéta-t-elle en se reculant à mesure qu'il avançait dans sa direction.

— Tu as fichu ma vie en l'air, Nelly. J'avais une femme et une fille qui m'aimaient, et un beau petit garçon. Mais à cause de toi, je n'ai plus rien. Rien !

— Je… je… n'ai pas fichu ta vie en l'air, bredouilla-t-elle, le cœur dans la gorge, tandis qu'il se rapprochait dangereusement.

Elle fit un pas de côté, tentant d'atteindre la porte.

Il bougea en même temps qu'elle, et lui barra la route. Il se tenait devant elle à présent. Il baissa les yeux sur son gros ventre, et lança, avec un sourire fielleux :

— Alors comme ça tu es enceinte ? Et ça te ferait quoi qu'on te retire ton gamin ?

Elle sentit son cœur bondir sous la menace. Comment faire pour lui échapper ? Que dire ?

— Écoute, je comprends que tu sois en colère, concéda-t-elle. Mais ce n'est pas ma faute.

— Ah non ! rugit-il, la faisant sursauter. Eh bien, laisse-moi te dire que quand j'étais en prison, j'ai eu plus de temps qu'il n'en fallait pour réfléchir. Et j'ai compris que Sheila m'aurait pardonné de l'avoir épousée sans avoir divorcé de Mary. Parce qu'elle m'aime et que j'aurais su la convaincre. Ta tante est un glaçon, et complètement cinglée par-dessus le marché. Elle ne m'aurait pas accordé le divorce, rien que par dépit, mais j'aurais pu le faire valoir auprès de Sheila.

— Mais tu ne lui as jamais demandé le divorce, remarqua Nelly.

— Non, parce que je savais qu'elle refuserait. Mais parlons de toi, à présent, Nelly. Tu as dit à Sheila que j'embêtais Linda, cracha-t-il, les yeux étrécis par la colère. Et maintenant, elle ne veut plus entendre parler de moi. Elle m'a même dénoncé à la police et obtenu une ordonnance d'interdiction de les approcher, elle et les gosses. (Il secoua la tête et haussa le ton.) Et maintenant, Mary est avec elle. Le comble ! Et tout ça parce que tu n'as pas su la fermer !

— Mais je n'avais pas le choix !

— Je n'ai pas fait de mal à Linda. Je l'aimais et elle m'aimait.

Une vague de nausée s'empara de Nelly. *Cet homme est fou*, songea-t-elle, en cherchant désespérément un moyen de fuir.

— Et toi aussi, je t'aimais, Nelly, reprit-il. Je t'ai jamais fait de mal, si ? Comme Linda, tu aimais ça.

À ces mots, sa colère prit le dessus et elle s'écria :

— Tu es répugnant ! Comment peux-tu dire que j'aimais ça ? Tu as presque détruit ma vie. J'étais terrorisée par les hommes après ce que tu m'as fait.

— Oh, arrête tes simagrées. Tu es enceinte, non ? Vous êtes toutes les mêmes. Vous dites que ça vous plaît pas alors qu'en vrai vous adorez ça. Mais maintenant tu vas payer, siffla-t-il.

Nelly tenta une fois encore d'atteindre la porte mais il lui agrippa le bras et la tira violemment en arrière. Elle poussa un cri de terreur.

— Ferme-la, menaça-t-il en lui plaquant une main sur la bouche. Si tu cries, tu vas le regretter. Et maintenant, je vais ôter ma main, mais je t'aurais prévenue. Si tu mouftes… !

Elle hocha la tête, et tituba quand il la relâcha.

— Tu dois payer pour ce que tu as fait. Tu comprends, n'est-ce pas ? dit-il d'une voix lourde de menaces.

Elle fit un pas en arrière sans pouvoir aller plus loin car une chaise l'en empêchait. Il était presque à sa hauteur à présent, et un éclair de folie brillait dans ses yeux. *Oh, mon Dieu, mon bébé*, songea-t-elle en se tenant le ventre à deux mains.

— Laisse-moi tranquille, supplia-t-elle. Laisse-moi !

— Tu n'aurais pas dû, dit-il, un sourire glacé aux lèvres.

Elle tomba sur la chaise tandis que la pièce se mettait à tourbillonner. *Je vais m'évanouir*, songea-t-elle. Puis tout devint noir.

*

— Ça va mieux, madame. Réveillez-vous, allons.

Nelly ouvrit les yeux.

— Pouvez-vous nous dire qui était l'homme ?

La vision de Nelly s'éclaircit et elle fixa son regard sur le policier qui se tenait accroupi à côté de la chaise.

— C'est Harry, dit-elle dans un souffle.

Puis, prise d'une violente nausée, elle se courba en deux et vomit.

— On devrait peut-être appeler une ambulance, dit un autre policier derrière elle.

S'essuyant la bouche d'une main tremblante, elle protesta :

— Non, s'il vous plaît, je vais bien. (Elle jeta des regards paniqués autour d'elle.) Il est parti ?

Les deux policiers échangèrent un regard entendu. *Ils me cachent quelque chose*, se dit-elle.

Elle essaya de se lever, mais ses jambes étaient incapables de la porter et elle retomba sur la chaise.

— Vous ne pouvez pas rester seule. Si vous ne voulez pas aller à l'hôpital, il faut que vous nous donniez un contact.

— Ma mère n'a pas le téléphone. Mais vous pourriez appeler Elsie Jones. Son numéro est dans le carnet d'adresses dans l'entrée. Mais, s'il vous plaît, dites-moi ce qui s'est passé.

— Chaque chose en son temps. D'abord, nous aimerions vous poser quelques questions.

— J'ai besoin d'aller aux toilettes. Et est-ce que je pourrais avoir un verre d'eau ?

Le policier hocha la tête, puis l'aida à se relever. Elle détourna les yeux de la tache de vomi qu'elle avait laissée sur le tapis et monta tout doucement à l'étage. Quelque chose s'était passé, songea-t-elle, l'esprit en ébullition. Mais quoi ? Comment la police était-elle arrivée sur les lieux ?

Dans la salle de bains, elle se lava les mains et la figure, mais quand elle saisit la serviette pour s'essuyer, elle fut à nouveau prise de nausée.

En revenant dans le salon, elle fronça le nez, incommodée par l'odeur.

— Il faut que je nettoie tout ce gâchis, dit-elle aux policiers.

— Cela peut attendre, insista l'un des deux hommes. Asseyez-vous. Il y a différentes choses que nous aimerions tirer au clair.

Nelly s'assit à contrecœur sur le canapé et il prit place à côté d'elle. Puis sortant un calepin de sa poche de poitrine, il humecta la mine de son crayon et demanda :

— L'homme vous a-t-il attaquée ?

— Oui, d'une certaine façon, murmura-t-elle.

— Que voulez-vous dire par là ?

Nelly le regarda bouche bée. Comment pouvait-elle lui expliquer ? En fait, il n'avait pas levé la main sur elle, mais il l'avait menacée et l'avait terrorisée.

— Je… j'ai cru qu'il allait me frapper, bredouilla-t-elle. Il était tellement furieux. Et puis il m'a barré le chemin quand j'ai voulu sortir de la pièce.

— Qu'a-t-il fait au juste ?

— Il m'a… il m'a attrapée par le bras, et quand j'ai voulu crier il a plaqué sa main sur ma bouche.

— Et ensuite ? demanda le policier tout en prenant des notes.

— Je ne me souviens pas, j'ai dû m'évanouir.

— Je vois. Vous avez dit qu'il s'agissait de Harry. Vous connaissez son nom de famille ?

— Oui, c'est Harry Taylor, mon oncle.

— Pourquoi vous a-t-il attaquée ?

Le deuxième policier entra dans la pièce et lui tendit un verre d'eau, qu'elle accepta volontiers. Elle prit quelques gorgées, tout en rassemblant ses idées, puis inspirant profondément, leur raconta ce qui s'était passé.

— Vous l'avez attrapé ? voulut-elle savoir, inquiète.

— D'une certaine façon.

Nelly fronça les sourcils. Que voulait-il dire ?

On entendit un crissement de pneus à l'extérieur, puis des claquements de portières, et Elsie entra dans le salon, Bert à sa suite.

— Nelly, ma grande, tu vas bien ? s'écria-t-elle. Qu'est-ce qui se passe ici ? demanda-t-elle en foudroyant les policiers du regard.

Les deux hommes échangèrent un regard, puis l'un des deux hocha la tête et son collègue prit la parole.

— Une voisine nous a alertés parce qu'elle a entendu des cris dans la maison. Quand on est arrivés pour appréhender un homme, il a tenté de fuir. La jeune dame nous dit que c'était son oncle, un certain monsieur… (Le policier consulta ses notes.) Harry Taylor.

— Oh, non ! s'écria Elsie. Oh, mon Dieu, Nelly, qu'est-ce qui s'est passé ? Pourquoi est-il venu ici ?

— Il a dit que c'était ma faute si Sheila ne voulait plus le laisser voir son fils. (Nelly se tournant vers les policiers.) S'il vous plaît, dites-moi, vous avez réussi à l'attraper ?

— Il y a eu un accident, répondit l'un d'eux. Pendant que nos collègues le poursuivaient, M. Taylor s'est introduit dans l'immeuble au coin de la rue et a grimpé sur le toit. (L'homme hésita, se frotta le menton.) Nous pensons qu'il a été pris de panique et qu'il a enjambé le parapet.

La mâchoire de Nelly s'affaissa. Était-il en train de lui dire que Harry était tombé du toit ?

— Et il va bien ? demanda-t-elle, en proie à la confusion.

— Non, malheureusement. Il est mort.

Elle se renversa sur le canapé, incapable de réprimer un sentiment de soulagement, qui fit presque aussitôt place à la culpabilité.

Elsie s'approcha, et s'asseyant entre le policier et elle, lui prit la main et demanda :

— Où est Ann ?

— Elle est sortie avec Billy, répondit-elle, puis, prise d'un violent tremblement, elle ajouta : Il faut prévenir Sheila. Oh mon Dieu et ma tante aussi.

— Calme-toi, ma chérie. Je m'en occupe, la rassura Elsie. Tu viens d'avoir un gros choc, et quand Ann sera rentrée, nous vous ramenons toutes les deux à la maison.

Elle se leva, puis croisant les bras sur sa poitrine, dit aux policiers :

— J'espère que vous en avez fini avec votre interrogatoire.

— Pour le moment, oui, nous allons en rester là, mais si vous emmenez la jeune dame avec vous, nous allons avoir besoin de votre adresse, madame Jones.

Nelly était épuisée. C'est à peine si elle entendait les voix d'Elsie et de Bert. À un moment donné, elle sentit une odeur de désinfectant et vit Elsie qui frottait le tapis. Après quoi, Bert la prit par la main et la conduisit jusqu'à la voiture.

— Je vais appeler le médecin dès que nous serons rentrés, Nelly. Tu n'as pas l'air bien. Tu n'as mal nulle part ?

Nelly secoua la tête. Elle n'avait mal nulle part. Elle se sentait juste engourdie.

38

Jugeant sa tension trop élevée, le docteur avait insisté pour que Nelly reste au lit. Trois jours plus tard, elle rejetait ses couvertures avec impatience. La chambre dans laquelle Elsie l'avait installée offrait une vue magnifique sur le jardin et sa profusion de fleurs d'été. Sous sa fenêtre, un chèvrefeuille grimpant embaumait l'air de son parfum délicieux. Elle savait qu'elle aurait dû se réjouir, mais elle ne supportait pas l'idée de devoir rester enfermée. Depuis qu'elle était enfant, garder la chambre était pour elle une punition.

— La police est là, lui dit Elsie en passant la tête par l'embrasure.

Se réfugiant sous les couvertures, Nelly accueillit avec un air de défiance les deux policiers qui venaient d'entrer dans la chambre.

— Bonjour, madame, désolés de vous déranger à nouveau, mais nous avons besoin d'éclaircir quelques points.

Que puis-je leur dire qu'ils ne sachent déjà ? songea-t-elle. Combien de fois allaient-ils recueillir sa déposition ? Sheila et Mary étaient rentrées de Blackpool en apprenant la mort de Harry, et tout comme elle, elles attendaient d'être citées à comparaître devant le coroner afin d'élucider les circonstances de la mort de Harry.

À présent, Nelly répondait aux questions des deux policiers, répétant encore et encore les mêmes choses. Quand ils se levèrent enfin pour partir, elle poussa un soupir de soulagement.

— Pouvez-vous me dire quand la citation à comparaître aura lieu ? demanda-t-elle.

— Non, malheureusement. Nous menons pour l'instant une enquête en interne, qui sera suivie par une enquête judiciaire, mais cela peut prendre du temps.

Nelly ferma les yeux, en proie à un terrible sentiment de culpabilité. Avait-elle imaginé la lueur de folie dans ses yeux, et réagi de manière excessive ? Si elle n'avait pas crié, la police ne serait pas venue, et son oncle serait toujours en vie.

— Nous vous laissons, à présent, madame, dit l'un des policiers. Je ne pense pas que nous allons vous interroger de nouveau.

— Merci, murmura Nelly tandis qu'Elsie raccompagnait les deux hommes.

Quelques minutes plus tard, elle repoussa les couvertures et, basculant sur le rebord du lit, se mit tout doucement sur ses pieds.

— Nelly, tu sais ce qu'a dit le docteur, retentit soudain la voix d'Elsie. Tu dois garder le lit pendant au moins une semaine.

— Mais je me sens tout à fait bien, fit-elle valoir, tandis qu'Elsie s'approchait avec un plateau.

— Tu dois garder la chambre jusqu'à ce que ta tension artérielle ait baissé. Je t'ai apporté un sandwich.

— Je n'ai pas faim.

— Tu n'as presque rien mangé ces jours-ci. Pense au bébé, voyons.

Nelly se remit au lit en soupirant et Elsie lui posa le plateau sur les genoux.

— C'est du bon jambon rôti au miel. Et je t'ai préparé du lait d'avoine au citron.

Nelly mordit sans conviction dans son sandwich tandis qu'Elsie mettait un peu d'ordre dans la chambre.

— Il faut qu'on s'occupe de tes visites prénatales. Quand est la prochaine ?

— La semaine prochaine, je crois. Mais j'ai rendez-vous à l'hôpital St. George, à Tooting. Ça fait une trotte.

— Oui, et surtout quand tu seras sur le point d'accoucher. Où est ta fiche de rendez-vous ? Je vais les appeler et leur demander si tu ne peux pas changer d'hôpital.

Nelly fronça les sourcils en essayant de se souvenir où elle l'avait mise.

— Je ne sais pas où elle est. C'est Ann qui a déballé mes affaires. Elle l'a mise dans un tiroir peut-être ?

Elsie fouilla dans la commode.

— Non, elle n'y est pas.

— Dans mon sac à main, alors ?

Elsie s'empara du sac et jeta un coup d'œil à l'intérieur.

— Je ne la vois pas. Attends, il y a une poche sur le devant.

Au moment où elle disait cela, Nelly s'écria :

— Non, Elsie, non, pas là-dedans !

Trop tard. Elle l'avait trouvée. Une expression de stupeur se peignit sur le visage d'Elsie.

— Mais, enfin, qu'est-ce que la cravate d'Arthur fait là ? s'enquit-elle en palpant le bout d'étoffe. C'est bien la sienne, il avait renversé de la brillantine dessus juste avant de se rendre à sa fête de départ. Regarde, on voit encore la tache.

Le cerveau de Nelly se figea. Que pouvait-elle dire ? Elle savait que c'était une erreur, mais quand elle avait fait ses bagages pour partir vivre chez sa tante et qu'elle l'avait trouvée dans le tiroir de sa commode, elle l'avait emportée avec elle.

C'était la seule chose qui lui restait d'Arthur après qu'ils avaient fait l'amour, et elle l'avait gardée, pour pouvoir sentir son odeur.

— Qu'est-ce qui ne va pas ? demanda Elsie.

Nelly secoua la tête, incapable de prononcer un mot.

— Parle-moi, lui dit Elsie en venant s'asseoir au bord du lit. Il y a certainement une explication simple, et si c'est le cas, tu n'as pas de raison de t'en faire.

Elle ne pouvait pas mentir à Elsie, qui l'avait si généreusement accueillie chez elle. Le bébé lui donna un coup de pied, comme s'il avait senti sa peur.

— Oh, Elsie, tu vas me détester, lâcha-t-elle soudain.

— Te haïr ? Mais pourquoi devrais-je te haïr, voyons ?

Nelly prit une longue inspiration et lâcha de but en blanc :

— J'ai menti quand j'ai dit que je ne savais pas qui était le père de mon bébé. (Elle marqua une pause et baissa les yeux, redoutant la réaction d'Elsie quand celle-ci découvrirait la vérité.) C'est Arthur, murmura-t-elle.

Elle s'attendait à une explosion de colère. Mais à la place, Elsie se pencha vers elle et la prit dans ses bras.

— Oh, Nelly, Nelly ! Tu attends le bébé d'Arthur ! Je n'arrive pas à y croire. Pourquoi tu ne me l'as pas dit ?

— Parce que Jenny est enceinte, elle aussi. En fait, même, elle a dû accoucher.

— Comment ! Jenny a eu un bébé ? (Elsie fronça les sourcils.) Je ne comprends pas. Mais comment le sais-tu, Nelly ?

— Parce qu'elle est venue me dire qu'elle était enceinte avant leur départ pour l'Australie. Après cela, je n'ai pas eu le cœur de demander à Arthur de rester. Je savais que le bébé allait avoir besoin de son père.

Elsie relâcha son étreinte.

— Tout cela n'a aucun sens. Si ce que tu me dis là est vrai, Arthur m'aurait avertie.

— Il était censé écrire et te le dire dès son arrivée à Sydney.

— Eh bien, j'ai effectivement reçu une lettre de lui, une seule à ce jour, mais il n'est nulle part fait mention de la grossesse de Jenny. Et si c'est vrai, pourquoi ne me l'a-t-il pas dit avant de partir ?

— Parce qu'il ne voulait pas te faire de peine. Il pensait que tu étais déjà suffisamment contrariée qu'il s'en aille sans en plus en rajouter en t'annonçant qu'il attendait un enfant que tu ne verrais pas naître.

— Oh, mon fils, gémit-elle.

— Je suis désolée, Elsie.

— Non, ma grande, tu n'as pas à être désolée. Je ne t'en veux pas. Après tout, tu as fait ce que tu pensais être le mieux. Mais si Jenny a eu un bébé, je ne comprends pas pourquoi Arthur ne nous l'a pas dit. Il y a quelque chose de louche dans cette histoire.

Elsie poussa un gros soupir, puis serrant à nouveau Nelly dans ses bras, elle lui tapota le dos et lui dit :

— Je n'arrive toujours pas à comprendre que tu vas accoucher de mon petit-enfant.

— Comment va réagir maman, à ton avis, Elsie ?

— Je n'en sais rien. Mais elle doit passer ce soir, alors on sera bientôt fixées. Ta grand-mère a une bronchite et ne pourra pas venir.

Nelly ferma les yeux, angoissée à l'idée de voir sa mère.

— J'ai peur de le lui annoncer.

— Laisse-moi m'en occuper, ma grande. En attendant, tu as l'air épuisée. Essaie de ne pas te mettre martel en tête, Nelly. Tout va bien se passer. Et maintenant, fais un petit somme.

Quand la porte se referma derrière Elsie, les nerfs de Nelly craquèrent. Son chagrin d'avoir perdu Arthur, sa culpabilité vis-à-vis de Harry refirent brusquement surface. Elle essaya de retenir ses larmes, en vain. Elle pleurait comme une fontaine, mouillant son oreiller. Elle ne vit pas le halo lumineux qui brillait dans un coin de la pièce ni la forme translucide qui s'était formée, et ce n'est que lorsqu'elle sentit une caresse légère comme une plume qu'elle cessa de pleurer.

*

— Bonjour, comment va Sadie ? demanda Elsie en accueillant Ruth, ce soir-là.

— Un peu mieux, mais elle a toussé presque toute la nuit. Et Nelly, elle va bien ?

— Elle ne mange toujours pas et elle se fait du souci pour la citation à comparaître.

— Tu es sûre que ça ne te gêne pas de l'avoir chez toi ? Elle peut rentrer à la maison, si elle veut. Tu sais, j'ai beaucoup réfléchi après ce qui est arrivé à Harry. Je n'ose pas imaginer ce qu'il lui aurait fait si la police n'était pas arrivée. Si je ne l'avais pas obligée à partir, ça ne serait pas arrivé. Et dire que je l'ai mise à la porte parce que j'avais peur des commérages ! (Elle baissa la tête.) Je suis une mauvaise mère, Elsie.

— Ne sois pas bête. Ce n'est pas vrai. La plupart des filles qui se retrouvent enceintes sont expédiées à la campagne. Et de toute façon, ça ne me gêne pas du tout de l'avoir ici avec moi. Tu as bien assez à faire avec Sadie.

— Dans ce cas, disons que, quand sa grand-mère ira mieux, elle pourra revenir à la maison.

— On verra. En attendant, je vais faire du thé. Ne monte pas encore voir Nelly. J'ai quelque chose à te dire, et à Bert aussi, ajouta-t-elle juste au moment où son mari entrait dans le salon.

— Ah oui, on a gagné le gros lot ? plaisanta-t-il.

— Tout dépend de ce qu'on entend par gros lot. Et pour moi, c'est encore mieux que si j'avais décroché la timbale.

Elsie sortit du séjour, sans leur laisser une chance de lui poser des questions. C'était vrai : maintenant qu'elle avait digéré la nouvelle, elle était folle de joie. Elle allait avoir un petit-enfant ! Elle allait bientôt être grand-mère ! Nelly serait mère célibataire, certes, mais du moins Ruth saurait-elle qui était le père. Il fallait espérer qu'une fois passé le choc initial, Ruth se réjouirait, elle aussi. C'est drôle, mais maintenant qu'elle savait qu'Arthur était le père, elle avait l'impression qu'elles formaient une vraie famille.

Apportant le plateau à thé dans le séjour, elle servit les tasses avant d'annoncer calmement la nouvelle.

— Quoi ! explosa Ruth en s'étranglant à moitié.

— Je vais lui tordre le cou, à ce vaurien ! rugit Bert.

— Calme-toi, mon cœur. Tu ne lui feras rien étant donné qu'il est en Australie.

— Mais comment a-t-il pu partir comme ça, et l'abandonner alors qu'elle était enceinte ? dit-il scandalisé.

— Non, Bert, il ne savait pas que Nelly attendait un enfant quand il est parti. Nelly ne s'en est rendu compte elle-même qu'en janvier. Et de toute façon, Jenny était déjà enceinte quand ils sont partis.

— Hein ! rugit à nouveau Bert en bondissant de son siège.

Elsie prit une longue inspiration. C'était moins facile qu'elle ne se l'était imaginé. Bert faisait les cent pas comme un lion en cage, et Ruth semblait sous le choc, sa tasse à la main, à mi-chemin de ses lèvres.

— Assieds-toi, Bert. Je vais tout récapituler depuis le début.

Il lui fallut un long moment pour tout leur expliquer, mais ils l'écoutèrent jusqu'au bout sans piper mot. Elle se tourna vers Ruth et vit qu'elle était en larmes.

— Ne pleure pas, s'il te plaît, lui dit-elle.

— Non, non, je crois que ce sont des larmes de soulagement. C'était insupportable de ne pas savoir qui était le père, je n'arrivais pas à croire que Nelly ait pu faire une chose pareille. La pauvre chérie, quand je pense que je l'ai traitée de tous les noms.

— Je suis désolée. Je n'arrive pas à croire qu'Arthur ait pu se comporter ainsi, dit Elsie.

Ruth lui adressa un sourire larmoyant.

— Moi, je n'arrive pas à croire que ton fils soit le père. Si c'était pas aussi tragique on en rirait. Nous voilà, toi et moi, les meilleures amies, sur le point d'être grands-mères du même petit-enfant.

— Oh, je suis désolée, répéta Elsie.

— C'est tout de même un sacré coup dur, dit Ruth en se mordillant la lèvre. Nelly va être mère célibataire et il va falloir qu'on la soutienne.

— Bien sûr, approuva Elsie, puis, se tournant vers Bert, elle demanda : Tu n'as rien à dire ?

Il grommela dans sa barbe, et se passa une main dans les cheveux.

— Que veux-tu que je dise ? J'ai envie de lui tordre le cou. Mettre une fille enceinte, c'est lamentable, mais deux…

— Si seulement il nous écrivait. On n'a reçu qu'une seule lettre de lui depuis son départ. Je ne comprends pas.

— Moi non plus, dit Bert en tournant la tête quand la porte s'ouvrit.

Nelly entra en serrant nerveusement sa robe de chambre sur son gros ventre pour la tenir fermée.

Elsie fut surprise par la rapidité avec laquelle Ruth bondit sur ses pieds.

— Oh, Nelly, je suis désolée, ma chérie, s'écria-t-elle en prenant sa fille dans ses bras.

39

Arthur descendit du camion et essuya son front moite. Une main en visière pour se protéger du soleil, il contempla le paysage : une étendue plate de terre rouge qui s'étendait aussi loin que portait le regard. Des kilomètres et des kilomètres de désert.

Il prit sa gourde et but une gorgée d'eau, puis se tourna vers Joe qui avait déployé la carte sur le volant, et demanda :

— Où est-ce qu'on va maintenant ?

— Je ne sais pas ce que tu en penses, Arthur, mais j'ai pas trop envie de m'aventurer dans l'arrière-pays. Que dirais-tu de descendre vers Adélaïde ?

Arthur haussa les épaules. Ils voyageaient depuis des mois, allant ici ou là au gré de leurs envies, et faisant des petits boulots pour survivre. Canberra, Wagga Wagga, puis le long du fleuve Murray, jusqu'à ce que Joe décide de partir explorer l'intérieur des terres. Mais à présent le charme semblait s'être rompu et il n'avait qu'une idée en tête, regagner la côte. Arthur acquiesça d'un hochement de tête blasé.

— Ouais, pourquoi pas Adélaïde.

— Alors, monte. On va rouler encore un peu avant la tombée de la nuit, dit Joe. Avec un peu de chance, on atteindra Broken Hill.

Tandis que le camion avançait cahin-caha, Arthur se plongea dans ses pensées. Il aimait voyager en compagnie de Joe, mais avait perdu le goût de l'aventure. Il en avait assez de rouler par monts et par vaux comme un nomade. Joe ne semblait jamais être à court d'argent, même s'il dépensait sans compter le peu de sous qu'ils gagnaient. Arthur essayait d'économiser au maximum, mais son pécule fondait à vue d'œil. Devait-il se poser à Adélaïde et essayer de trouver un vrai travail ?

— Je me trompe ou tu fais la tête ? fit remarquer Joe, interrompant le fil de ses pensées.

— Non, non, mais je t'avoue que j'en ai un peu assez de faire la route, répondit Arthur.

— Tu penses toujours à cette fille ?

— Tu veux dire à Nelly ?

Joe quitta un instant la route des yeux pour se tourner vers lui et demanda :

— Nelly ? Quelle Nelly ? Je croyais qu'elle s'appelait Jenny.

— Euh, oui, Jenny. Non, Nelly, c'est une fille que j'ai connue en Angleterre.

— Ah. Et elle était comment ?

— Super, dit Arthur tout en se demandant comment elle allait.

Il ferma les yeux, soudain pris d'une bouffée de nostalgie.

— T'as perdu tes parents, Arthur ? demanda Joe.

— Non, qu'est-ce qui te fait penser ça ?

— Le fait que tu ne parles jamais d'eux… Chaque fois que je parle de l'Angleterre, tu te fermes comme une huître.

Joe avait raison. Il ne supportait pas de parler de sa vie d'avant et faisait tout pour ne pas y penser.

— Tu as toujours le mal du pays ?

Arthur prit une longue inspiration et soupira :

— Oui.

Le soir commençait à tomber quand ils atteignirent Broken Hill. Ils prirent une chambre dans l'unique pension que comptait la petite ville minière et s'affalèrent sur leurs lits avec bonheur.

Après une petite sieste, Arthur sortit une chemise propre de sa valise cabossée. Il allait prendre une douche. Comme il fouillait dans la poche du fond à la recherche de son nécessaire de toilette, sa main rencontra les lettres qu'il avait reçues d'Angleterre, et pour la première fois, il les sortit de leur cachette.

— Je vais boire une bière, dit Joe. Tu viens ?

— Pas maintenant, je te rejoins plus tard, répondit-il en se rasseyant au bord du lit.

Il tâta les enveloppes, puis les retourna et lut les adresses figurant au dos. Il y en avait une de sa mère, et une autre d'Ann. Il soupira et, jetant celle d'Ann sur son lit, décacheta celle de sa mère. Il la parcourut en vitesse, ses yeux s'écarquillant à mesure qu'il lisait. Ils étaient retournés vivre à Wimbledon ! L'affaire de son père avait dû sacrément prospérer ! Il poursuivit sa lecture en souriant, amusé par les ragots. Et soudain, son expression changea quand il atteignit la dernière page. Il n'arrivait pas à y croire. Nelly était enceinte !

Bon sang ! Il n'était parti que depuis six mois mais elle avait déjà trouvé un autre mec, qui l'avait mise en cloque. Il se renversa sur le lit, atterré. Cette fille était un caméléon, un instant elle l'aimait, et l'instant d'après elle passait à autre chose. Comment avait-il pu se tromper à ce point sur son compte ? En même temps, il s'était laissé piéger tout autant par Jenny.

Elle s'était bien payé sa tête, alors pourquoi pas Nelly ?

À contrecœur, il s'empara à nouveau de la lettre pour la relire, quand ses yeux tombèrent sur la date. Bon sang ! Elle était restée dans sa valise depuis février ! C'est alors qu'un déclic se fit dans sa tête. Il avait quitté l'Angleterre en novembre et en février sa mère lui avait écrit que Nelly était enceinte. Il ferma les yeux et essaya de calculer les jours.

Se relevant d'un bond, il s'écria :

— C'est le mien ! C'est sûrement le mien !

Quand allait-elle accoucher ? Il compta à nouveau les mois. En août ! Elle allait accoucher en août – et on était déjà en juin. Il fallait qu'il rentre, tout de suite. Mais comment ?

Il ne lui fallut pas bien longtemps pour comprendre qu'il n'en avait pas les moyens. La seule chose qu'il pouvait faire, c'était chercher un vrai travail et économiser chaque penny. Cela risquait de prendre du temps, mais il n'avait pas le choix.

— Joe, je veux retourner à Sydney, annonça-t-il à son ami.

— C'est une blague ? répondit Joe, interloqué. Mais pourquoi ?

Un bras posé sur le zinc, Arthur se massa le front. Devait-il lui expliquer en détail la situation ? S'il le faisait, il savait que son ami lui proposerait de le ramener. Ce qui n'était pas juste. Si bien qu'il dit :

— Maintenant qu'on a bien baroudé, je me rends compte que c'est Sydney que je préfère. Je ne peux pas continuer indéfiniment cette vie de nomade. J'ai besoin de gagner ma vie pour de bon.

Joe gratta sa barbe naissante.

— Si c'est ce que tu veux, je comprends – mais tu es sûr de ne pas vouloir voir Adélaïde d'abord ?

— Sûr. Mais ne te sens pas obligé de venir avec moi. Je peux prendre le train.

— Je sais, vieux, mais tu vas me manquer, après tous les bons moments qu'on a passés ensemble.

Arthur sourit à son ami. C'est vrai qu'ils avaient passé de bons moments. Curieusement, ni lui ni Joe n'aimaient parler de leur vie passée. Il savait que Joe était anglais, lui aussi, et qu'il était en Australie depuis environ dix-huit mois. Ses parents vivaient dans le Sussex, du côté de South Downs, et il avait un frère cadet qui allait à l'université, mais il n'en savait pas plus à son sujet.

— Encore une bière, Arthur ?

— Allez, encore une !

Il était tard quand ils regagnèrent la pension en titubant. Heureusement, la patronne les accueillit avec un sourire indulgent. Arthur s'effondra sur son lit, trop ivre pour se déshabiller, et sombra aussitôt dans le sommeil.

Joe resta un moment à regarder son ami dormir. Bien qu'ayant beaucoup bu, il n'était pas complètement soûl, et continuait de se demander pourquoi Arthur tenait à rentrer à Sydney. Les raisons qu'il avait avancées ne lui semblaient pas très convaincantes. D'accord, il en avait assez de bourlinguer et il voulait gagner décemment sa vie, mais dans ce cas, pourquoi pas Adélaïde ? C'était une grande ville, avec un tas d'opportunités de travail.

Il se leva pour aller éteindre la lumière, quand il vit la lettre sur la commode. Il traversa sans bruit la chambre, s'en empara, puis revint s'asseoir sur son lit. La réponse était-elle dedans ?

Quand Arthur se réveilla, le lendemain matin, ses tempes battaient furieusement. Il poussa un grognement et il lui fallut quelques minutes pour comprendre que Joe n'était pas là, et que ses affaires avaient disparu. C'est alors qu'il avisa un mot posé sur le lit de son ami.

« ADIEU MON VIEUX. BON RETOUR AU PAYS », avait écrit Joe en lettres d'imprimerie.

Il n'en crut pas ses yeux. Hier soir tout allait bien, Joe n'avait pas l'air fâché quand il lui avait souhaité un bon retour à Sydney. Ils étaient tous les deux passablement pompettes, et même un peu confus, mais… S'était-il passé quelque chose dont il ne se souvenait pas ?

Il se précipita au rez-de-chaussée et trouva la logeuse dans sa cuisine.

— Excusez-moi, mais savez-vous à quelle heure est parti mon ami, ce matin ?

— Oh, il était tôt, à peine 6 heures. Il a réglé la chambre et dit que vous partiriez plus tard.

— Il n'a rien dit d'autre, ou laissé un message ?

— Non, mon grand. Il a juste payé l'addition et il est parti.

— Ah bon, merci, dit Arthur avant de regagner sa chambre.

Il fit sa toilette en vitesse, et comme toutes ses affaires étaient déjà dans sa valise, il y jeta simplement sa chemise sale et la referma. Après un rapide coup d'œil circulaire à la chambre pour s'assurer qu'il n'avait rien oublié, il descendit, rendit la clé, puis prit la direction de la gare.

Il marchait d'un pas lourd, contrarié que Joe soit parti sans même lui dire au revoir. Enfin, il atteignit la gare. Il glissa la main dans sa poche arrière pour prendre son portefeuille et comprit qu'elle était pleine. *Nom d'un chien!* songea-t-il en voyant l'énorme liasse de billets qui se trouvait à l'intérieur. Mais d'où provenait tout cet argent ? C'est alors qu'il vit une lettre parmi les billets.

Quand il la lut, ses yeux s'agrandirent. Joe y avouait avoir lu la lettre de sa mère et comprit pourquoi Arthur voulait rentrer en Angleterre. Il lui expliquait qu'il n'était pas venu en Australie dans le cadre du programme d'aide à l'immigration, mais qu'il avait payé lui-même son billet grâce à de l'argent hérité de ses grands-parents. Comme il n'était pas heureux chez lui – il ne s'entendait pas avec son père –, il était venu en Australie dans l'intention d'y acheter une ferme et de s'y installer définitivement.

Arthur eut le souffle coupé. Mais bien sûr ! Pourquoi n'y avait-il pas songé plus tôt ? Joe ne semblait jamais à court d'argent, et il roulait dans un camion quasi neuf qui avait dû lui coûter une paie.

Arthur pouvait-il accepter une aussi grosse somme ? Comment ferait-il pour rembourser Joe s'il ne savait pas où il était ? Il ne tarda pas à comprendre que c'était impossible. Joe aurait pu se trouver n'importe où dans ce pays immense. Il avait dit qu'il comptait se rendre à Adélaïde, mais ça ne voulait pas dire qu'il le ferait. Joe changeait souvent de cap à la dernière minute, au gré de ses envies, quand ils faisaient la route ensemble. Il contempla à nouveau la liasse. Joe, béni soit-il, lui avait donné une chance de rentrer au pays, et il allait la saisir.

Il monta dans le train, rangea sa valise dans le porte-bagages, puis se laissa tomber sur la banquette. Il aurait dû lire la lettre de sa mère il y a longtemps et lui répondre. Mais il ne l'avait pas fait parce qu'il avait honte d'admettre que Jenny s'était payé sa tête, et qu'il était trop fier pour reconnaître qu'il avait fait une erreur. Ils avaient essayé de le mettre en garde, mais il ne les avait pas écoutés.

Devait-il chercher leur numéro de téléphone et les appeler ? Non. C'était trop compliqué, il attendrait d'être à la maison pour tout leur expliquer. Il allait commencer par faire le long voyage en train jusqu'à Sydney, après quoi il tâcherait de trouver une couchette à bord d'un paquebot, en espérant qu'il serait de retour à temps pour la naissance du bébé.

40

Les semaines suivantes, Nelly eut l'impression de flotter dans un rêve. Tout semblait avoir basculé. L'attitude de sa mère avait complètement changé. Ruth était maintenant tout excitée au sujet du bébé et ne parlait de rien d'autre quand elle venait en visite.

Elsie, prise de frénésie, s'était lancée dans l'achat d'une poussette, d'un berceau et d'un trousseau de bébé, tandis que Bert, loin de lui reprocher ses dépenses, souriait au contraire avec indulgence quand elle lui montrait ses dernières emplettes. Arthur ne donnait toujours pas de nouvelles, et même si elle essayait de ne pas le montrer, Elsie se faisait un sang d'encre à son sujet.

À sa grande surprise, Ann se comportait en ennemie, lui adressant le moins possible la parole et l'évitant au maximum, alors qu'elle avait toujours été la seule personne sur qui elle était sûre de pouvoir compter.

Elle en était là de ses réflexions quand la porte de la chambre s'ouvrit et qu'Ann apparut avec une tasse de thé, qu'elle déposa sur la table de nuit.

— Maman m'a dit de t'apporter ça, dit-elle d'un ton brusque.

Puis elle tourna les talons pour s'en aller.

— Ann, attends, s'il te plaît. Il faut qu'on parle.

Son amie fit volte-face.

— Il est un peu tard pour ça, tu ne penses pas ? lança-t-elle sèchement. Je ne comprends pas pourquoi tu ne m'as rien dit, Nelly.

— Je ne pouvais le dire à personne.

— Ah non ? Je croyais pourtant qu'on était amies. Arthur est mon frère, nom d'une pipe, et le bébé que tu attends est mon neveu, ou ma nièce.

— Ann, j'ai pensé que ta mère et toi alliez me haïr. J'ai compris que j'aimais Arthur avant qu'il ne parte pour l'Australie, et je crois que c'était réciproque. Mais quand Jenny m'a annoncé qu'elle était enceinte, qu'est-ce que je pouvais faire d'autre ? Je sais qu'Elsie et toi auriez voulu que je persuade Arthur de rester, mais c'était impossible.

— Pourquoi ? Si tu l'aimais pourquoi l'as-tu laissé partir ?

Nelly sentit les larmes lui monter aux yeux.

— Ann, je n'ai jamais eu de père, et j'ai rêvé toute ma vie de savoir ce que c'est que l'amour paternel. Je ne pouvais pas décemment infliger le même sort à un bébé innocent.

Il y eut un silence tendu, puis un petit sanglot tandis qu'Ann se précipitait vers elle.

— Oh, Nelly, je suis désolée. J'ai été odieuse, s'écria-t-elle en se jetant sur le lit.

— Non, c'est moi qui suis désolée, renifla Nelly. Je comprends à présent que j'ai fait une erreur. J'aurais dû tout vous avouer, j'aurais dû vous faire confiance.

— Je m'en veux comme tu n'as pas idée, dit Ann. Je me suis souvent demandé pourquoi tu t'étais comportée si bizarrement avant le départ d'Arthur, et j'ai pensé que tu ne t'étais pas remise de ta rupture avec John. Quand tu es sortie pour lui dire au revoir, je t'ai observée de loin. J'ai bien vu que tu étais livide. Mais je n'ai rien compris – pourquoi ?

— Parce que tu ne pouvais pas savoir. Je savais, moi, que tu pensais que c'était à cause de John, et je n'ai pas cherché à te détromper.

— Si j'avais été moins entichée de Billy, j'aurais peut-être eu un éclair de lucidité. Quand je pense que je t'ai crue quand tu as dit que tu ne savais pas qui était le père !

— Ann, s'il te plaît, n'en parlons plus, et faisons comme si ça n'était jamais arrivé, d'accord ?

— Oui, tu as raison. Et au fait, comment tu trouves « Tatie Ann » ?

— J'adore. Je sais que tu seras la meilleure des taties.

— Et Arthur aurait fait le meilleur des pères. Oh, non, désolée, je n'aurais pas dû dire ça, s'excusa Ann. Pourquoi faut-il toujours que je parle sans réfléchir ?

— Ce n'est pas grave, la rassura Nelly, sans laisser voir qu'elle était peinée. Comme je l'ai dit à ta mère, Jenny a dû accoucher entre-temps. Arthur est donc papa, et ce bébé-là au moins aura un père.

— Je ne comprends pas pourquoi il n'écrit pas. Et puis il y a quelque chose que je ne t'ai pas dit, mais il sait que tu es enceinte, parce que je le lui ai dit dans une de mes lettres, et maman aussi. (Elle secoua la tête.) Mais bien sûr, il ne sait pas que c'est lui le père.

Nelly se renversa sur les oreillers. *Arthur est au courant*, songea-t-elle. *Elles le lui ont dit, évidemment.* Mais devinerait-il qu'il était le père ou penserait-il que le bébé était d'un autre ?

— Ann, est-ce que toi ou Elsie avez écrit de nouveau à Arthur depuis que vous savez qu'il est le père de mon bébé ?

— Non – en tout cas pas moi. Je ne sais pas pour maman. Pourquoi cela ?

— Je me demandais s'il ne valait pas mieux qu'il sache.

— Moi, je pense qu'il a le droit de savoir. (Ann jeta un coup d'œil à la pendule.) Oh, il faut que je me sauve si je ne veux pas être en retard au boulot. On en reparlera ce soir.

*

Le lendemain, Nelly s'habilla tout en observant son reflet dans la glace. *J'ai l'air d'un épouvantail*, songea-t-elle en scrutant son ventre énorme et ses jambes enflées. Le docteur l'avait autorisée à se lever, mais elle devait continuer de se reposer avec les jambes surélevées. Il s'inquiétait toujours de son état, et même si sa tension avait un peu baissé, il craignait une attaque d'éclampsie. Il n'était pas exclu qu'elle doive être hospitalisée, et pour ne pas en arriver là, il avait insisté pour qu'elle suive ses instructions à la lettre.

Elle descendit lentement au rez-de-chaussée, une main posée sur ses reins. Tante Mary serait bientôt là avec Sheila et les enfants. Tout comme elle, elles avaient été convoquées pour déposer lundi prochain dans le cadre de l'enquête judiciaire.

Juste au moment où elle s'asseyait dans le séjour avec ses jambes sur un pouf, le carillon de la porte d'entrée retentit.

— Bonjour, Nelly. Comment ça va ? lui demanda Mary en entrant, Sheila et les enfants à sa suite.

— Je vais bien, tatie. Linda, tu ne viens pas me faire un bisou ? dit-elle en tendant les bras à la fillette.

Linda s'approcha, intriguée par le gros ventre de Nelly.

— Mon Dieu, que tu as grossi ! remarqua-t-elle, déclenchant un éclat de rire général.

Bert entra à son tour dans le salon, et dès qu'elle le vit, Linda courut se cacher derrière sa mère. Voyant sa réaction, il ressortit aussitôt, puis s'en revint avec un panier plein de chatons, cadeau de la chatte qui les avait adoptés quand ils étaient venus s'installer dans la maison.

Incapable de résister, Linda s'approcha, et vint s'accroupir avec son frère aux côtés de Bert, sa peur des hommes momentanément disparue. Au même instant, Treacle, la mère des chatons, entra et se fraya un chemin jusque dans le panier où elle s'allongea pour allaiter ses petits.

Sheila s'assit à côté de Nelly.

— Ça va aller pour la comparution ? demanda-t-elle.

— J'y vais à reculons. Je me sens terriblement coupable.

— Tu n'as aucune raison de l'être.

— Si je n'avais pas crié, la police ne serait pas venue.

— Mais moi, je suis contente qu'elle soit venue. Je n'ose pas imaginer ce qui se serait passé sinon. Quand Harry a débarqué chez nous, à Blackpool, il nous a fichu une frousse bleue. On aurait dit un autre homme, un fou furieux.

— Oui, c'est vrai qu'il m'a fait peur. Lui qui était plutôt paisible avant. C'est incroyable comme un homme peut changer en aussi peu de temps.

— En tout cas, si tu te sens coupable, imagine Linda. Tu as vu comment elle a réagi quand elle a vu Bert. Il va lui falloir des années avant de surmonter sa peur des hommes, si elle y arrive un jour. Je sais que c'est horrible à dire, mais dans un sens je suis contente qu'Harry soit mort. Comme ça, au moins, il ne pourra plus harceler les enfants.

Bert avait pris un chaton et l'avait déposé gentiment dans les bras de Linda. Mais quand il se leva, elle eut un geste de recul et le chat miaula parce qu'elle le serrait trop fort. Bert essaya de la rassurer en se penchant à nouveau, mais Linda lâcha le chaton et courut se réfugier auprès de sa mère.

Peu après, Elsie entra avec un plateau couvert de gâteaux et de sandwichs. Daniel, qui observait, fasciné, les petits chats, se leva d'un bond à la vue des gâteaux.

Il en prit un sans façon et dévora aussitôt la cerise sur le dessus avec gourmandise. Se tournant vers tante Mary, Nelly demanda :

— Vous allez retourner vivre chez toi maintenant ?

— Oui, c'est près du parc, ce qui est idéal pour les enfants, et puis je pourrai garder mon poste de secrétaire médicale.

Nelly hocha la tête, et recommença à songer à l'enquête judiciaire. Elle savait qu'elle allait devoir fournir des preuves et cette pensée l'épouvantait.

Le lundi matin, quand Nelly monta à côté d'Elsie dans la voiture de Bert, pour se rendre à la Cour de Justice, elle avait les nerfs à vif. Bien qu'inondé de soleil, le grand édifice de brique leur sembla austère et rébarbatif.

Bert les déposa devant les marches et alla garer la voiture. Nelly entra d'un pas hésitant dans le vaste hall. Apercevant sa tante et Sheila sur un banc, elle s'empressa d'aller les rejoindre, Elsie dans son sillage.

— Quand vont-ils nous appeler ? demanda-t-elle à voix basse.

— On est les prochaines, répondit sa tante.

— Pourquoi est-ce que vous chuchotez ? voulut savoir Elsie.

Elles eurent un sourire gêné, puis toutes retombèrent dans le silence. Dans le hall, remarqua Nelly, il y avait les deux policiers qui s'étaient présentés chez elle le soir où Harry était mort. Elle se tortilla sur son siège, sentant monter la nausée, alors qu'elle n'avait mangé qu'une tartine de pain grillé et de la confiture au petit-déjeuner.

— Nelly, reste assise, lui ordonna Elsie. Franchement, c'est honteux de t'obliger à attendre ici, alors que tu es sur le point d'accoucher.

— Je vais bien, ne t'en fais pas.

Soudain, le hall sembla se remplir de gens, tous se dirigeant vers la sortie.

— Ça va bientôt être à nous, fit remarquer Elsie.

Mais il se passa une éternité avant qu'elles ne soient appelées, Nelly transpirant profusément lorsqu'elle entra dans la salle avec les autres. Elle jeta des regards surpris autour d'elle. Ça ne ressemblait pas du tout à une salle de tribunal. Il y avait plusieurs rangées de chaises en bois et un bureau tout au fond, ainsi qu'une petite table et une chaise.

— Ce n'est pas comme je l'avais imaginé, murmura-t-elle à Elsie.

— C'est parce que ce n'est pas une cour pénale.

Un étrange silence se fit quand le coroner entra et prit place derrière le bureau. C'est à peine si Nelly le remarqua, occupée qu'elle était à trouver une position confortable sur sa chaise et en proie à une crise d'indigestion sévère.

La séance commença. Elles étaient là, leur dit-on, afin de faire toute la lumière sur les circonstances de la mort de M. Harold Taylor. Nelly essayait de se concentrer, mais sans succès.

Le compte rendu des médecins légistes la fit grimacer. Bon sang, elle ignorait qu'ils allaient jusqu'à examiner le contenu de l'estomac.

Les policiers déposèrent ensuite, chacun donnant sa version des faits la plus précise et concise possible. Mais Nelly n'écoutait plus. Elle transpirait à grosses gouttes et se tenait le ventre à deux mains. Ce n'est que lorsque sa tante retint son souffle qu'elle dressa l'oreille pour écouter ce que disait le coroner :

— Vous dites que vous avez vu M. Taylor tomber du toit. Mais étiez-vous assez près pour affirmer qu'il s'agissait d'un accident ?

— Oui, monsieur. Je me tenais à environ trois mètres quand c'est arrivé. Et je l'ai vu perdre l'équilibre. Il n'a pas sauté.

Nelly fronça les sourcils. Pourquoi le coroner demandait-il s'il s'agissait d'un accident ? Il ne pensait tout de même pas que Harry avait délibérément... Elle grimaça, une douleur fulgurante lui transperçant l'abdomen. Enfin, le policier se leva et, à son grand soulagement, elle fut appelée à témoigner.

Elle répondit à toutes les questions ; dit que Harry l'avait menacée. Le coroner se montra patient quand elle s'embrouilla dans ses réponses, et finit par lui demander si elle se sentait bien.

Enfin, il la laissa regagner son siège, où elle eut juste le temps de se rasseoir, à nouveau terrassée par une douleur atroce. C'est à peine si elle entendit le verdict du coroner.

Les témoignages recueillis suggèrent que M. Taylor n'était pas dans son état normal au moment des faits et que cette altération psychique aurait pu mener à sa mort.

— Considérant les dépositions de la police, j'en suis venu à la conclusion que le défunt ne s'est pas volontairement donné la mort. Il s'agit donc d'un décès par accident.

Nelly entendit les chaises grincer sur le parquet, puis un froissement de papier et la voix d'Elsie, qui lui glissait à l'oreille :

— C'est bon, on peut partir.

Elle se leva, légèrement penchée en avant pour essayer d'atténuer la douleur.

— Ça n'a pas l'air d'aller ? dit Elsie, inquiète.

— C'est juste une légère indigestion, je crois.

— Oh, ma grande, moi aussi, j'avais ce genre de problèmes vers la fin de ma grossesse. Ne t'inquiète pas, dès qu'on sera à la maison, je te donnerai du bicarbonate.

Nelly sourit mollement et prit place dans la voiture, contente d'en avoir fini avec ce supplice.

*

Sitôt de retour à la maison, elle se laissa tomber sur le canapé. Elsie lui apporta du bicarbonate dilué dans de l'eau, qu'elle avala d'un trait, espérant que la douleur allait disparaître.

— Va donc t'allonger un peu, ma grande, l'encouragea Elsie. Tu as l'air épuisée.

Assise au bord du lit, elle se débarrassa de ses souliers d'une ruade en se tenant les reins. Dieu qu'elle avait mal ! C'était sans doute à force d'être restée sur cette chaise inconfortable au tribunal. Trempée de sueur, elle retira sa robe et s'étendit sur le lit. Elle ferma les yeux et essaya de dormir, sans succès. Chaque fois qu'elle glissait dans le sommeil, un coup de poignard dans les reins la faisait sursauter.

Pour finir, elle décida de se relever. Les toilettes, vite. Se tenant l'estomac à deux mains, elle traversa la pièce clopin-clopant, et juste au moment où elle allait ouvrir la porte, elle perdit les eaux. Elle était en train d'accoucher.

Sortant sur le palier, elle appela :

— Elsie ! Elsie !

Une nouvelle vague de douleur l'obligea à se plier en deux.

Il y eut un moment d'agitation. C'était Elsie qui montait les escaliers au pas de course.

— Il était temps que le petit se décide à naître ! s'écria-t-elle. Viens te coucher, je vais appeler la sage-femme.

— Je suis désolée, Elsie, j'ai perdu les eaux sur la moquette, dit Nelly, le souffle coupé par une nouvelle contraction.

— Au diable la moquette ! s'esclaffa Elsie. Maintenant, est-ce que tu as compté entre chaque contraction ?

— Non, mais il me semble qu'elles reviennent toutes les cinq minutes.

— Je suis contente que tu aies décidé d'accoucher à la maison. Comme ça je vais le voir naître. Je peux te laisser seule une seconde, le temps d'appeler la sage-femme ?

Nelly hocha la tête.

— Je reviens tout de suite !

Quand Elsie revint, elle obligea Nelly à se lever à nouveau pour pouvoir tendre une alaise sous le drap. Assise dans un fauteuil, elle se tenait le ventre à deux mains. Bon sang, elle n'aurait jamais cru que cela pouvait faire aussi mal !

— Elsie, j'ai peur, gémit-elle en se remettant au lit.

— Tout ira bien, ma poulette. Quand tu tiendras ton bébé dans tes bras, tu verras que ça en valait la peine.

Elsie lui caressa le front lorsque la douleur revint. Nelly s'agrippa aux bords du matelas, ses phalanges livides.

— Oh, que j'ai mal ! cria-t-elle.

Nelly secouait la tête tandis que les contractions revenaient en vagues de plus en plus fortes. Elle avait à peine le temps de reprendre son souffle qu'un nouveau spasme la tenaillait. Pour finir, elle perdit la mesure du temps.

Elle criait et criait, et avait l'impression de ne faire que ça depuis des heures. La sage-femme devait être arrivée, mais elle n'en avait aucun souvenir.

— Maman, je veux voir, maman, geignit-elle.

— Elle sera bientôt là. Je l'ai envoyée chercher, lui dit Elsie.

Oh, mon Dieu, quand est-ce que ça allait finir ? Elle entendait des voix, mais lointaines et indistinctes. Il lui sembla entendre le mot « ambulance » et elle essaya de parler.

La voix de sa mère. Était-ce la voix de sa mère ?

— Maman ? Maman ?

— Calme-toi, ma chérie. Tout va bien. Je suis là.

Depuis combien de temps sa mère était-elle là ? Elle ne ressentait rien d'autre que de la douleur, une douleur immense qui déchirait tout son corps. D'autres sons lui parvinrent – une porte qui claque, des cris, ou des rires ?

Puis une autre voix. Non, c'était impossible. Ce devait être une hallucination.

— Nelly, Nelly, je suis là, ma chérie, murmura la voix au creux de son oreille.

Elle tourna la tête et le vit.

— Arthur ?

— Oui, Nelly, c'est Arthur. Mon garçon est rentré, sanglota Elsie, le visage inondé de larmes.

Nelly essaya de sourire. Elle essaya de le toucher. Soudain, il y eut un grand bourdonnement dans sa tête.

Puis une autre voix s'écria :

— Oh, mon Dieu, non, elle perd trop de sang !

Était-ce sa mère qui criait ainsi, d'une voix stridente ?

— S'il vous plaît, faites quelque chose ! Pour l'amour du ciel, stoppez l'hémorragie.

— Nelly, reste avec moi, reste avec moi, supplia la voix d'Arthur.

Encore une terrible douleur, une sensation de déchirure, puis de délivrance, et des voix s'écriant en chœur :

— C'est une fille ! Une jolie petite fille !

Soudain, elle se sentit flotter, la douleur envolée. Un halo de lumière dorée prit forme sous ses yeux et elle tendit les bras. Son amie était là.

— Ange, mon ange, murmura-t-elle.

Puis tout devint noir…

— Oh, mon Dieu, merci, mon Dieu, sanglotait quelqu'un à côté d'elle.

Elle ouvrit les yeux et vit sa mère en larmes.

— Tout va bien, ma fille. C'est fini maintenant, ma chérie.

L'espace d'un instant, elle resta sans voix. Que s'était-il passé ? Elle avait le vague souvenir de s'être mise à flotter dans un tunnel, puis d'avoir ressenti une formidable paix intérieure accompagnée de lumière. C'était une sensation qu'elle avait déjà vécue il y avait très, très longtemps. Soudain une main prit les deux siennes et elle tourna la tête.

Arthur était assis à côté d'elle.

— Nelly, regarde, c'est notre fille, dit-il, rayonnant de bonheur.

— Tu es là ? Tu es vraiment là ? murmura-t-elle, le cœur débordant de joie quand ses yeux se posèrent sur l'adorable bébé blotti entre ses bras, avec sa mèche de cheveux roux.

— Oui, ma chérie, je suis là et je te promets de ne plus jamais te quitter.

— Jenny ? parvint-elle à murmurer.

— C'est fini tout ça, Nelly. Elle n'était pas enceinte en fin de compte.

Elle parvint à sourire, fatiguée et à bout de forces, mais comblée.

— L'ambulance est là. Il faut que tu ailles à l'hôpital, lui dit sa mère.

Mais Nelly l'entendit à peine ; elle était trop absorbée dans la contemplation de sa fille.

— Tu lui as donné un joli prénom, ma chérie, dit Arthur doucement.

Elle leva les yeux sans comprendre.

— Un prénom, quel prénom ?

— Angela. Tu as crié son prénom quand elle est née, et tu lui as tendu les bras.

Nelly sourit tendrement tandis que sa fille cherchait son sein.

— Angela, murmura-t-elle. Mon ange.

Cet ouvrage a été composé par
Soft Office à Eybens (Isère)

Impression réalisée par
CPI Brodard & Taupin
en septembre 2023
pour le compte des Éditions Archipoche

#lisez! engagé
www.lisez.com
Pour plus d'information :
Imprimé sur du papier issu de forêts gérées durablement.

Imprimé en France
N° d'édition : 799
N° d'impression : 3053409
Dépôt légal : septembre 2023